CHANDOUBA!
XINBING

颤抖吧!心病

邱建 安争鸣 著

重庆出版集团 重庆出版社

图书在版编目（CIP）数据

颤抖吧！心病 / 邱建，安争鸣著. —重庆：重庆出版社，2021.11

ISBN 978-7-229-16038-8

Ⅰ.①颤… Ⅱ.①邱… ②安… Ⅲ.①长篇小说－中国－当代 Ⅳ.① I247.5

中国版本图书馆 CIP 数据核字（2021）第 179114 号

颤抖吧！心病
CHANDOU BA! XINBING

邱建　安争鸣　著

责任编辑：何　晶
策划编辑：俞凌娣
责任校对：李春燕
封面设计：吕　刚

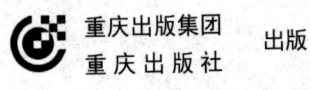

重庆出版集团
重庆出版社　出版

重庆市南岸区南滨路 162 号 1 幢　邮编：400061　http://www.cqph.com
大厂回族自治县德诚印务有限公司制版、印刷
重庆出版集团图书发行有限公司发行
E-mail: fxchu@cqhp.com　邮购电话：023-61520646
全国新华书店经销

开本：710mm×1 000mm　1/16　印张：17.75　字数：220 千
2021 年 11 月第 1 版　2021 年 11 月第 1 次印刷
ISBN 978-7-229-16038-8
定价：52.00 元

如有印装质量问题，请向本集团图书发行有限公司调换：023-61520678

版权所有　侵权必究

目　　录

第一章　　　心病还需心药医 / 1
第二章　　　美女助理"大漂亮"对决"相亲一姐" / 13
第三章　　　没病也要找病的"疑病症" / 27
第四章　　　治愈"强迫症"的没事找事 / 39
第五章　　　女明星厌食症的困扰 / 49
第六章　　　"社交恐惧症"的逆袭 / 65
第七章　　　马镇谭的卡通手办恋物癖 / 75
第八章　　　妄想症女孩的"高富帅"男友 / 85
第九章　　　"创伤后应激障碍"的心理阴影 / 103
第十章　　　炫富者的选择困难症 / 117
第十一章　　异装癖"男友"大驾光临 / 129
第十二章　　空降！退休综合征大领导 / 143
第十三章　　逃离焦虑 / 159
第十四章　　"表演型人格障碍"的营销大法 / 169
第十五章　　拟定发家致富新计划 / 183
第十六章　　"攻击型人格障碍"的模拟作案笔记 / 195
第十七章　　"自恋型人格障碍"的旷世奇作 / 211
第十八章　　异手症画家的神来之笔 / 225
第十九章　　酒精依赖症老板的苦衷 / 243
第二十章　　多动网瘾少年的游戏世界 / 257
第二十一章　寄给心理诊所的感谢信 / 269

第一章　心病还需心药医

上班迟到了二十分钟，我背着包蹑手蹑脚地从主编办公室门前经过。别开门，这时候千万别开门，还有五米，就能抵达我的工位，胜利在望！同事阿水捂着嘴偷笑，笑笑笑，笑你个头，以后不给你打包外卖了。

"吱呀——"身后的门开了，清冷严厉的声音刺中我后脊梁骨，"王小六，你又迟到！"我立即转身向美艳的主编大人鞠躬道歉，"主编，真是不好意思，刚才路上我被人追尾，等交警来处理……"

主编冷笑了几声，"你一个月七次被追尾出车祸，你爸和你妈轮流生病要你去照顾，女朋友过了三次生日，脚扭了六次，犯了五次胃病，王小六，我发现你其实特别有才！"

"真的吗？我隐藏得这么深都被你发现了，呵呵。"我不好意思地憨笑，女王记性也太好了吧，我编过什么大话连自己都忘了，今天迟到被她逮了个正着，这个月的奖金肯定是要泡汤了。

"既然你这么能编，有一个新任务交给你，进来吧。"主编怒气尽消，职业性地向我招了招手，"还有你，阿水，这次要摄像，你也进来。"

哈，没被骂也没被扣钱，还有新任务，太好了。我乐呵呵地进入主编办公室，浓郁的百合香气芬芳四溢，女王的品味真是越来越高雅了。

"发什么呆，小六、阿水，今天你们俩要去采访这本书的作者。""啪"，一本封面风格简约的书扔到我们面前。

"《心病宝典》？这名字看上去很像武林秘笈啊。"我笑着翻了几页，内容是心理疾病的故事案例和一些心理分析，文字风格挺幽默，倒是和平常看的心理学工具书不一样。

"这本书的内容一开始在城市论坛上连载，就是这个'心病还需心药医'的帖子，后面看的人越来越多，现在跟帖的有一百多万条。"主编将手提电脑推到我们面前，城市论坛置顶精华，我粗略翻看了一下打开的网页，帖子里在线提问咨询的，发表感想的，点赞评论的，五花八门什么样的内容都有。

阿水的脑袋凑了过来，"所以，现在发这个帖子的楼主，成了个大网红？"

"差不多吧，后来有出版社找到了作者，把帖子的主要内容整理编辑成了这本书，叫《心病宝典》，现在图书销售排行榜排前三。不过，大部分读者和网友都没见过这个作者，听说作者是一间私人心理诊所的心理医生。喏，就是这个人，网名叫马小谭子的。"

主编的大红指甲点了点屏幕上的头像，居然是穿着公主裙的魔法少女，"哈，感觉是个呆萌美少女，马小谭子。"我咧嘴笑了，这年头人出名的契机越来越奇怪了，有时候无意中发表了一个话题，就能引来成千上万人的共鸣与关注。

"你们俩的任务，就是对马小谭子，本名叫马镇谭的这位作者，做一辑深度采访报道，文字稿登在读书板块，采访的视频发布在城市新生活板块。"

"记住,是深度报道!要挖掘出这个热帖和畅销书背后的故事,作者的心路历程,人生经历,还有这些案例小故事,背后所蕴含的更深层的寓意。"主编纤细修长的手指有节奏地敲击桌面。

我和阿水飞快地记录着,"收到!咱们这报道一出来,肯定要大火!"我讨好地附和。

"我告诉你王小六,要是这个报道没做好,你这个月的奖金全扣完!别和我嬉皮笑脸的!"主编神情严厉地瞪着我,女王就算发火也这么有魅力。

"得嘞!保证完成任务,我们的宗旨是:独家、深度、震撼!"我拉着阿水起立,敬了个礼。

"采访视频剪辑成一个小时左右的,记住,我们是独家,要精华!"主编再三嘱咐。

马镇谭心理诊所,我按导航路线开车载着阿水来到这个坐落于中心区写字楼一层,商业裙楼拐角的私人诊所。

阿水一路上都在刷那条城市论坛热帖的评论区,哈哈哈地笑得合不拢嘴,"我一直以为心理学是挺苦大仇深的,净研究什么防止抑郁症闹自杀之类的,没想到,原来可以这么逗。"

"那你一会儿记得把人家拍得漂亮点,这次报道火不火,可关系到我这个月的奖金哪。"我说着便停好了车。

"也难怪女王要削你,小六你的胆儿也太肥了,这个月的项目早会你参加了几次?你爸妈天天犯心脏病、肠胃炎、骨折、食物中毒、洗澡触电,哎,你也不嫌触霉头,有这么编派自己爹妈的么,迟到了编也编个像样点的理由吧。"阿水奚落着我。

"可拉倒吧,我爸妈现在正在北京爬长城呢,身子骨比我还硬朗,我那不是急中生智随口一说么,女王不都夸我了,这叫有才!"

我立起牛仔服的领子耍了耍酷。

心理诊所门面不大，白色的前台此时空无一人，诊所里面却传来噼里啪啦、乒乒乓乓的声音，还伴随着几声嗷嗷的惨叫声。

"阿水，你这地址没错吧，咱是不是来错地方了，这是拳击馆吧？"我在门外听着里面的动静有点不敢进去。

"没错啊，喏，你看这儿，还写着马镇谭心理诊所呢。"阿水指了指白色前台外那一圈凸起的大字。

我心情忐忑地正欲敲门，不料门是虚掩的，一推就开了。

只见一名身材火辣高挑的美女飞起一脚回旋腿，踢向对面的年轻高个儿男子，他急忙后退并举起手中的猫形抱枕抵挡袭击，但终归是慢了半拍，"嗷！"一声惨叫，男子俊朗白净的脸上挨了一脚，黑色的鞋印赫然在列。

我和阿水吓得后退了两步，我下意识地摸了摸脸，仿佛那脚正狠狠地踢在了自己的脸上。

"说了多少遍了，大漂亮，你能不能不要打脸！"男子痛苦地捂着半边脸抱怨，他二十八九岁左右，头发凌乱，浓眉大眼，面容俊朗，是个帅哥，嗯，狼狈不堪的帅哥。

"我好歹也是咱诊所的颜值担当，你、你让我怎么见人啊！"他生气地扶着墙站了起来，对面的美女对他置若罔闻，自顾自地捡起被他扔在一旁的抱枕，拍了拍上面的灰尘，爱惜地抱在怀里，"小猫咪，摔疼了没，妈妈已经帮你教训过臭叔叔了。"

"你说谁是臭叔叔？"男子挑眉质问，美女当仁不让怒目回瞪，眼看新一轮大战即将爆发。

"咳咳，不好意思，请问这里是马镇谭心理诊所吗？"我怯怯地开口询问，此时不开口，下一场肉搏战一旦开始不知要打到何时。

"来人了，快，收拾收拾！"男子立即擦了一把脸上的鞋印，换上职业性的微笑走过来，"两位早上好，我是心理医生马镇谭，你们是来做心理咨询的吗？"

"啊？你就是马镇谭，马小谭子本人？我还以为是个小女孩！"一旁背着摄像机的阿水惊呆了。

"马医生，您好您好！自我介绍一下，我们是大地英豪传媒网的，我是撰稿记者王小六，这位是我同事，摄影记者沈阿水。我们今天来是想针对您出版的《心病宝典》和城市论坛上的热帖'心病还需心药医'做一个深度专访，您看方便吗？"我礼貌而客气地问。

"哎呀，记者同志！欢迎欢迎！快请进来坐。"马镇谭兴奋的脸上光彩照人，除了黑鞋印有点碍眼。

"什么？记者？来采访？我们是不是要火了？"美女扔下抱枕，笑盈盈地跑过来问。

"这是我助理，你们叫她'大漂亮'就行。"马镇谭向我们介绍美女，似乎丝毫不记恨刚才承受的那一脚回旋踢。

"当然火啊！你们现在是城市论坛上最热门的话题，所以我们网站的主编安排我们来做一期采访节目。"我和阿水落座，诊所内的陈设比较简单，两张办公桌、书架，还有沙发茶几，和作者被全城热议的火爆身份极不相符。

"真的火了？意思是，我们要发财了？"大漂亮眉飞色舞地摇着马镇谭的肩膀。

"我是不是在做梦？我以为只是随便出一本书，反正在大学当助教的时候论文发表得也多。"马镇谭不可置信地望着我们两人。

"两位配合我们做完这一期专访，下一期网站的头条就是心病专题，我们大地英豪传媒出品的新闻和视频的流量在业内都是排名靠前的,相信有了我们的大力宣传,马医生的诊所生意和图书销量今后肯定会更上一个台阶。"我热情地介绍,阿水已经架好了摄像机。

"好好好!配合,一定配合,你们还要录像?"马镇谭满脸笑容,点头如捣蒜,眼神扫过摄像机,露出些许紧张。

"对,除了专访文字稿,我们还会在城市新生活板块播放采访的专题视频,加深社会各界对你们的关注了解,扩大宣传。"我耐心地介绍着。

"那我们要上镜了?要把我拍好看一点哦,开个美颜特效呗。"大漂亮欣喜地露出一口白牙,对着镜头比了个"V"形手势。

"要拍视频哪,哎呀,不知道你们记者要来采访,你们能不能开个大眼和遮瑕特效,你看我这脸上还有一大块鞋印!"马镇谭凑到摄像镜头前,把镜头当镜子照了又照,指着脸上的乌青说。

"咳咳咳。"阿水有些尴尬,"不好意思,我解释一下,我们是纪实风格的采访,这台也是电影摄像机,所以没有你们说的那些美颜瘦脸特效,不过,你们可以先换身衣服,化化妆,准备一下,我们可以先等一等,不急。"

"对对对,我们今天的主要任务就是做好深度专访,二位可以先准备一下。"我附和着说。

半小时后,换了一身白大褂的两人重新出现在镜头前,"你那粉底也太白了吧,我这脸看上去惨白惨白的,又不是拍鬼片。"马镇谭抹了一下脸,沾了一手的白粉。

"少啰唆,差不多得了,人家主要是拍我,你就是个背景板。"大漂亮不耐烦地挥了挥手。

"怎么样,记者同志,可以开始了?我这脸上的粉底,会不会太厚太假呀?"马镇谭贴在摄像机镜头前又照了照,硕大一张白脸映入阿水的眼帘。

"没关系，马医生，您的身份本来就是心理医生，白面书生的形象更符合您的气质。两位预备，我们正式开始。"我忍着笑，打开了录音笔，示意阿水开启摄像机开始录像。

"观众朋友们大家好，这里是城市新生活栏目，今天我们重磅邀请到畅销书《心病宝典》的作者马镇谭医生和他的助理大漂亮小姐，现在有请他们为我们讲述《心病宝典》背后的故事。"

"马医生，您先简单介绍一下《心病宝典》这本书的创作背景。"我开始发问。

"哦，这个，我也是在机缘巧合之下写了这本书。当时诊所新开业，就在城市论坛发了个帖子，标题叫'心病还需心药医'，后来大部分上门的病人都是看到这个帖子来的，诊所营业了一年左右，我们收到了许多病人的感谢信。我就有感而发，想把对心理问题的一些经验和知识传播出去，让更多的人看到之后能进行自我心理疏导，嗯，也算是传播正能量吧。"

"看的人越来越多，我和大漂亮对提问的患者作了一些回复，后来也不知道怎么的，好像帖子就有点火了，出版社找上门，要求出书，就是这本《心病宝典》。"马镇谭指了指茶几上的书。

我暗忖这回复的内容太流于表面了，远远达不到女王"深度"的标准，这种采访带回去，奖金铁定是要泡汤的。

"马医生，请您尽量详细地介绍一下'心病还需心药医'这个帖子，从开始发布到现在，网络连载半年多来，您的人生经历，以及所想、所感的心路历程。"我见他依然一脸费解的表情，便补充解释道，"就是从一开始，你开办这家诊所后，遇到了哪些让您印象深刻的事，越详细越好，观众朋友都想知道您这本畅销书背后的故事。"

"就是从头说起？"马镇谭问。

"对对对，从头开始讲，越详细越好，我们是深度报道。"我点头。

"那就从我来诊所上班第一天开始呗！"大漂亮在一旁插话，"师兄的生意，就是从我面试那天开张的。"阿水的镜头对准了美艳的助理，她对着镜头粲然一笑。

"没有我，哪来的你，别听她的。要说一开始，嗯，应该要从我自大学辞职开始说。"马镇谭的思绪飘回了那所银杏叶金黄铺满地的大学校园。

那是马镇谭研究生毕业后留校当助教的第二年。

碧云天，黄叶地，秋色连波，波上寒烟翠。

大学校园里三三两两的学生结伴而行，一片欢声笑语。"马老师好！"学生礼貌地向马镇谭打招呼。

马镇谭将视线从金黄银杏叶层层叠叠堆积的路面移开，微笑着和同学们打招呼，那是零九级应用心理学本科班的学生，卢教授班上的。

马镇谭研究生毕业后，就跟了导师卢教授留校当起了助教，平时改改作业，给教授准备讲课的PPT，再指导一下学生的论文大纲，日子过得犹如校园里的静谧湖面一般，波澜不惊。

"小马，我向系里申请退休了，估计过两天就能批下来。"卢教授花白头发，温良敦厚。师从卢教授的这五年，马镇谭像是住在象牙塔里的小王子，生活安全而单纯，世上的一切风浪都被卢教授帮他挡下了。

"什么，教授您要退休？"马镇谭有些慌乱。

师父师父，既是师也是父，卢教授像父亲一样的殷切关心照顾，冥冥之中弥补了他幼年丧父的遗憾。

"我年纪也大了,该回家享享清福。小马,你有什么打算?下学期开始接我的班,教认知心理学,怎么样?"卢教授微笑着,这孩子也该放手让他成长单飞了。

"教书?"马镇谭愣住了,从助教转为讲师,授课,写论文,做课题,评职称,与校内的女老师恋爱结婚生子,然后安稳地生活一直到退休,这一条四平八稳的道路,一眼就能望得到头的人生,真的是他想要的吗?

"怎么?教书不好么?系里你也熟,将来开展工作也方便,我去和系主任打声招呼,下学期就给你排上课。"卢教授拍了拍桌上的教案,"教学内容PPT都是你做的,备课都不用花什么功夫,相信你一上讲台,张口就能来。"

"以你那张小贫嘴,说不定讲起课来比我还精彩。"卢教授笑着拍了拍马镇谭。

"卢教授,关于教书,嗯,我还没想好,让我再考虑考虑。"马镇谭有些犹豫。

"行,你多考虑一下,决定好了就通知我,我帮你安排。"卢教授收拾好东西离开教务室。

窗外的银杏叶簌簌飘落,黄一季又绿一季,一成不变的翡翠色的湖水,这样的景色,马镇谭已经看了五年,三年读研,两年助教,难道他这一辈子,都要困在这间狭小教务室里,阅读冬去春来一模一样的风景么?

马镇谭点开微信朋友圈,师兄史进正好发了一句意味深长的话:"人生不过三万天,你选择同一天过上三万遍,还是过三万个完全不同的每一天?"

史进长得斯文白净,比他高一年级,是读研时同宿舍睡在上铺的兄弟。师兄毕业之后就下海单干，开了一间心理诊所。

他约了史进下班碰头，几杯啤酒下肚，把自己对于前途的迷惘一股脑摊在师兄面前。

"老史，你说我该不该留校教书？将来成为卢教授那样的学者？"

史进眯着眼笑了，"既然你把我叫出来说这些，证明你心里有别的想法，否则当场就答应卢教授了。"

马镇谭点点头，"还是老史你最了解我，你心理诊所开了三年，感觉怎么样？"

史进故作神秘地压低了声音，"自打我开心理诊所的第一天开始，每天的经历就像坐过山车一样，能结识到各种各样的人，见识到五花八门的事儿。"

马镇谭立即来了兴致，"听上去好像很有意思哈，比猫在小黑屋里做PPT强多了，具体说说，都有哪些好玩的事？"

不料史进却故意卖起了关子，"我要帮病人保密，不能告诉你。不过可以肯定的是，当心理医生的生活比你在大学当助教有趣多了。"

马镇谭被撩拨得心痒难耐，"真的？真的这么有意思？"

"师弟，你是不是想加入我的诊所？欢迎，欢迎！"史进用力拍了拍他的肩膀。

马镇谭回忆起读书时就经常被上铺的史进捉弄，比如空投蟑螂蜘蛛什么的，现在要是再投奔他，指不定被他折磨成什么样呢，于是头摇得像拨浪鼓，严词拒绝邀请，"开诊所，我自己也可以试试啊，才不要去你那儿受你欺负。"

"小伙子，有骨气，纸上得来终觉浅，绝知此事要躬行。你学了这么多年一直是纸上谈兵，也是时候实战锤炼一番了。"史进鼓励道，接着详细介绍了开心理诊所的流程。

"基本上就这些事儿，你先去张罗着，哦，对，最好再招个助理，最好是女助理，长得漂亮人可靠，男女搭配干活不累，我帮你物色一下人选。"

为了余下的人生活得更有意义更丰富多彩，马镇谭毅然办了大学离职手续，辞别了再三挽留他的卢教授。

在房地产中介的介绍下，他跑了两个星期，租下了中心区写字楼一楼的铺面，虽然只有区区七十平米，但是用来开私人心理诊所足够了。

办执照跑工商购置家具，马镇谭将做助教时存下的积蓄几乎全花光，终于迎来了诊所的开业。

相熟的师兄师弟捧场道贺，史进望着形单影只的师弟，"怎么，助理还没招到？"

"嗯，忙得还没顾上这事呢。"马镇谭摇摇头，从此走出象牙塔，这小小的诊所以后就是他自己的王国。

"得嘞，交给我，你等消息。"此时史进心中已经有了一个人选，一个是水，一个是火，这两人碰在一块，一定特有意思，他戏谑地笑着离开。

马镇谭枯坐了半天，也没等到一个病人上门。他上网查看广告价目表，兜里剩下的钱完全不够打广告的。要不，就上城市论坛发个帖子吧，什么求职卖二手货招保姆的，都在上面发帖。

他思虑再三，敲下几行字："心病还需心药医。你有病吗，我有药，所有心理困扰症结疾病，马镇谭心理诊所为您排忧解难。"

好像力度还是不够，为了表决心，他又加了一句："要么我治好你，要么你整疯我。"

留下地址和电话,他摁下了发送键。

这一条广告,从此,改变了很多人的人生。

第二章 美女助理"大漂亮"对决"相亲一姐"

  某著名心理诊所中,史进翻着美女小师妹的微信朋友圈,心中不禁感慨她简直就是拳王战神重现人间——

  周一,路见不平一声吼,该出手时就出手。下班路上偶遇家暴男当街打老婆,女侠一脚荡平人间!配图是她比了个"V"手势的自拍,身后一个流着鼻血的男人躺在路边。

  周二,跆拳道段位晋级赛,打遍天下无敌手的大漂亮拿到黑带啦。配图是她一身白色跆拳道服,香汗淋漓地站在擂台上,脚边是两名被揍趴下的师弟。

  周三,派传单遇上人渣,岂有不管之理,这么爱吃豆腐就让你吃到吐。配图是她气鼓鼓的脸,身旁大叔长相猥琐,脸上分不清是鞋印还是巴掌印,嘴里被塞满了豆腐渣。

  周四,我教训人渣有错吗,凭什么炒我鱿鱼!此处不留姐,自有留姐处!配图是她咬牙切齿握拳站在某楼盘售楼处门前。

  周五,三轮面试,换来HR一句,我们做过你的背景调查,为了公司客户的安全考虑，暂时不予录用。你们谁在背后说我坏话？配图是她龇牙咧嘴凶悍涨红的俏脸，照片背景是某公司的前台。

周六，钱包空空，只能泡面果腹。配图是她可怜兮兮地抱着一碗方便面。

周日，自我推销：全职兼职都可，文武双全，随时上岗。配图是她站在书架前自信满满的自拍，书架上各种奖杯奖牌，但仔细看大多是跆拳道比赛的。

史进遐想着这个麻辣小师妹每天追着马镇谭暴打的场景，不由得恶作剧得逗般地笑出了声，于是拨通了小师妹的电话，"怎么，大漂亮，你路见不平一声吼之后，又不幸失业了？"

大漂亮如遇知音，噼里啪啦地把前东家地产公司一阵臭骂，"师兄，你给评评理，遇到这种咸猪手，胆敢吃老娘豆腐的老不正经，是不是应该教训教训？"

"这世上还有谁敢欺负我师妹啊，必须打得他满地找牙！"史进笑着附和，遥想自己读研时，曾追求过心理学本科班的班花，外号"大漂亮"的小师妹，奈何她长相属兔子灵动美丽，性格却是豺狼虎豹，凶猛刚烈，以自己这二两身子骨小体格，妹子没追到手，拳头倒是挨了不少下，索性将追而不得的爱情，升华为革命友谊，以师兄妹相称，闲来无事经常聊聊天。

"本来就是他耍流氓，没想到被我教训了几下之后，他居然胆敢恶人先告状去公司找麻烦，说什么我暴力殴打客户，还扬言要报警，叫警察来抓我。我们那个公司，哦不，前东家也是豆腐做的，没丁点儿骨气，居然就屁了！"

"还把我给开除了，说我是危险分子，师兄，你给评评理！说起来都要气死我！"大漂亮怒不可遏地抱怨着。

"此处不留爷，自有留爷处。没什么大不了的，我这儿正好有个活儿，你愿不愿意来？"史进在电话里问。

"什么活儿，干什么的？"大漂亮的气消了一半，后悔以前上学时对师兄下手太重，似乎还曾经将他打出了鼻血？想追我就直截了当表白呗，抱盆仙人掌蹲我宿舍门口是几个意思，我以为他想要偷袭我呢，遂先发制人，把他一头摁进仙人掌花盆里了。

"马镇谭，应用心理学系的研究生，比我小一届的，你还记得不？"史进问，想当初就是下铺的马镇谭提议，对付大漂亮这种"另类"的妹子，不能送花送巧克力，不走寻常路才能引起美女小师妹的注意，送仙人掌最合适。

当史进满脸扎着仙人掌刺，又挨了大漂亮一巴掌，被打出鼻血狼狈不堪地回到宿舍时，马镇谭笑得前仰后合快笑岔了气。

呵呵，冤有头债有主，看你丫的以后还笑不笑得出来。

"哦，记得，就是那个长得像面条一样，细高个，大脑袋，头发像鸡窝，还特自恋的马镇谭，他不是毕业后一直留校当助教么。"

大漂亮对马镇谭经常一个人站在学校湖边，顾影自怜搔首弄姿的印象非常深刻，她一度以为杵在湖边扭来扭去的研究生师兄，是想不开打算投湖自尽，于是自告奋勇上前用所学的心理学知识对其进行深刻的思想教育，不料对方并不领情而是捂着脸跑开了，她这不还没出拳么，怎么他就提前感到疼痛了？

"马镇谭上个月从大学辞职了，现在也开了家心理诊所，正缺个助理，怎么样，都是同门师兄妹，你想不想上他那儿干？他虽然磨磨叽叽，但还算是个正人君子，将来绝对被你拿捏得死死的。"史进的话简直是在怂恿大漂亮这只大野狼，张嘴一口吞了小羊羔马镇谭。

"给他当助理，嗯，我考虑考虑吧，他诊所地址在哪儿？"大漂亮嘴上装作漫不经心，心里却已经乐开了花，以后再也没有不讲道理的老板和刻薄的HR了，区区一个马镇谭，肩不能挑手不能提的小样儿，还不随便她搓圆捏扁？

史进报上地址，"他诊所刚开业，正缺人手，要不你明天上午十点去找他面试吧。"

"行，谢谢师兄，改天请你吃饭。"大漂亮心满意足地挂了电话。

史进步入诊室，走廊已经排了好几个病人，"刘总？您怎么来了？又睡不好觉了？"排在队伍最末的是本市的IT精英刘总，有才多金，又单身，只是有点地中海秃头。

"嗯，有时候发噩梦，醒来就睡不着。"

"今天预约的人实在有点多，要不这样，我的研究生师弟，他也开了家心理诊所，要不您先上他那儿去咨询一下？"史进递上马镇谭的名片。

"行，他那儿不用排队是吧？史医生您生意可真是红火啊，提前一周预约，才能见上您一面。"刘总客气地接过名片。"马镇谭心理诊所，行，我这就过去瞧瞧。"刘总谢过史进，转身离去，并未留意人群中有个头戴鸭舌帽黑墨镜的女人，悄悄地跟着自己。

史进随即给马镇谭去了个电话，自己不仅推荐了个客户给他，连助理都帮他联系好了，马镇谭必须请客，至少一顿神户牛排。

"大漂亮？就是那个基础心理学本科班上的'街头霸王'、'女中李逵'？她来当我的助理？这……"马镇谭心里咯噔了一下，她不是你史进的梦中情人么，推到我这儿想干啥？

"瞧你这话说的，人家大漂亮不仅人长得美，还是咱们同门师妹，身手又了得，要是万一你接待个精神分裂又有暴力倾向的患者，她还能帮你挡子弹，挡大刀，冲上去保护你，对不对？有她帮你，师兄我放一百二十个心！"史进忍住笑，大力夸赞身手神勇的美女师妹。

"也是，熟人信得过，靠得住，谢谢师兄推荐！"马镇谭不再推辞，至少有美女助理来帮忙，自己不再是光杆司令了。

他认真地在日历上标好时间：师妹明天十点面试。

史进介绍的成功人士刘总，身穿名牌西装，带着镏金袖扣，成为马镇谭心理诊所的第一个病人，他向马镇谭粗略介绍了一下自己的症状。

"您的症状是多梦，伴有失眠症，刘总，咱们先做个心理评估测试，找出潜在病因。"马镇谭认真地询问和记录。

一名戴墨镜的女人此时正趴在门口，透过门缝向里窥视。

几页纸的心理评估测试结束后，刘总的失眠症病因已经找出，"我初步断定，您的失眠是由于性格容易紧张，对工作过于操心引起的，精神压力和负荷过大，导致的习惯性失眠。"马镇谭得出结论。

刘总神情有些紧张，"啊？那怎么办？我也知道自己想得太多，但公司正值IPO上市关头，程序流程千头万绪，烦不胜烦，越烦就越睡不着，好不容易睡着了，又被噩梦吓醒，周而复始。"

"您的自我暗示意识较强，如果依赖服用安眠药，则变相将失眠变成习惯，不服药就无法入睡，再说了，安眠药会加重肝脏负担，长期服用弊大于利。"马镇谭虽然作为心理医生，也有处方开药权限，但他并不提倡心理因素导致的生理疾病全部依赖药物解决，能心理疏导改善的，尽量不开药为好。

"我也知道吃安眠药不好，可是，也不知道怎么解决这个问题，晚上越想快点睡着，越睡不好，接着白天就更烦躁。"刘总愁眉不展。

"放宽心，刘总。您现在平躺在沙发上，我们进行一组放松训练。"

马镇谭声音平稳地说道。

"刘总，您首先别太在意失眠的问题。就把自己当成健康的人，可以和其他人一样乐观安宁地生活。现在，请您闭上眼睛。"马镇谭开始使用心理暗示法治疗失眠症。

刘总"唔"了一声，闭上眼睛，"您打开双手双脚，手心朝上，将注意力集中在腹部，开始缓慢地用腹部呼吸。"

"呼气，吸气，慢慢吐气，现在你觉得自己身体的每个部位，从脚趾、脚踝、小腿一路向上，随着你的呼吸，渐渐地放松，这里很安静，没有人打扰你，你可以很放松。"

"呼气，吸气……"随着马镇谭稳重而平和的声音提示，刘总眼皮渐沉，竟然在沙发上睡着了。

两小时后，刘总醒了过来，再三谢过马镇谭。

"刘总，您以后每天晚上练习这种呼吸放松法，睡前不要看与工作有关的文件，别喝茶和咖啡，要相信自己是个健康的人，就算不服用安眠药，也能安然入睡。"马镇谭嘱咐，"要是有什么不适，欢迎您再来。"

第二天一大早，马镇谭刚开门营业，就闯进来一名不速之客。

红色碎花连衣裙的女人，三十岁左右，姿色平平，一双眼睛还算大而有神，她摘下墨镜和帽子，非常不客气地说，"昨天刘总是不是来过你这里？他得了什么病？不治之症吗？我看他半天都没出来。"

马镇谭有点发蒙，"请问您是哪位？刘总的朋友？还是……家人？"他记得刘总婚姻状态那栏写着"离异"，只因工作强度和压力太大，没顾得上照顾家里，结婚两年就离婚了。

"我，我是他未来的朋友，哦，不，未来的女朋友，你叫我相亲一姐就行。"相亲一姐报出自己的名号，让马镇谭更加莫名其妙。

"相亲，相亲还有一姐？这么说你是相亲界的扛把子喽？"

"对啊，相亲一姐，专注相亲，目标就是钓得金龟婿如意郎君。"相亲一姐对自己的人生定位非常清晰，"别啰唆了，快告诉我，刘总他，就是我的男神，他得了什么病，会不会影响我们的后续发展？"

"你是他未来的女朋友，他是你男神？这是什么迷之关系，你是穿越过来的？"马镇谭被相亲一姐逗乐了。

"穿越你个大头鬼，我这不是还不认识刘总么，但已经锁定目标了，争取近期发展为男女朋友，所以，你必须告诉我他的真实情况。"相亲一姐气势汹汹。

"无可奉告，我要为病人保密。"马镇谭拒绝了。

"这种结婚生子的人生大事，必须越早摸清越好做准备，你不肯说？那就把刘总的心理评估报告拿给我看看，我昨天在门外看见了，好厚一沓。"相亲一姐咬定青山不放松。

马镇谭的眼神瞅了瞅墙上的挂钟，一会儿师妹大漂亮就要来面试助理了，相亲一姐不耐烦地敲了敲桌子，"嗨，我和你说话呢，他的心理评估报告，必须给我看！"

马镇谭摇摇头，礼貌地拒绝，"对不起，相亲一姐女士，我真不能给你看，这事儿我无能为力，非常抱歉！"

相亲一姐火气上来了，"你凭什么不给我看，我有了解他病情的知情权！"

马镇谭无奈极了，"不是我故意不给你看，问题你要看的是刘总的报告。要不您在我这儿做一次心理评估，我保证第一时间让你看到自己的心理评估报告。"

相亲一姐急得跺脚，"我只是想看看男神的病情，多了解了解他的信息，这样我才能创造机会追求他！相亲的痛苦，你懂吗？"

马镇谭见她这么执着，便讨好地说："刘总的信息我是真的不能泄露，否则就是砸了自己诊所的招牌。要不这样，您体验一下我的心理咨询服务，认清自己的优势，也好进一步主动追求幸福。"

相亲一姐愣了一下，"心理咨询？是能帮助我相亲成功吗？"

马镇谭心说今天开张又多了一单生意，露出职业微笑，"必须有用，心理健康是一切事业成功制胜的法宝。"

此时，一名身材火辣的妙龄女郎，身着白衬衫牛仔裤，时尚青春的大漂亮走进了心理诊所，她也不见外，一开口就抱怨，"史进师兄说你马镇谭开了一家很高端的心理诊所，怎么就这么一丁点大啊，他个大骗子。"

马镇谭尴尬地站起来，瞧了瞧等得不耐烦的相亲一姐，又瞄了两眼大漂亮，一时之间不知该如何是好。

相亲一姐识趣地站起来，"有美女贵客到是吧，看样子，我还是走吧！"

大漂亮判断这位是病患，便自来熟地拽住相亲一姐一起坐下，"这位小姐姐，有什么烦心事儿，尽管放开了说，我不是外人，是马镇谭同门师妹，也是学心理的。"

马镇谭被大漂亮浑身洒了两斤香水般的刺鼻香味熏得睁不开眼睛，他的鼻黏膜本就异于常人，对气味极为敏感，忍不住大声打了几个喷嚏。

"我说师妹啊，你这毛病怎么还没改，香水是用来喷的，不是用来洗澡的，你这是用了多少瓶香水泡澡。"

大漂亮故意扇了扇衣领，"两年没见，师兄你这狗鼻子的功力，可一点也没退化，都可以去海关当缉私犬了。"

马镇谭不理会她的嘲讽,认真地向相亲一姐说,"这次心理咨询我给你打七折,按小时收费,您可以先体验一次,说说自己的苦恼。"

相亲一姐深深叹了一气,"唉,一言难尽啊!我这几年的日子是,出门听见乌鸦叫,抬头看见扫把星,喝水塞了门牙缝,放屁砸了脚后跟。"

"总而言之,屋漏偏逢连夜雨,倒霉到家,倒霉透顶!"

大漂亮大大咧咧地安慰道:"事业工作不顺利?我也是呀,这两年我是东城跑外联,西城干销售,南城当前台,北城当文秘。鱿鱼被炒了一次又一次,就快被炒煳烧焦了。"

"现在,再度失业,流落街头,唉,说多了都是泪。"

相亲一姐连连摇头,"我说的不是工作,是爱情!我每年相亲一百多次,至今没有男朋友。"

大漂亮如遇见知音一般,一把握住相亲一姐的手,"我也没有男朋友,咱俩真是同病相怜!"

马镇谭冷不丁地插了句嘴,"史进师兄当年不是追过你么,结果你上去把人家一顿暴打,他可被你打得有了严重的心理阴影,好长一段时间都是单身,看见妹子就胆儿颤。"

大漂亮不屑地翻了个白眼,"陈芝麻烂谷子的事儿,你还提来干什么,谁没年少轻狂过?"继而追问相亲一姐,"那小姐姐,你想找什么样的男朋友?"

相亲一姐满脸憧憬,"最好是长得帅的,长得像陈伟霆,或者像胡歌也行。"

马镇谭忍不住吐槽她们的肤浅,"帅又不能当饭吃,而且留在身边也危险,再者说了,好看的皮囊千篇一律,有趣的灵魂万里挑一。"

大漂亮反唇相讥,"你别吃不着葡萄说葡萄酸了,长得帅,本来就很有趣，每天一睁眼看见大帅哥，心情多灿烂啊！"

马镇谭想纠正她们错误的思想，"结婚过日子，是一辈子的大事，光看外表哪行！得看内在啊！"

相亲一姐被踩到痛处，"谁说我光看外表？男人帅不帅，除了看外表，还要看他在CBD买房子的时候……"

大漂亮加入帮腔道："帅不帅，还要看他在4S店买豪华轿车时的样子！"

相亲一姐接着说："还要看他买十克拉钻戒求婚时的样子！"

马镇谭感到自尊心受损，她俩这是在故意刺激我这个在贫困线上苦苦挣扎的单身男子么？"得得得，我懂了，女人看男人帅不帅，除了看脸，还要看他大方花钱的样子。"

相亲一姐立刻来劲了，这话题她最有话语权，"那必须的，光看外表有什么用？我是卖房子干销售的，你们知道应该如何买房吗？"

马镇谭和大漂亮同时摇头，"没买过，不知道。"

相亲一姐开始介绍经验，"其实，这个相亲和买房是同一个道理，你可以同时看多个楼盘，但最后要掏钱买哪个，就得看具体楼盘详细分析了。"

马镇谭问，"怎么个分析？"

相亲一姐摆出一副专家的样子说，"很多刚毕业没有工作经验的'刚需'客户，常常考虑正在规划设计，亟待开发的'潜力股'，他们不知道，连'配套设施'都没落地的'期房'，后续风险非常大，有烂尾的可能，以后有苦也说不出。"

大漂亮有所感悟，虚心求教，"那应该找什么样的对象呢？用买房子打比方的话，该买什么样的房子？"

相亲一姐以过来人的身份，拍了拍大漂亮的肩膀，语重心长地教育她说，"像我这种有经验，有社会阅历的，想要买'改善型'住房的客户，首要考虑的是对方现有的条件是否优秀。毕竟只要是成熟的现房，已经完全交楼了，价格还能跌到哪儿去。"

大漂亮扁了扁嘴，目光扫过吊儿郎当的马镇谭，"可是，咱们身边哪有那么多优质的现房可以选择啊！"

相亲一姐释然地笑了笑说，"小妹，咱新楼盘的现房找不到，可以选择二手房啊！"

大漂亮咂巴着嘴，"你的意思是，二手房，离过婚的男人？"

相亲一姐一拍大腿，"没错！千万别介意男人离过婚！要知道，房地产市场上价格最贵的就是二手房，哪套学区房不是二手的！"

马镇谭自信地拍拍胸脯，"两位别那么悲观嘛，现在你们眼前不就是一套优质的'现房'么！白领、骨干、精英、神医马镇谭。"

大漂亮轻蔑地"哼"了一声，"我呸！你？你撑死算是一套位于郊区，刚通上地铁的'老破小'鸽子笼！"

相亲一姐摆摆手，"不至于不至于，马医生这条件，属于可以考虑入手的'期房'。不过，这诊所就……寒碜了点，不是官方修建，也不是大开发商承建，要小心后续经营不善，变成烂尾楼，彻底砸在手里！"

大漂亮笑着调侃，"不怕，他要是敢变烂尾楼，我就用红油漆在他脸上写个大字，'拆'，随时爆破拆除，省得他影响城市的市容市貌。"

相亲一姐继续笑着说，"小妹，那个字啊，它不念'拆'，应该念'富'，一夜暴富的富！"

她突然灵光一现，茅塞顿开，激动地说，"小妹，你是一语惊

23

醒梦中人啊！我找什么IT精英刘总啊,公司还没上市,有烂尾的风险,我应该去找拆迁户相亲,清一色全是暴发户！我这就找他们去！"

话刚说完,迫不及待的相亲一姐旋风般离开心理诊所,前往寻找"真爱"拆迁户。

马镇谭和大漂亮愣了半晌,"不是,这到手的生意,心理咨询费还没收到,咋就让你给搅黄了？"马镇谭抱怨着,眼看煮熟的鸭子就这么飞走了。

大漂亮吐了吐舌头,"你又没提醒我,我哪知道,这不越聊越投机,就给忘了么。"

马镇谭见大漂亮这两年出落得愈发水灵,姑且就收留她吧,"那今天你就正式上班入职,当我的助理,少收的心理咨询费,我就不和你计较了。"

大漂亮里里外外参观了一遍七十平米不到的心理诊所,"你这小破庙豆大一丁点地方,能供得起姐我这样的真女神吗？找上门的猎头那可是排成十米长队了。"

马镇谭揶揄一笑,"你可拉倒吧,我都听史进说了,你失业在家已经有一阵子了,来我这儿上班至少不用天天吃泡面,咱们也熟,不用条条框框讲那些规矩。"

大漂亮尬笑了两声,心说,还想再装装高不可攀呢,这熟人就是不好蒙哇。

"那行吧,姐就姑且屈尊在你这座小破庙,帮帮你吧,工资能给开多少？"

马镇谭心中迅速盘算了一下积蓄,实在所剩无几,"一般心理咨询师助理,挂牌价是五千到八千,我这也是刚开业,再加上试用期……"

大漂亮抢先开口，"行，就八千，我也不和你讲价了，成交！"

马镇谭呵呵一笑，"你想多了，试用期五千，转正之后六千，怎么样？"

大漂亮作势转身就要走，"你才想多了！我去售楼处当导购在街上派传单，一个月都有七千，以姐这学历，这样貌，你好意思给这么低的工资？"

马镇谭只好开口挽留，"如果你兼职干保洁后勤，除了我干不了的活，你全给承包了，每个月工资八千！"

大漂亮鄙夷地瞄了马镇谭一眼，"还要兼职当打扫阿姨，是不是还要给你喂饭洗澡兼洗衣服啊？"

马镇谭心想我存折上只剩一万了，给你开八千工资，我可就只剩两千块了，嘴上不禁强硬起来，"我也是受师兄史进之托，要我照顾你、收留你，你成天在外疯疯癫癫的，钱没挣到吧，说不定哪天还被人找茬给抓起来。"大漂亮的微信朋友圈他也翻了一遍，毕业两年多不停地换工作，而辞职原因大多数是和人动手。

"小样儿，说谁疯疯癫癫呢？今天就让你见识一下姐的厉害！"大漂亮摆出跆拳道应战的姿势，马镇谭不敢轻敌，举起扫把应战。

只用了两招，马镇谭就被大漂亮掀翻干趴下了，疼得站都站不起来。

"算了，看师兄你这么弱不禁风，留你一个人开诊所，肯定少不了被人欺负，工资八千就八千，诊所做大了再给我加工资，我也不和你计较了。今天这场架算是热身，你以后多练练就习惯了。"大漂亮嘴角上扬忍住笑，拍拍马镇谭的后背。

"欢、欢迎，加入。"马镇谭艰难地吐出几个字，这位一言不合就开打，以后的日子，我可怎么熬啊！我怎么觉得，史进介绍她来当助理，是故意找茬来的，肯定没安好心。

此时，史进正在自己的诊所里接待病人，突然打了个喷嚏：是谁在背后骂我？

第三章　没病也要找病的"疑病症"

"每天坚持做高强度间歇有氧运动，有助于强化心肺呼吸功能，每组十分钟，每天六组，跟上我的节奏，从此疾病远离你！"网络上教健身的短视频，张小娇点击了收藏，在日程表又加入了一项：早上六点起床，户外做一小时有氧运动。

他的日程表上除了工作会议安排，还有额外的一页，从早上六点到上班前九点，户外有氧运动、去公园晨跑、健身房器械锻炼，列了足足三个小时的锻炼项目。

这么高强度的训练，他咬牙坚持了一个星期，却感觉自己腿脚酸软，呼吸不顺，浑身无力，整个人都特别不对劲儿。

公司晨会上，经理见张小娇有气无力地双手托腮，不停地长吁短叹，精神萎靡不振，便关切地问，"小娇，你怎么了，是不是生病了，这几天怎么脸色这么差？"

不料张小娇听了陡然面色惨白，嘴唇颤抖着说，"经理，连你都看出来了，你也觉得我得重病了？"

经理被他问得有些莫名其妙，"对啊，看你没精打采的，估计是身体不舒服，要不批你半天假，上医院看看病？"

张小娇的表情却更悲伤了，"经理，我去医院查过了，医生说我各项指标都正常，注意合理分配时间运动和休息就行。可是，现在连你都看出来我得病了，医生他们怎么就看不出来！会不会，是我的病太重，他们怕刺激我，故意不告诉我。"

一番话让经理顿时语塞，"这样，小娇，你要是身体不舒服就回去休息，或者换家医院看看，我们还要继续开会。"

张小娇垂头丧气地离开公司，回到家，打开电脑上网搜索：肺癌早期症状是呼吸不顺畅；多发性骨髓瘤或者骨癌转移，会出现全身酸痛的情况；浑身无力，可能是贫血和低白蛋白血症引起的……

他瞳孔放大，鼠标滑轮上的手指痉挛颤抖，"癌症！我要死了！我要死了！"他放声哀嚎着扑倒在床上，将脑袋埋在枕头中大哭。

"你这是干啥，出啥事了，今天怎么不用上班？"老婆在客厅听见动静，抱着刚满月的孩子跑进卧室问道。

"我得绝症了，活不长了！"张小娇一米八五的健硕身躯在床上抖了两下，家里的地板都微微震动。

"不是，这好好的一个大活人，怎么就得绝症了，你不是一直跑医院检查来着，化验结果不都说没事么？"老婆似乎已经见怪不怪，只是这次动静也忒大了点，再这么干嚎下去，隔壁邻居以为她出手打他了呢。

"就只有一个指标，叫什么血脂的，有点偏高，医生叫你少吃红烧肉，加强锻炼，我看你现在不是每天一大早起床去跑步么，多锻炼锻炼，不就降下来了？"老婆耐心地劝道。

"不是的，不是的！我所有的症状，都符合癌症早期的特征！

医生他们那是在故意安慰我啊！"张小娇坐起身来，继续捶着枕头大哭，地板又震了几下。

"哎哟喂！你三十好几的人了，能不能成熟稳重一点，这一天天要死要活的！"老婆怀里的婴儿被父亲的哭声吓醒了，也"哇哇"大哭起来，"你看，你把宝宝都吓着了。"她抱着孩子离开卧室，哄着孩子。

张小娇抽噎着擦了擦眼泪，"不行，我还得治病去，万一，万一要真的是癌症，那怎么办？"他自言自语着，开始翻着抽屉，"老婆，你把咱家房本放哪儿了？"

"你要房本干什么？"老婆在客厅泡奶粉，准备喂孩子。

"万一我要是确诊了癌症，那不得住院治疗，我先把房本找出来，把房子卖了，准备好治病的钱。"张小娇翻遍了卧室的抽屉，也不见红色的房产证。

打工十几年挣的这套房子，现在要是卖能卖上三百万吧，住院费估计够顶一阵子了。

老婆听了他这不着调的话，不由得怒火中烧，"啪"地把奶瓶往茶几上一拍，"我告诉你张小娇，你那体检报告上的指标，比我的还健康，你这来来回回折腾了大半年了，老家的老娘瘫在医院，全靠你爹一个人照顾，家里有娃你也不管，天天怀疑自己有病，你都三十好几的人了，能不能有点责任心？"

"现在你还越来越来劲了是吧，还想把房子也卖了，真是没完没了！"老婆冲到衣帽间迅速扒拉了几件衣服装箱，拖着行李箱抱起孩子，撂下一句狠话，"我这就抱孩子回娘家去，房本就放在我这儿，你休想卖房子！"

"砰"的一声，门关上，老婆带着孩子离家出走了。

"你！老婆，老婆！"张小娇有些慌乱，冲到阳台上大喊，可老婆权当没听见似的，一手拖着箱子，一手抱着孩子，还越走越快，拦下一部出租车，上车扬长而去。

张小娇泄气地瘫坐在沙发上，手脚依然酸疼难耐，"唉，还得上医院好好检查检查！老婆，就先让她回娘家冷静冷静吧，我还是先去治病要紧。"

照CT、X光、验血、验尿，医院检验科的医生都认识张小娇了，每个月都要来医院做一次从头到脚的大检查，就差拿放大镜照一照他的头发丝是不是有分叉了。

抽血、排队、交费折腾了大半天，全部检验报告终于一张不少地交到张小娇手里，"怎么样，医生，我还有救吗？住院费要花多少钱，我先准备着。"张小娇紧张地问医生。

医生不禁哑然失笑，"这回啊，你连血脂指标都下降到正常范围内了，全身还真是正常得挑不出任何毛病，你别来住院了，我们床位也紧张，还要留给那些重症患者呢。"

"不是，医生，您看仔细没，我真的是哪哪都不舒服，手疼，脚疼，又喘不上气，还冒冷汗，你看我现在坐在这儿，感觉浑身无力飘得很。"

医生无奈地将他的检验报告铺在桌上，"血常规正常，X光片正常，CT核磁共振这么贵，你都去做了，脑扫描未发现异常，尿液正常，这么多检测报告显示，你体内没有发现炎症、癌细胞和其他遗传性疾病。后面还有好多人在排队呢，要不您先回去好好休息？"

"只要饮食均衡，加强体育锻炼，不会得什么大病的，你别多想。"医生耐心地劝道。

"行，行吧。医生要是我真的得了什么大病，您一定要如实地告诉我，我能受得住打击！"张小娇目光恳切地说。

医生摆摆手，叫了下一位病人进来。

第二天，张小娇如往常般起了个大早，先是做有氧运动，他将手机挂在小区的树枝上，"现在开始第一组，开合跳，大家跟上我的节奏，一，二，来！"视频里的健身教练动作利落，身材高大的张小娇也跟着跳，不一会儿就累得满头大汗。

"第二组，波比跳，下蹲，双手着地，双腿回缩，蹬，跳起来，跟上节奏，一，二，三，四……"张小娇双臂支撑着身体，吃力地跟上视频里教练的动作。

足足六组高强度的耗氧运动，张小娇忍着浑身酸痛，终于全部做完。

他背靠着树坐在路边，咕咚咕咚灌了好几大口水，心跳快得像是要从嗓子眼里蹦出来，"哎哟，我的小心脏，是不是得了心脏病了？"他点开手机搜索页面，"窦性心动过速，多表现为冠心病患者，心悸，气促，心力衰竭！"他脸色煞白地念着，"完了，每一条都符合，我这是得了冠心病！"

"医生说了，别多想，也许过一会儿就好了。"他自我安慰着，休息了一会儿，开始进入第二组训练，去公园晨跑一小时。

他满脑子都是心脏病、癌症、因治疗无效英年早逝的相关新闻，心情愈发糟糕，不由自主地越跑越快，"不对！呼吸有问题！"张小娇的气管猛烈地收缩着，他大口喘着气，顺着公园的绿道跑到了马路上，"不行了！我、我、我快死了！"

路边写字楼商业裙楼的一块招牌映入眼帘："马镇谭心理诊所"。

他像是在无边的深海中看到了救命稻草，脚下发力向心理诊所跑去，"医生，快！快！救救我！"

此时，刚开门营业的马镇谭泡好一杯咖啡，正在优哉游哉地刷看手机新闻，大漂亮在一旁又是拖地又是擦桌子的忙个不停。

当老板的感觉还真是好啊！马镇谭眯眼望着大漂亮忙碌的背影，她干活，我享受，人生一大乐事！顺手用手机拍了一张大漂亮打扫的背影照片，给史进发了过去，配了一行字："怎么样，羡慕我吧，这个感觉倍爽儿！"

史进却回复了一条："劝你低调点儿，小心被打！"

哼，你这是吃不着葡萄说葡萄酸！

大漂亮将诊所里里外外拖得锃亮，一抬头却看见马镇谭独自对着手机，露出贱兮兮的笑容，瞬间挑起她打人的冲动，"算了，先忍忍，刚来上班。"她转身提着桶拎着拖把走出诊室，向洗手间走去。

张小娇喘着粗气，闯进诊室，"医生，快！快！救我！"随即一个踉跄摔倒在地。

马镇谭被吓了一跳，从哪儿冒出这么个五大三粗的壮汉，怎么上来就躺地上了。他慌忙站了起来，打算俯身去扶这个高大健硕的男人。

张小娇却率先一步，一把抓住马镇谭的裤子，呼吸急促，张大了嘴。

马镇谭急忙问："你怎么了，哪儿不舒服？哎呀妈呀，你放手，别拽我裤子！"他边说边提着裤子，防止裤子疯狂下滑。

张小娇用尽力气，终于从牙缝里迸出几个字，"医生，快救我！我！我快要死了！"说完便双眼一闭失去了知觉，临末还顺势把马镇谭的裤子拽下来一半，露出了里面的小黄鸡内裤。

马镇谭使劲将裤脚从张小娇的手指缝中扯了出来，重新穿好裤子。

"喂！"马镇谭蹲下拍了拍张小娇的脸，"喂，你醒醒。"探了探对方的鼻息，"还有气儿啊，醒醒，你可千万别死在我这儿，我刚开业。"

张小娇依然面如死灰地一动不动。

"麻烦了，得做个心肺复苏。"马镇谭脱掉白大褂扔在一旁，卷起袖子，跪在张小娇身旁，开始双掌用力给他做心肺按压，动了两下，发现这个姿势完全使不上劲，不顺手，便跨坐在张小娇身上，继续用力按压。

几下之后，张小娇还是没有任何反应，没醒过来，马镇谭又探了探鼻息和颈部动脉，"嗯？怎么回事，有呼吸，也有脉搏啊。"

难道要用人工呼吸？上一次用这招还是在学校当助教的时候，他亲自下场给学生们做示范，对象是个塑料假人。

看来这次要来真的了。马镇谭一副视死如归的样子，叹了口气，一切都是为了救人，今天豁出去了。

他眉头紧锁，双眼紧闭，心一横，便俯身对着张小娇的嘴吹了下去，正当两张男人的嘴即将触碰到一起的瞬间，张小娇突然醒了，对着即将压下来的脸，上去就是一巴掌，"啪"。

而这一幕恰巧被从洗手间洗拖把回来的大漂亮看见了，"你！你这个禽兽！"

马镇谭起身回头，刚想开口解释，脚踩在湿漉漉的地板上一滑，"吧唧"，向前一扑，结结实实地和张小娇拥吻在一起。

张小娇猛地一把推开马镇谭，"你！你怎么！耍流氓！"

"想不到，师兄，你居然是个大色狼！连男人都不放过！"大漂亮震惊又不可置信地瞪着眼前这一幕，冲上去就是狠狠一巴掌。

"劝你低调点，小心被打。"史进回复的微信浮现在眼前。

33

又被他说中了，这是今日份儿的挨打吗？

马镇谭眼泪汪汪地捂着脸，一左一右两个通红的巴掌印。苍天哪！

五分钟后，大漂亮在登记患者张小娇的个人信息，张小娇几次想开口，"马医生，我……"马镇谭正用湿毛巾冷敷被打得通红的脸蛋，"你闭嘴！"

他越想越憋屈，自己明明就是大义凛然，救死扶伤，怎么就成了"大色狼"、"耍流氓"？他就算再瞎，也不可能看上这样的……壮汉啊。

马镇谭越想越气，"噌"地一下，猛地站起来，走到张小娇面前，质问他："说，你是不是有病？"

张小娇似乎见到了知音，激动地一把握住马镇谭的手，泪光闪现，"我果真是遇见神医了！马医生，你是咋一眼就看出我有病的？"

马镇谭一把甩开被握住的手，"当着大漂亮的面，你说清楚！你说说你，一个五大三粗的老爷们儿，大清早跑到我诊所来，差点把我裤子扒了个底儿掉。"说着他又提了提裤子。

"然后又吧唧一下倒我面前了，我给你做心肺复苏，想着赶紧争取时间抢救，你却莫名其妙扇了我个嘴巴子，我招你惹你了我？"

张小娇被训得低下了头，委屈地扭着手指，娇羞地说，"当时，你的嘴，直接就奔人家来了，我还以为你要对人家……那个呢。"

一旁的大漂亮添油加醋地插了一嘴，"接着，还真的，就那个了！哦……"

马镇谭生气地哼了一声，"那还不是因为你拖地，地上太滑了，我这两巴掌挨得也太冤了。"

张小娇眼巴巴地凑了上去，在马镇谭对面坐下，马镇谭把湿毛巾一撂,"你到底想干吗?"

张小娇安抚道:"你咋还说急眼了呢?我是真有病,劳烦您给瞧瞧吧,我上有老,下有小,还不想死呢。"

马镇谭平复了一下情绪,"你活蹦乱跳一个大活人,我看是心里有病吧?"

张小娇点点头,"嗯哪!"

马镇谭有些惊讶,"嗯哪?"

张小娇殷切地望着马镇谭,"我说啥来着,您就是神医没错了,不用号脉,也不用化验,一眼就瞧出来了。"

马镇谭翻了个白眼,"我就是一心理医生,给你号什么脉,化什么验,有病你上大医院啊!"

张小娇无奈地摇了摇头,"全城的医院我都跑遍了,所有检查我也都做了个遍,医生却都说我没病。"

马镇谭沉默了几秒,"你确定不是来耍我的?"

张小娇连连摆手,"绝对没有,我很明显有病,而且病得很重,但是这些医院就是查不出来。你看,我今天早上莫名就心跳过速,呼吸困难,头晕眼花,四肢无力,明显就是冠心病、心脏病,还有脑瘤、血管瘤、肺癌、骨癌、贫血。"

大漂亮拍拍张小娇肌肉发达的肩膀,"一般重症病人都面黄肌瘦,你这身形能参加重量级举重比赛了。"

马镇谭已经明白了七八分了,"那你早上都干吗去了?"

"为了锻炼身体,我为自己制定了严格的健身计划,每天早上三个小时运动,跑步一小时,有氧运动一小时,再加上去健身房器械锻炼一小时。"张小娇如实回答。

35

"大哥，敢情你这是要去参加铁人十项全能大赛啊？"大漂亮讶异极了，"三个小时，这么高强度的运动，又不休息，不累趴下才怪。"

马镇谭微笑着说，"难怪要跑我这儿晕倒，能喘上气就奇了怪了，你不知道运动要适度吗？行了，我已经知道你得的是什么病了。"

张小娇紧张起来，"我果然有病，医生，那我还有救吗？"

马镇谭淡定地说，"你这病吧，找医院确实没法治，你这是心病。"

张小娇一拍桌子，"我没说错吧，之前上网查过了，就是冠心病，心病的一种，医生，我能治好不？"

马镇谭一本正经地说："严格来说，你这是一种心理障碍，全称叫疾病焦虑障碍，又称疑病症，你成天疑神疑鬼，总认为自己得了重病，甚至连医院的诊断结论都不相信。其实，你什么病都没有。"

张小娇一副不相信的样子，"咋没病，你不是说了么，我得了疑病症，这病也没听说过啊，要咋治？要住院开刀？"

马镇谭吐出两个字："话疗。"

张小娇激动起来，"什么，要化疗，哎呀妈呀，都要化疗了，你还说我有救！癌症晚期才要化疗，证明我离死不远了。"

马镇谭抚额，无奈地解释，"我的意思是，谈话治疗，又称心理疏导，这是对付心理障碍最有效的方法。你先说说，你为什么会这么害怕自己生病？"

张小娇的话匣子就此打开，"我北漂也十几年了，老家在东北乡下，去年我妈脑溢血，突然瘫痪，靠我爸一个人照顾，我爸他老人家的身子骨也不太硬朗，下地种田摔断过腿，我老婆为了生孩子照顾宝宝又辞职在家。"

"唉，我就想着，我可千万不能得病，要是我生病倒下了，谁负责赚钱？谁来养家糊口？"

"我要是有个什么三长两短，老娘谁来供养，娃的奶粉钱怎么办？"

"所以我一边拼命工作，一边拼命锻炼身体。"

马镇谭感慨："家家有本难念的经，你就是想避免自己得病，才矫枉过正，疑神疑鬼，医院的检测报告，白纸黑字，都是科学的诊断依据，难不成还能骗你？"

张小娇道："那你的意思是，我就是担心生病引起的疑心病，其实什么事儿都没有？"

马镇谭指指对方的胸肌，"瞧瞧你这体格，铁塔一样，大漂亮都未必能打倒你，你可放一百二十个心吧，你倒不了的。"

"你大可以放下思想包袱，现在社会保障这么完善，多的是各种救济渠道，就算你倒下了，背后还有社会和国家给你撑腰。你要是没报名参加铁人全能比赛，每天运动一个小时就足够了，又不是专业运动员，犯不着往死里练，有这时间还不如多陪陪老婆孩子。"

大漂亮听见自己被提及，凑热闹似的举起握紧的拳头说："我和他还没比画过呢，师兄你咋知道我撂不倒他？我可是跆拳道黑带高手，身经百战。"

张小娇望着大漂亮的拳头，胆怯地咽了口唾沫，突然站起来就向外退去，"哎呀，妈呀，糟了，我给忘了。"

马镇谭问，"又出啥事了？"

"你一提老婆孩子，我想起来了，我老婆怕我把房子卖了去医院治绝症，昨天带着房本和宝宝回娘家了，我得赶紧接她去。"张小娇开门跑了出去。

"哎，别急着走呀，不然咱俩先比画比画，你练这么久的体能，可别浪费啊！"大漂亮笑着在他身后喊。

张小娇听了后跑得更快了，走廊上传来他的声音，"谢谢医生，我改天再来找你话疗。"

马镇谭捂嘴笑了，"一听说要和你对决，立马把人吓跑了，应该把师妹你的照片贴在诊所的门上。"

"知道我长得美了吧，照片贴门上招揽生意？"大漂亮甩了甩大波浪秀发。

"把你的照片贴在门上，当门神，既能辟邪，又能驱鬼！"马镇谭挤对完，立刻脚底抹油，溜之大吉。

"你说什么？我看你又皮痒了，你给我站住，别跑！"大漂亮跺了跺脚，追着他就要开打。

第四章　治愈"强迫症"的没事找事

大学刚毕业的吴小李入职建筑设计公司已经三个月了。

按常理,这几天人力资源经理要找他谈话,确定以后具体的工作岗位,还有转正之后的薪资待遇。

从当实习生到正式转正,是吴小李成为社会打工人的第一步。他如往常一样,起了个大早,第一个抵达公司。

吴小李先用电子雷达般的视线扫描自己所在的测绘部大办公室,全场一共有三十八处不整洁,既然看见了,就不得不收拾,否则浑身不舒服。

首先,部门的垃圾没倒,他小跑了几趟,将十几个工位上的垃圾桶全部清空。

其次,隔壁老许的办公桌上铺的全是图纸,有碍美观,他将图纸全部卷起来码放整齐。

接着是小张、小郭、小文的桌面,零食收进抽屉,笔筒归位,桌面擦干净。

忙活了近一个小时，测绘部焕然一新。然而，当同事们纷纷上班后，办公室里却传出惨叫声连连。

"谁把我的杯子洗了，昨天泡的小青柑没了！"

"谁把我的图纸收起来了，我都做好改图标记了，上百张图呢，你让我怎么找？"

"谁把我的垃圾倒了，我的多肉还在里面！今天带来新花盆来换土，结果多肉没了！"

"谁把我的鼠标藏起来了，也太没公德心了！"

连保洁阿姨也怒气冲冲地跑了进来，"你们谁，谁把垃圾倒在楼梯间的空桶里的，那个桶是专门装厨房剩菜的！"

"哦，是我，是我，都是我。"吴小李呵呵一笑站了起来，"我一早来，发现办公室太乱，看着难受，就收拾了一下。"

"你！谁让你乱倒垃圾的？"保洁阿姨指着他，气得说不出话来。

"你！你太无聊了！"老许抱着几十卷图纸，怒气冲冲地指着他。

"吴小李，我和你说了多少遍了，大家的东西，私人物品，你不要乱动，你乱动了会给大伙添麻烦的！"组长语重心长地说。

"既然看见乱了，就不能不收拾，不然看着难受，组长你看，现在办公室多整齐啊，我连桌子椅子都全部对齐摆了一遍。"吴小李兴致高昂地指着码齐的桌椅。

"是可忍，孰不可忍！"老许埋头在一堆图纸中抱怨着。

"忍和残忍的本质并没有区别，忍无可忍就是残忍！"同事小张愤懑地说。

"忍无可忍，无需再忍……"同事小郭抱着花盆怒斥。

组长叹了几口气，同事们的话中有话和言下之意他全明白了，再让实习生吴小李待在公司，全公司的人都得发疯。

"吴小李，人事经理有请。"组长出去了一趟回来通知。

吴小李心想：太好了，终于要转正了，是不是自己积极进取、勤劳上进的精神感动了HR，要是HR让他选择的话，他干哪个岗位好呢？

是测绘工程师，还是勘探工程师，或者干脆调到设计部去画图？

吴小李满心欢喜地走进人力资源部，在经理面前坐了下来。

人事经理咳嗽了两声，不禁腹诽道：这个吴小李也算是功力深厚非同一般了，全公司从前台到保洁，从行政到人事，从测绘到设计，没有一个人不投诉他的，之前试用期没过，他们人事部不好处理，这不，试用期才完的第一天，他的组长就点名道姓地让他走人，多待一天都不能忍。

"小吴啊，鉴于你这三个月实习期的工作表现，我们综合听取了公司各部门的意见之后，决定……"人事经理刚说到这儿，吴小李两眼放光充满期许地插嘴道，"经理你不用说客套话了，我已决定了，就留在测绘部，不考虑调去其他部门。"

"你不能留下来。"人事经理郑重地摆摆手，"我代表公司，感谢你这三个月的辛勤工作，但出于多方面的综合考虑，你被开除了。"

"什么？开除？"吴小李从云端跌到地狱，"不是转正吗，怎么会开除？"

"三个月实习期结束，公司有权给你办转正，也有权解除合同开除你。"人事经理解释着，"同事对你的投诉太多，我们也是迫于无奈。"

"咦，你这儿还在招聘呢，我报个名呗。"吴小李瞄见桌上的招聘简章，顺手拿了一份。

"不是，吴小李，你已经被开除了，怎么还来应聘啊？"人事经理摁住桌上的表格不让他拿。

"不是，我这不都看见了，要是不报名，心里难受，反正大家也熟，我就报名再应聘一次吧。"吴小李用力从人事经理指缝中抽走一张报名表。

"我的天啊！"人事经理终于明白为什么会有那么多人投诉吴小李了。

吴小李回到家，打开招聘网站，搜索了一圈儿，一次性群投了五百多份简历。

"急聘心理医生助理"一行字映入眼帘，"急聘？立即上岗？既然看都看见了，就去应聘吧，不去心里难受。"他抄下了招聘单位名称："马镇谭心理诊所"。

心理诊所内，马镇谭刚从超市回来，哼着小曲，在办公室铺上桌布，铺上盘子刀具，他摁下了手机音乐播放键，"重要场合，放点儿音乐。"

浪漫的萨克斯音乐回荡在诊所内，他招呼大漂亮坐在桌边，又从书架上拿下两个高脚杯，他打开易拉罐，郑重其事地往高脚杯里倒了小半杯可乐，"先来点喝的。"

大漂亮无奈地望着可怜兮兮的小半杯可乐，"师兄，今儿你又打算闹哪出啊？"

马镇谭兴高采烈地坐下，围着餐巾，拿起刀叉，"我正式宣布，为了庆祝咱们心理诊所成立了两个星期还没倒闭，我特意安排了这顿大餐。"

大漂亮扁着嘴，望着面前空空如也的盘子，"可盘子里什么也没有啊！你让我吃空气，喝西北风啊？"

马镇谭一把拽过购物袋，"哦，对，我差点把豪华版正餐给忘了。"

他从购物袋里拿出两包小浣熊干脆面打开，放到两人面前的盘子里。

大漂亮目瞪口呆，"这就是你说的大餐，干脆面比方便面还便宜啊！"

马镇谭又打开了一条巧克力，一分为二，放在两人的盘子里，"再加个甜点，有正餐有甜点，这不就是正规西餐的标配么？"

大漂亮双手抱头，表情抓狂，"放过我吧，我只是想混口饭吃啊！"

马镇谭抿了一口高脚杯里的可乐，"哎呀，师妹，你也要体谅一下我嘛，咱们目前刚开业，要积攒人气，没啥收入，这个苦尽了，才能甘来嘛，梅花香自苦寒来，不经历风雨，哪能见彩虹。"

大漂亮生无可恋地咬了一口干脆面，"哦。"

此时，诊所大门被推开，吴小李探头进来，"请问，这是马镇谭心理诊所吗，这儿是不是在招助理？"

马镇谭摇摇头，"那是上个月的招聘信息，现在已经招到人了。"

吴小李径自走了进来，在沙发上落座，"不是，你看我来都来了，就面试一下呗。"

大漂亮艰难地咽下了干脆面，"咕咚"喝了一口可乐，"什么情况，连一包干脆面都有人来抢啊？"

马镇谭不耐烦地说，"我已经说过了，已经招到人了，不需要助理了！"

吴小林呵呵一笑，"不是，万一我更合适呢，你看我来都来了。"

马镇谭无奈地从命，"行行行，咱们聊聊。"

大漂亮拿起干脆面，边啃边向外走，"我不打扰你们，我出去吃。"

吴小李从包里掏出简历递给马镇谭，"您先看看我的简历。"

43

马镇谭翻了几页，惊讶地挑了挑眉，"小兄弟，你一个土木工程系的，来我这心理诊所凑什么热闹？"

吴小李说，"我在网上看了一下招聘信息，发现不是很合适，但是既然看到了，不来应聘，心里难受啊。"吴小李见桌面上碎面渣一堆，便用刀叉推到一旁，码放整齐。

马镇谭无语了，"看到了就要去应聘，那你怎么不去应聘当美国总统啊？"

吴小李耸耸肩，"应聘了，申请被打回来了。"

马镇谭拿起病患信息登记表，"强迫症晚期患者，叫什么名字。"

吴小李开始东张西望起来，"吴小李，您叫我小李就行，您这儿可真够乱的，看着就难受。"

马镇谭在登记表上边念边写："患者名字，吴小李。"

吴小李开始行动，首先将桌上翻开的一本本书合上并摆整齐，"什么患者，我可没病，你这儿实在太乱了，不能忍。"

马镇谭刚伸手想拦，却晚了一步，"那是我找了一早上的资料，就这么被你合上了。"

吴小李的目光停留在马镇谭身上，"不好意思，书摆得太乱，看着难受。"他指着马镇谭的脖子，"不过您能把衬衫扣子系上么？"

马镇谭扭了扭脖子，"我也想系上，可是做不到啊。"

吴小李上前，拽住马镇谭的领子，用力拉扯，试图系上最顶端的扣子，可是马镇谭脖子粗，实在系不上扣子，人被吴小李勒得直翻白眼，双手乱晃。

大漂亮啃完干脆面回来，看到这一幕，赶紧拉开吴小李，"你放手，你要是掐死他，那我连干脆面都没得吃了。"

马镇谭咳嗽着,指着大漂亮说:"我在你心里就只值一包干脆面?"

大漂亮摇头,"不,还有每个月的工资。"

吴小李站起来对大漂亮说:"这我可要批评你了,作为他的助理你怎么一心就只想着……"他的目光突然锁定大漂亮的脚背,然后他忽地下蹲,帮大漂亮的白球鞋系鞋带。

大漂亮不屑地伸出了脚,"喂,你就算这样献殷勤,我也不会把助理位置让出来的,先来后到,你死了这条心吧。"

吴小李这一系就是足足半小时。

马镇谭歪在沙发上酣睡,嘴角上淌着哈喇子。大漂亮斜靠在椅子上,手里拿着一本书在看。

吴小李满意地抬起头,指着大漂亮球鞋上对称的蝴蝶结说:"搞定!这俩鞋带儿终于一样了,可累死我了。"

他的眼神扫过一旁的办公桌,感觉桌子有点歪,便从口袋里拿出一个水平测量仪,"我说你们这桌子放得歪了点儿啊。"

大漂亮保持原有的姿势,眼皮儿都没抬一下,"歪就歪呗,又不挡道。"

吴小李将水平仪对准桌角测量,"那我来都来了,看到歪了,也不能不管啊。"

一小时后,在吴小李严格标准的测量与整理后,诊所变得异常干净整洁。马镇谭还在睡觉,睡梦中时不时发出几声憨笑。

大漂亮坐在沙发上没动,手中的书换成手机,她在刷电视剧。

吴小李自来熟地找了一块抹布,蹲在地上擦地,经过大漂亮的时候,大漂亮配合地抬起脚。

大漂亮实在有些不耐烦了，帮我干活也就算了，这折腾大半天，还没完了？"我脚底下你都擦了八回了，再擦下去这瓷砖都要掉色了。"

吴小李抬起大漂亮的脚，仔细地擦着鞋底，"你看，都是你鞋底脏，这次彻底擦干净。"

吴小李终于把每个砖缝都擦白了，刚站起来，看见马镇谭额前一缕头发，"太不协调了！"顺手从桌上拿起一把剪刀，"咔嚓"把头发剪掉。

"大功告成。"吴小李伸了个懒腰。

马镇谭只觉额前一凉，惊醒坐了起来，看见吴小李手中的剪刀，摸了摸自己已经缺了一缕头发，好不容易留的刘海发型，苍天哪，就这么没了！

"头发也挺不容易的，你就放它一条活路吧。"

吴小李自豪地拍拍胸脯，"我以前参加过剪草坪大赛，得过第一名呢，你看你这发型，如锅盖一般，多整齐。"

大漂亮扑哧一笑，"锅盖头配大脑门，西瓜太郎。"

马镇谭阴郁地照着镜子，把齐刘海揉乱，"别别别，刚剪齐的。"吴小李拿起剪刀，又打算开始修剪，马镇谭生气地一把夺下剪刀，"吴小李，你觉得这样活着有意思吗？你就不能让别人有一点凌乱的自由？"

吴小李呆了几秒，喃喃地说，"好像是没什么意思，天天留意身边所有细节，确实挺累，但我也习惯了。"

马镇谭猜想以吴小李的强迫症的严重程度，肯定不是短期之内形成的，加上他刚大学毕业，估计这症状和他童年的生活环境不无关系。

"你是不是从小被教育，做事要一丝不苟，必须要把每一件事做到十分完美，并且不能出任何差错，要是出一点儿纰漏，就会受罚，对不对？"马镇谭问。

吴小李像是见到知音，"对啊，一点没错，你是怎么知道的？我记得上小学的时候，有一次写作文，一篇要求三百字，我就只有一个字写出了格子外，我爸就撕掉作文，逼着我重写。"

"考试也是，即便考了九十九分，他也会把我骂一顿，因为丢了一分。"

马镇谭点头，"你这强迫症就是这么一步一步形成的，你怕被锁在门外，所以出门前要把口袋的钥匙摸三遍，见到电灯就要检查电灯开关，见到地板有灰就要打扫得一尘不染，从外面回来洗手至少要洗三遍以上，是不是？"

吴小李点头如捣蒜，"你太了解我了，一点没错，看见脏和乱，不打扫整理心里就疙疙瘩瘩的不舒服。"

马镇谭指了指对方的脑袋，"这是因为你的脑海里一直住着你那严厉的老爸，你受他的影响，一直按照他的要求严苛地生活。"

"我建议采用系统脱敏法，先让自己放松下来，对每种情境下的强迫行为进行放松脱敏。"

"什么是脱敏？"吴小李第一次听见这么个词。

"比如说，让你随心所欲地过一天，接受生活的不完美，就像我刚才被你剪掉的那缕刘海，和那些整齐的头发相比，它正是我的魅力所在，生活也一样，要允许存在美中不足。"马镇谭解释着。

大漂亮揶揄地插了一句，"你就算有那缕刘海，也没啥魅力啊，区别只是有刘海的西瓜太郎和顶着锅盖头的西瓜太郎。"

"哼，我神医马镇谭的魅力岂是尔等凡人能理解的！"马镇谭继续对吴小李说着，"你习惯了一板一眼的搭积木生活，现在更应该体验一下，多米诺骨牌被推倒瞬间的快感。"

吴小李面露喜色，"我明白了，人是不应该被谁驯服的。所以，现在是要玩多米诺骨牌吗？"

"没有骨牌，但你可以随意发挥，所有没尝试过的玩法儿，都可以试试看。"马镇谭笑着说，"你可以彻底放飞自我。"

话音刚落，吴小李欢呼了一声，"呼啦"一下先推倒了书架上的书，然后将杯子里的可乐往他刚擦干净的地板上倒，他又从笔筒中拿出彩色笔在家具、桌子、电脑上乱涂乱画……

一小时后，吴小李迈着放肆的步伐，一蹦一跳、心满意足地离开了心理诊所。

大漂亮脸蛋上被画了两朵大红花，又涂了个黑眼圈，马镇谭嘴角画着两撇大胡子，所有的物品都散落在地上，墙上是色彩缤纷的涂鸦，还写着大大的"做自己"三个字。

马镇谭望着眼前凌乱的诊所傻笑着说："这次治疗又成功了，一下把多年的强迫症治好了，神医马镇谭不愧是我。"

大漂亮抹了一把脸上的油彩，"方才光看他造了，造起来拦都拦不住，但是好像，忘记收咨询费了。我下顿还得吃干脆面啊？"

马镇谭却不以为然，"你看他肆意妄为的样子，多开心啊，一点小钱，就别放在心上了，说不定他还会回来的。"

"瞧这屋里乱的，谁来收拾啊？"大漂亮哭丧着脸看着堪比狗窝的诊所。"你是助理兼保洁员，当然是你收拾啊，我给你放点音乐，助助兴。"马镇谭再次打开手机音乐。

"哼，我看还是先收拾收拾下你吧。"大漂亮嘟着嘴，反手一巴掌就呼了过去。

"哎哟！"马镇谭避无可避又挨了一掌，这难道是今日份儿挨打么？

他不是才大出血请她吃了顿大餐么，年轻人，要讲"武德"啊！

第五章　女明星厌食症的困扰

热闹的横店拍摄片场，庆功宴上，伴着"砰"的一声响，几瓶香槟的塞子被同时打开了。一众剧组成员齐声鼓掌欢呼："恭喜丽丽姐杀青！"

"女一号"丽丽一手接过副导演递来的香槟，一手接过剧务奉上的鲜花，笑得那叫一个春风得意。而另一边，刚拍完跳河戏份的替身演员袁莉莉正颤抖着从冰冷的湖水里站起来，一脸愤懑地望着远处人群中同样也叫"丽丽"的女主演，暗自腹诽：这个死丫头，十指不沾阳春水，飞车跳河吊威亚什么脏活累活都不用自己上场，只在镜头前微笑瞪眼皱眉撒娇，就被众人吹捧成大明星，还嘚瑟……到底有什么好嘚瑟的！最难的戏明明全是姐替她演的！

一直在岸边守着的丈夫大伟拉起水中的袁莉莉，立刻将浴巾围了上去，"恭喜啊！老婆大人，杀青了！"

袁莉莉却一脸不悦，气鼓鼓地擦着身上的水渍问大伟道："我粉丝群你维护得怎么样了，现在有多少粉丝了？"

大伟暗叹了一声，敢情这姑奶奶又要搞事情了！粉丝？家里倒是有好几箱，猪肉炖粉条，你想吃多少我就炖多少，蚂蚁上树也是我的拿手菜，放开了尽管吃。

"说呀！问你话呢，我的粉丝群有多少人了？我不是把粉丝业务都交给你打理了？"袁莉莉一双杏眼瞪着大伟逼问。

大伟心念：呜呼哀哉，我能说你的粉丝只有两个人吗？只有我和你爹！姑奶奶你还不得当场气晕过去？

他故作轻松地呵呵一笑，"老婆，你现在可火了，粉丝有十几万了！"

袁莉莉转怒为喜，双眼放光，"真的？十几万粉丝？那你赶紧去张罗张罗，安排明天开个粉丝见面会！"她瞥见庆功宴上丽丽和导演相谈甚欢，似乎正在商议下一部戏的拍摄计划，"还有，你再约下导演，安排下一部戏的试戏。"

"啊？粉丝见面会？还要试戏？"大伟傻眼了。

"快去啊！就定在明天。"袁莉莉催促着，哼着歌愉悦地走进化妆室换衣服。

大伟深深地叹了口气，姑奶奶上次说要开新片发布会，逼得他硬是在菜市场找了十几个菜贩子来充数扮作粉丝捧场，姑奶奶在电影里演一个刺客，其实只露脸了两秒钟，两秒之后就被主角给咔嚓砍死了。

唉，这次又来？让他上哪儿找那么多人充数？这种日子实在看不到头，还是得从根源上解决问题才行。

大伟打开手机：心病还需心药医，立刻拨通了预约电话。"喂？是马镇谭心理诊所吗？我想预约一下看病，心病……病人职业？哦，她是个演员。"

大伟挂了电话，立马又给老丈人去了个电话，唉，演这出戏，还得有个台搭子。

次日一早，大漂亮起床在梳妆台前精心打扮了一番，穿着白衬衣配西装马甲，脚踩长筒靴，斜戴着贝雷帽，俨然一个民国电视剧中走出来的女特工。她下了地铁赶到办公室，对着前台镜子照了又照，摆了个开枪的姿势。"看看今天这造型，妥妥的王牌女特工！"

每天掐着点上班的马镇谭跟随其后走进诊室，扒拉了一下凌乱的头发，顺手就摘掉了大漂亮的贝雷帽。"快三十度的大热天，穿成这样，你也不嫌热？"

大漂亮一把抢回贝雷帽戴上，扬了扬眉，神秘地一笑，"今天的患者来头很大！我必须精心打扮打扮，说不定就能趁此机会进入演艺圈，成为大明星，从此走向人生巅峰！"马镇谭很好奇，"什么情况，今天来的患者是什么人？是大明星？"

大漂亮拿起预约登记表念道："患者女性，演员袁莉莉，曾出演过上百部影视剧，疑似患有妄想症。"马镇谭听了浑身一震，马上也整理了一下衣服，面露喜色，"呀哈？演过上百部影视剧？那绝对是个大腕了，有大明星到访，蓬荜生辉，看来咱们诊所从此就要出名了！"

此时，一名高高瘦瘦、三十多岁的中年男子，戴着鸭舌帽，抱着大纸箱和一捆红地毯跑了进来，他在前台放下纸箱，径自在地上铺开红毯，"不好意思，不好意思，两位医生，麻烦你们让一让，莉莉马上到了，我是她老公大伟，要提前布置一下现场！"

大漂亮眼神闪亮，"呀！大明星要来了？我是不是可以要个签名？"

大伟突然站起来，对着两人说，"我老婆袁莉莉，唉，她有病，总觉得自己是大明星，所以等一会儿，还麻烦两位医生配合一下。"

大伟从纸箱中拿出一顶鸭舌帽给马镇谭戴上，并脱掉他身上的外套，"马医生，麻烦您来演导演。"大伟又摘掉大漂亮的贝雷帽，示意对方换上米咖色多口袋的马甲,并塞给大漂亮一台塑料摄像机模型,"这位女医生,麻烦您来扮演摄影师。"

大伟转身从纸箱中取出假花,铺在大漂亮办公桌上,"不好意思,要暂时借用一下这张桌子,袁莉莉的粉丝见面会就在这儿办。"

大漂亮掂量着手上的塑料摄像机模型,感到莫名其妙,"这是要干啥?我咋没搞明白?"马镇谭也纳闷,"你让我演什么导演?你们这到底想干什么?"大伟顾不上解释,看了一眼手表,急忙跑了出去,"莉莉到了!我去接她,你们看着演就行,自由发挥!"

大伟在前面带路,身穿大红色连衣裙、烈焰红唇、妆容精致的袁莉莉戴着墨镜昂首挺胸地跟在后面,反戴鸭舌帽、戴眼镜、拿着单反相机的年近六旬的莉莉父亲老袁随两人进入诊室。

大伟将马镇谭和大漂亮引荐给袁莉莉,"莉莉小姐,介绍一下,这两位是今天安排试镜的大导演和大摄影师,上午粉丝见面会之后就是接受导演的试戏。"

袁莉莉立刻摘掉墨镜,殷勤地和马镇谭、大漂亮握手,"自我介绍一下,我是演员袁莉莉,两位大导演和摄影师,幸会幸会。"马镇谭和大漂亮兴奋地与之握手招呼。大伟示意袁莉莉在布置有假花的办公桌后坐下,随即朗声说道,"现在宣布,著名演员袁莉莉小姐的粉丝见面会正式开始,欢迎粉丝合照和提问。"

老袁见状立刻上前对准袁莉莉"咔嚓咔嚓"开始拍照,大伟向马镇谭使了使眼色,示意对方提问。马镇谭尴尬地咳嗽了一声,"咳咳咳,莉莉小姐,请问您演过什么影视剧?"

袁莉莉娇羞地微笑,"我演的戏可多了,演过《××传》《××攻略》,基本上这些年横店所有拍的戏我都演过。"

大漂亮配合作势举着摄像机模型拍摄,并向马镇谭悄声,"这位真的是大咖明星？怎么好像没见过？"马镇谭点头继续问，"那请问您在戏里出演的是哪个角色？比如说《××传》里？"

袁莉莉面露不悦，不屑地哼了一声，"我演的都是大人物，角色可多得去了。"

一旁的老袁半捂着嘴和马镇谭小声介绍，"她在《××传》里演站在皇后边上拿扇子的宫女，镜头只拍到她拿扇子的手。"马镇谭顿时明白了几分，迅速和大漂亮交换了一下眼神，压低了声音问老袁，"那在《××攻略》里呢，她又演了谁？"老袁悄声说："她在《××攻略》里演街上卖菜的，镜头只拍到菜。"

马镇谭和大漂亮不由得忍笑低头议论，原来如此，怪不得演了上百部影视剧，看上去也面生，原来都没露过脸。大伟打破僵局解围，"莉莉小姐，我是您的忠实粉丝，麻烦您给我签个名。"

袁莉莉起身在丈夫后背衣服上签字，老袁推马镇谭、大漂亮上前一起合影，所谓的粉丝见面会就此结束。大伟示意进入下一个试戏环节，马镇谭背着手，推了推鸭舌帽，学着大导演的腔调说，"莉莉小姐，你想演什么角色？先试一段戏吧。"

袁莉莉欣喜地问，"导演，是让我试哪段戏？"马镇谭见对方这架势，估计是长期没演过像样的角色给憋坏了，今日索性让她释放一下情绪吧，适当的发泄也有益于身心健康，顺便了解一下她的心病症结情况，于是鼓励道，"你想试什么角色，什么戏都可以，尽情发挥。"

袁莉莉听了两眼放光，"真的吗？导演我想演谁都行吗？"马镇谭点头。

袁莉莉兴奋极了，面色潮红，"那我要挑战自我，反串男角，演谍战片《××者》！"

过了五分钟，三人换装完毕，只见袁莉莉身穿黑西服，头戴黑礼帽，大伟换上长风衣，老袁黑衬衫黑裤子，三人组合登场就像是20世纪三十年代上海滩的黑道大哥，大漂亮举着摄像机模型假装开始拍摄。

只见袁莉莉拉着父亲老袁的胳膊，老袁对着大伟做出开枪的手势。大伟见状厉声道："你把枪放下！"袁莉莉并不示弱，呛声道："我为什么要放下！"

此时老袁又转身跑到大伟前面，对着袁莉莉做出开枪的姿势。

马镇谭看得一脸懵逼，"等一等，大叔，你演的是谁？"老袁低声解释："我演手枪！剧组太穷，买不起道具。"大伟顺势拉起老袁的胳膊，怒斥："你先把枪放下！"

老袁几个跨步又跑到袁莉莉面前，做出对大伟开枪的姿势。袁莉莉倔强地说，"我就不放，你敢开枪吗？有种你开枪打死我啊！"

老袁"噔噔噔"又跑到大伟面前，摆出对袁莉莉开枪的姿势。大伟喝道："你怎么知道我不敢开枪？你要是不放，我就敢开枪！"

马镇谭双手挠头，看得太崩溃，"卡，卡！停停停！"

"我说大叔啊，你大把年纪了还这么跑来跑去，两个人还要共用你这一把手枪，看着太头晕！莉莉小姐，你能不能换个角色？演个经典的，能充分展示你演技的？"

袁莉莉停止演戏，犹豫了片刻，"要经典的？那泰坦尼克号，史上最经典爱情片，我演Rose！"

三人再度换装，袁莉莉穿了一条连衣裙，盘起头发，温婉端庄，大伟绸布衬衣束进西裤，两人俨然文艺片里的男女主角，跟在两人身后的老袁，衣服外裹了半卷白花花的卫生纸。

大伟牵着袁莉莉的手，"Rose，跟我来，合上双眼。"

闭上眼睛的袁莉莉被大伟抓住手臂，微笑着说："好的，我闭上了。"

大伟温情地问，"Rose，你相信我吗？"

袁莉莉答道，"我当然相信你。"说完，大伟缓缓把袁莉莉的手臂摆成飞翔状，说："好了，可以睁开眼了。"

此时老袁在两人身前突然单腿跪地，双臂伸展摇晃，白花花的卫生纸噗噗地飞扬起来，马镇谭惊呆了，这又是什么名场面？"大叔，这回你又演什么？卫生纸什么意思？"

老袁得意地抖动着手臂解释，"我演的是大轮船！卫生纸是海浪！你们看这浪花，哗哗的，看着很逼真吧？"

袁莉莉睁开眼，不耐烦地低声训道，"爸！你演道具，没台词，别给自己加戏！"继而一脸陶醉地用翻译腔说，"哦！天哪！我在飞，Jack！这里是天堂吗？"

马镇谭肉麻得抖了一身鸡皮疙瘩，大喊道，"卡卡卡！我总算明白了，你们这一家子都是戏精。"大漂亮也将手中的摄像机模型放下，帮腔说道，"戏不用再演了，咱们还是进入正题吧。"马镇谭和大漂亮双双换装落座，大漂亮拿出笔记本开始记录诊断过程，示意对方三人也坐下。

马镇谭和大漂亮职业性地向袁莉莉自我介绍，对方错愕了几秒钟后，面色微红有些窘迫，"啊？原来你们是心理医生啊，我还以为真的是导演和摄影师。"

马镇谭宽慰地鼓励，"我们非常欣赏您对演员职业的执着精神，您干演员这行多久了？"

袁莉莉的话匣子被一下子打开了，开始细数她毕业后在横店影视城十年当群众演员的漫长生涯，一开始只能在电影大场面中充当一下背景,再后来,终于能上镜了,虽然大多是背影或者一晃而过的镜头,直到这几个月参与拍摄一个民国剧,因为她外形和女一号张丽丽有些相似,所以当了大明星的替身演员,所有女一号不愿意上场的戏都归她。

"可是,马医生,你们来评评理,我拍了上百场武打和危险动作的戏呢,可最后呢,连我一个正脸镜头都没有,功劳全是那个张丽丽的,连杀青的庆功宴都没我份儿!她演了什么?就知道撒娇瞪眼傻笑!哼!我就是气不过!论资历和用功,我袁莉莉比她张丽丽勤奋多了,凭什么当大明星的是她,不是我?"

马镇谭明白了袁莉莉的心理症结所在,她的妄想症其实算不上严重,对自己的现状还是有清醒的认知。只是因为长期当龙套演员,辛苦的付出和收获不对等产生了强烈的心理落差,女性的攀比心理和虚荣心作祟,再加上有宠爱她到极致的老公和父亲在身边,千依百顺,无条件地哄着惯着,扮演粉丝逗她开心,时间久了,她就真的接受了大明星的假想身份。

马镇谭对其开解劝说,"莉莉小姐,您大可不必对那个明星张丽丽有什么怨念。每个人都是这世上独一无二的存在,都有自己的优点。你看看你,有个这么体贴的老公,还有这么慈爱的父亲,家庭美满是多少人都羡慕不来的?张丽丽她结婚了吗?"

袁莉莉摇头,"她当然没结婚,明星嘛,恋情都要保密的,好像谈过几个朋友,后来都吹了。"

大漂亮开口帮腔道:"你看,就这一点,家庭爱情双丰收,你的条件就比大明星要优越得多。"

马镇谭继续,"您第一次演戏是演什么?"

袁莉莉扁扁嘴,"唉,就是清宫戏,成百上千人朝圣,我站在队伍里,连个正面镜头都没有。"

马镇谭一拍大腿,"那你看看现在,通过自己多年的努力,进步有多大!现在都能排到上百场戏了!你想想,要是没有你这个敬业的替身,大明星张丽丽的戏能拍完吗?"

袁莉莉似乎明白了什么,"没有我吊威亚跳河,完成所有动作戏,这戏当然拍不下去了,张丽丽娇生惯养,小体格根本干不了这些。"

马镇谭微笑,继续说道:"演员不管演什么样的角色,角色无论大小,都是一部戏里不可或缺的风景。当演员有梦想有追求,想成为大明星是好事!梦想总是要有的,万一实现了呢?"

马镇谭继续开解,"至于当演员是不是一定能够成为大明星,出演哪些经典角色,这只是机遇和时间的问题,只要你一直坚持演戏,认真演好每一个角色,我想袁莉莉小姐,以你对表演的热情执着,还是很有机会如愿以偿的。"

袁莉莉激动地握住马镇谭的手,"真的吗?马医生,您也觉得我能出人头地当大明星?"马镇谭尴尬地松开自己被握住的手,将袁莉莉的手交到大伟手中,"你在他们的眼里,已经是出人头地的大明星了!"

送走了三人,大漂亮无奈地伸了个懒腰,"看来我当大明星也没指望了,还想今天能结识大明星,从此进入演艺圈……唉!"

马镇谭扔过去一块抹布,"发什么白日梦,我看你也有妄想症,好好给我打扫干净!到处是道具!"大漂亮愤愤地将假花收拾进纸箱,反呛道:"你怎么不干活?"把抹布又扔回给马镇谭,示威性地扬了扬拳头,"师兄你快去把桌子擦了!说不定一会儿还有预约上门的。"

马镇谭咬着牙望着大漂亮的拳头,厌了,无奈地开始擦桌子。

几个月后。

马镇谭踩着即将迟到的时间点,上了地铁,昨晚上看剧看到半夜,困得睁不开眼睛,又怕偷懒不去上班会被大漂亮活捉少不了一顿暴打,只好挣扎着起来,在地铁找了个座儿就歪着头眯上了,刚睡着,就听见隔壁座上的小姑娘哧哧地笑个不停,马镇谭瞄了一眼,小姑娘正拿着手机看剧。

嗯?这是!

手机屏幕上的脸,无比熟悉,杏眼红唇的俏佳人,这不是那个……马镇谭打了个激灵,对!前阵子来诊所演谍战片的那个跑龙套的女演员!马镇谭凑近小姑娘,讨好地问,"看的是什么剧啊?这女的看上去很面熟啊!"

小姑娘瞥了一眼马镇谭,解释道:"这是新晋上位的'大花',叫袁莉莉,听说以前是专门当替身的,在这剧演女二号,演技不错,怪好笑的。"马镇谭立刻睡意全消,蹭着看剧看了一路,也跟着小姑娘笑得合不拢嘴。

等下一定要告诉大漂亮,我当时说什么来着,我就看好这个袁莉莉,你看,果然成了货真价实的大明星!神医马镇谭,除了会治心病,还能预卜未来,上知天文下晓地理,无所不能,看她大漂亮以后还敢不敢揍我!哼!

大漂亮拿着一袋面包走进诊所,边吃边盯着墙上的挂钟。

九点零五分!

果然!马镇谭又迟到了!身为诊所老板不以身作则,天天这么吊儿郎当的迟到早退,以后他再迟到就罚款扣工资,一次两百,不!一次罚一千!扣下来的工资都给我当餐费补贴!我就能天天加餐吃牛排吃龙虾,让他只有眼馋的份儿,看得见吃不着,气死他!

大漂亮露出邪恶的笑容,嘴里的面包似乎嚼出了龙虾的味道。

咚咚咚——敲门声响起，这么早？上午没预约啊！大漂亮疑惑地打开门，面前是三个熟悉的面孔，"咦？是你们？"

大伟扶着面色苍白、身体虚弱、脚步虚浮的袁莉莉往里走，老袁背着个大包紧跟其后，"大漂亮医生，又要麻烦你们了！"

大漂亮迎了三人落座，倒上茶水。她看着歪在沙发上病恹恹的袁莉莉，整个人脸小了一圈，眼神空洞，面色蜡黄，远没有上次见面时精神饱满。

"这是咋了，生病了？"大漂亮问，"没病！我没病！就是……没力气。"袁莉莉声音嘶哑。

"来，先喝点水。"大漂亮招呼着，看袁莉莉这模样，不是大病了一场就是受了什么重大打击。

"老婆，来，先喝水。"大伟扶起袁莉莉，把茶杯递上，"这水！"袁莉莉盯着茶杯，"这水不行！""嗯？水咋了？这是早上才泡的茶。"大漂亮觉得莫名其妙。

"要过滤，有、有热量！不能喝！爸！"袁莉莉抗拒地摇着头。

老袁回复，"知道了，过滤！"老袁迅速地从背包里拿出一整套瓶瓶罐罐，电子秤，滤杯，然后将桌上的茶水倒入滤杯，看着茶水经过过滤，再倒回到玻璃杯里，"过滤完了，没热量了，快喝吧。"老袁递上杯子，袁莉莉看了一眼，"不行，还有热量，还要过滤！"无奈的老袁只好又过滤了两遍，直到浅黄色的绿茶，变成澄清的一杯白水，袁莉莉才接过去咕咚咕咚全喝完。

大漂亮拉着老袁悄悄走到一边问，"大叔，这是什么情况？喝个茶还要过滤？她得了肠胃炎？"老袁摇摇头，"什么病都没有，就是饿的！连着好几天，什么都不愿意吃，喝水都嫌有热量。"

"啊？上次她还斗志高昂，口口声声想当大明星，这是出啥事了？"大漂亮压低声音问。

"还不是为了竞争女一号给闹的，喏，就是这个新闻。"老袁掏出手机，解锁屏幕，递给大漂亮，"两个'丽丽'同台竞争主角，张丽丽高调秀出小细腰巴掌脸，暗指袁莉莉身材走样不够资格。"

"我们家莉莉一直和这个张丽丽不对付，两人正好又在同一部电影选女主角撞上了，这不，娱乐新闻满天飞，说我女儿太胖，没有张丽丽苗条身材好，她就被刺激了，看了新闻第二天就开始绝食，实在饿得不行了，一天顶多就吃一口饭。"

两人正低头交谈着，马镇谭一阵风似的大步流星走进诊室，"大漂亮，我跟你说啊！我真的是神医，不光会看病，看人也超级准！"

"你知道我今天看见谁了？就是上次那个跑龙套的女演员，她现在真的成了大明星！都演电视剧当主角了！"

"呀哈！说曹操曹操到，大明星来了！"马镇谭看见沙发上的袁莉莉和大伟吃了一惊，继而热情地上前握手，大伟再三感谢马镇谭上次的心理疏导，袁莉莉强打着精神笑了笑，又歪头眯着了。

"你个迟到大王！怎么现在才来？"大漂亮把马镇谭拉到一旁，介绍了袁莉莉的情况。

"哦！原来是这样，得了厌食症。唉，这演艺圈，也是不太平，还非要人有小细腰巴掌脸。"

他顺手拿了张 A4 纸比画了一下大漂亮的腰，竖着不行，横着还差不多，又用巴掌比了比大漂亮的脸，一个不行，要两个巴掌。"一看你就当不了明星，A3 腰，太粗！脸比两个巴掌还大，大饼脸！"

大漂亮一胳膊肘捅过去，"哎哟！"马镇谭吃痛捂着肚子。"别贫了，快想想办法，照她这么绝食饿下去，真的会闹出人命的。"

"包在我神医身上，瞧好了您哪。"马镇谭信心满满，这种攀比心理、争强好胜导致的神经性厌食症，压力主要来源于社会观念中对于女性身材的歧视，袁莉莉以前当群众演员跑龙套的时候，就没太在意自己的胖瘦，现在出名了，反倒为名利所拖累，变得敏感脆弱。

"莉莉小姐，今天我才看了你主演的电视剧，你喜剧演得很好啊，地铁里全是笑声。"马镇谭先抛出话题引起对方兴趣。"真的吗？你看了？我也是第一次演喜剧。"果然袁莉莉眼神亮了，"演了个女二号，台词多，好在发挥还正常。"

"莉莉小姐，我也是你的忠实粉丝了！不过，嗯，你现在，看上去很不好哇！"马镇谭摇了摇头。"都两个星期不吃饭了，说什么都不听劝。"老袁抱怨着。"爸！"袁莉莉瞪了父亲一眼。

"你看你这头发，也挺乱的，一会儿被娱乐记者拍到了多不好。来，大漂亮，去给莉莉梳梳头发。"马镇谭给大漂亮使了个眼色，"对，莉莉你现在出名了，要保持形象，万一被狗仔队偷拍到形象不好又要乱写一通。"说着大漂亮就拿出梳子，往袁莉莉的大波浪长发梳下去。

"呀！"大漂亮夸张地喊了一声，"怎么掉了这么多头发！"

"啊？"袁莉莉看着梳子上卷着的一大团头发，大漂亮继续下梳子，又一团青丝被梳落。两大团头发塞进袁莉莉的手心，"这是怎么回事？我是不是得病了！"袁莉莉慌了。

"唉，看来你的情况很不乐观，情况很危险啊。"马镇谭故作心情沉重，担忧地说，"你再试试深呼吸几下，来，吸气！"袁莉莉听话地大口呼吸，突然脸色痛苦，"疼不疼？是不是感觉胃部以下都疼？"马镇谭问。"对对对，马医生，你说得一点没错，我一用力呼吸就肚子疼。哎哟！"袁莉莉面色惨白地捂着肚子。

老袁和大伟慌了神，六神无主地悄声问马镇谭，她是不是真的得了什么不治之症。

"嗐，就是饿的。长期营养不良会导致人体微量元素缺乏，脱发是最直接的表现，胃排空太久，肠胃虚弱，深呼吸当然会疼了。"马镇谭压低了声音。

"马医生，我这是怎么了？你快告诉我！我是不是得了绝症？"袁莉莉急得眼泪在眼眶里打转，"大漂亮，有吃的吗？"马镇谭问，大漂亮把早餐剩下的半袋面包递给袁莉莉，对方却并不接。

"如果，你不想在下次试镜的时候，头发全掉光，变成一个秃子，明天就被送到医院抢救，从此告别演艺圈的话现在就把这面包吃掉，就是一点碳水化合物，不会长胖的，相信我！"马镇谭故意夸大节食对身体的负面影响，只为纠正袁莉莉为了变美而绝食的畸形心态。

"秃子？告别演艺圈？马医生，你可别吓唬我。"袁莉莉乖乖地接过面包，开始小口小口地吃，大漂亮续上茶水，她接过就喝也不要求过滤了。

"来，再深呼吸，还疼不疼？"马镇谭示意袁莉莉吸气，"哎哟，还别说，真的有效，肚子真的不疼了！"袁莉莉一脸喜色。

"演员有很多种类型，上部喜剧你就演得很好，你属于演技派。他们那些人肤浅，不懂审美的多样性，宣扬病态美，提倡'白幼瘦'。楚王爱细腰，宫中多饿死，自古就有不少人为了变瘦而送命。"

"命都没了，还演什么戏，当什么明星？你说是吧？"马镇谭耐心地劝说着。袁莉莉点点头，"你是说，我属于演技派？"

"那必须的啊，再说了，只要保持身体健康，将来你可以演的戏多了去了，A4腰还是纸片腰，有什么可争的？又不是菜场卖猪肉，瘦肉就能卖得贵一点。"

"听你这一说，还真是，那个张丽丽瘦成纸片人又怎么样，只会撒娇瞪眼傻笑。嗨,你说我和她较什么劲呀。"袁莉莉突然想开了。

"那就从今天开始逐步恢复饮食,一切以健康为重。你的未来星途一片广阔,莉莉小姐,我看好你哟!"马镇谭做了个加油的手势。

刚送走三人,马镇谭又开始嘚瑟,"大漂亮,快,快夸我!没有我神医治不了的心病!"

"夸你个锤子!今天你迟到了四十分钟!有你这种老板吗?罚款一千!"大漂亮伸手要钱。"啊?不对啊,我是老板,凭什么还要罚我的钱?"马镇谭反驳道。

"少啰唆,你要是不交钱,明天开始我也每天迟到,以后没人给你安排预约病人。"大漂亮瞪圆了眼睛当仁不让。

"这迟到是不对,但也不能一上来就罚款一千块啊,太多了,我一个月工资,被你罚几次就没了。"马镇谭喊着冤,"到底谁才是老板啊!"

"说一千就是一千!一分钟一百块,你迟到了四十分钟,应该罚四千,已经给你打折了!"大漂亮示威般撸起袖子握紧拳头,"快点,交钱!一千块!"

"不是,你不能总这样,一言不合,就要动手打人,大家都是文明人。"马镇谭吓得左躲右闪,诊所的日常又开始了……

第六章 "社交恐惧症"的逆袭

某公司会议室内,一排领导围桌而坐,准备召开例会。就在这时,会议室的门被推开了,一个其貌不扬的小伙子走了进来,十几双眼睛顿时齐刷刷地看向他。

英明明显感受到了气氛的不同,缩着脖子战战兢兢向会议桌最后面的座位走去,却突然被一个声音叫住了——"英明,你别总一个人躲得那么远,今天会议你是主角儿,过来,坐在这儿。"部长向他招招手,指着会议桌最前排的位置,隔壁座位属于每次主持会议的总经理。

"啊?今天,怎么了?"英明有些惊讶,今天他要当会议的主角?每天安静地上班再沉默着下班,没有花香,也没有树高,他就是一棵无人知道的小草,是技术部一个没有存在感的"小透明"程序员。

"咱们开发的那个智慧城市轨道的项目在市里得大奖了!一会儿林总来宣布。"部长兴奋地说,"英明,你是大功臣啊,所以一定要坐主座!"部长拉着英明坐下,"得、得奖?就是那个交通枢纽控制系统吗?"英明心底那点小小的火星被瞬间点燃。

这个系统开发前后用了三年,因为参数设定过于复杂,演算过程过于枯燥，项目组的同事们一个个放弃退出，最后只剩下他一个人默默坚持完成了开发。"对啊！你小子厉害啊，这下可给咱公司长脸了！"

"真的，得、得、得奖了？"英明腼腆地笑了。"不仅得了奖，你这个系统程序啊，还中标了政府采购招标呢，所以后续系统安装调试，你还得继续负责。"部长拍拍英明的肩膀，别看这小伙儿平时寡言少语，还是有真材实料的，以后一定要好好栽培他。"嗯，好，我会跟进的！"英明郑重地点头。

当林总开会宣布技术部开发的系统获得杰出贡献奖，并且将由英明作为获奖代表，去表彰大会领奖时，会议室里掌声雷动，一股滚烫的热流瞬间遍布英明的五脏六腑，他白净的脸涨得通红，林总把话筒推到英明面前，示意他分享开发系统的心得。然而，当沉甸甸的话筒递到他手上时，空气突然安静。会场下一双双眼目不转睛地望着他，他却尬笑半天没蹦出一个字儿来，恨不得用脚指头在地板上抠出个三室一厅躲进去。

部长似乎明白了什么，急忙接过话筒为他解围，"英明这小伙子比较内向，还是由我来总结说说吧。这个系统一开始是为地铁公司设计的，后来发现把各个交通枢纽的数据加进去，更能实时反映城市交通情况……"

会议终于结束，英明长长地舒了一口气。"下周一早上十点，中央礼堂开表彰大会，你准备五分钟的获奖感言，作为代表去领奖。"部长交代道。

"啊？我、我、我不行！真的不行！"英明把头摇得像拨浪鼓。

"别说傻话，备好稿子上台念就行了，没问题的。市里还设了专项奖金，大家伙儿都等着你领钱回来发奖金呢！万事开头都有第一步，相信自己，你一定行的！"

"不，部长，我不行啊！"英明简直要抓狂了。部长却委以重任般拍了拍他的肩膀，豪迈地大笑着离去了。

就这样，全公司引以为豪的杰出贡献奖，却成了笼罩在英明头顶的密布乌云。整个下午英明的脑子都在嗡嗡作响，他完全没办法在陌生人面前正常交流，更何况还要在大礼堂里演讲，天啊，他根本不可能做到的！他情愿再开发一百个高难度的程序，也不愿走上那个领奖台。

这下完蛋了！

英明神情郁闷沮丧地下班，前台的雪莉与他进了同一部电梯，"厉害啊，英明，你太牛了！得了大奖！"雪莉一见面就大方地夸奖他，他的脸顿时又红了，开朗美丽的雪莉是他心目中的女神，每天能见面点头打招呼，他就已经很开心了，现在女神居然还当面表扬他！

"没、没、没有。"英明的目光触碰到雪莉的笑脸，如沐春风，天啊，女神在对他笑！"下周一的表彰大会，我也参加，英明你要加油哦！""嗯？你、你也去？"英明心里咯噔了一下，"对啊，我在台下当观众，看你演讲和领奖。"雪莉灿烂一笑，"听说还是市领导亲自颁奖呢，英明，你这次威风了！"

完了！女神也要去，还有市领导，我这下要在全市人民面前出丑了！

英明焦躁地在家中来回踱步，想装病向部长请假，让别的同事代为领奖，结果部长说身体不舒服就在家好好休息，记得周一准时去参加颁奖礼就行，总经理点名他必须去领奖，好给公司其他急功近利的同事树立榜样。

看来，领奖是怎么都逃不掉了，只有硬着头皮上。

把获奖感言已经背得滚瓜烂熟的英明，来到楼下小区的广场，决定来个现场彩排。跳广场舞的大妈、遛狗的业主、玩耍的孩童，广场上到处都是人，他闭上眼睛，深呼吸，想象自己此时正站在礼堂舞台上，台下是黑压压的观众，鼓足勇气握紧拳头大声说道："我、我是，我叫、我就是……"一开口就紧张得舌头打结，千言万语卡在喉咙里就是说不出来，众人停下脚步，好奇地打量这个满脸通红的小伙子，瀑布般的冷汗瞬间浸透了英明的前胸后背。

"爷爷，那个哥哥在干吗啊？你看他满头大汗，一个人站在那里好半天了。"一个小女孩好奇地指着他。"嗯，可能是在练气功。"爷爷见英明浑身战栗伴随大汗淋漓，笑着回答，"降龙十八掌，隔山打牛。"

英明听了觉得自己一世英名尽毁，立即窘迫地飞奔躲回家里，无奈之下打开电脑，上网搜索解决办法，"心病还需心药医"，马镇谭心理诊所的帖子进入视线。

大漂亮接过工商协会寄来的快递，将一个信封递给马镇谭。"喏，市里杰出贡献颁奖典礼，这是邀请函。"马镇谭从信封中抽出邀请函，"啥？杰出贡献？要给我颁奖？嘿嘿，那多不好意思呀，其实我也没做什么大贡献，只是个人类灵魂的治疗师。"

大漂亮揶揄，"你想得美，可拉倒吧，是请你去当观众，别人上台领奖，你在台下负责鼓掌。"马镇谭不以为然，"当观众就当观众，有机会看看新锐，也是极好的，说不定明年就轮到我上台领奖了呢。"

戴着口罩、墨镜和帽子，把脸裹得严严实实的英明走进诊室，结结巴巴地说："这、这里，你、你们，是、是……"大漂亮大方地迎上去，"这里是马镇谭心理诊所，你是来做心理咨询的吗？"英明含糊不清地回答，"我、我，嗯。"

大漂亮招呼着，"进来坐，你叫什么名字？"英明见到陌生人靠近，再度紧张得说不出来话，"我、我、我。"大漂亮拿出登记表，看着眼前打扮得像忍者神龟的年轻人，问道："先生，你这是咋了，叫什么名字，我登记一下，有什么症状？"

英明上前一把抢过登记表，一溜烟跑进诊疗室，迅速地将沙发拖到墙角，自己蹲在沙发后面躲了起来。大漂亮追上去，"哎，这什么情况？你把登记表还我，这位先生你躲到墙角干什么？"

英明从沙发后伸出一只手，抛出登记表，"填好了，你、你、你不要过来。"

大漂亮接住登记表，和马镇谭一起看。大漂亮念道："英明，25岁，程序员，症状是在陌生人面前不敢说话，交流困难。"马镇谭冲着墙角大声说，"英明啊，你还是出来吧，大漂亮经常偷懒，不好好打扫卫生，沙发后面脏兮兮的，是老鼠的根据地，小心一会儿老鼠咬掉你的脚指头，墙角还有几只死蟑螂。"

大漂亮一胳膊肘擂上马镇谭胸口，"我看你就是欠揍！三天不打上房揭瓦！我什么时候偷懒了？！哪里脏，早上才拖过地。"英明伸出一只手摆了摆，"我就在这儿、挺好的，你、你们不要过来，离远一点，不要、不要看我。"

马镇谭捂着被擂疼的胸口低语，"他这是社交恐惧症，有回避型人格障碍，咱们先别逼他。"

马镇谭拉着大漂亮走远，两人站在另一面墙前。马镇谭对着墙壁道，"英明，你看，我们没看你，只看墙，这里很安全，你出来吧。"大漂亮咕哝着，"开业以来头一回，要罚站，面壁思过，感觉咱俩这是像被歹徒给挟持了，放下武器，缴枪不杀，举手投降。"

英明警惕地从沙发后伸出头，见两人确实背过了身，就从墙角走出来，坐在沙发上，"我、我出来了，你们别回头、别看我。"马镇谭继续对着墙壁说，"行，不回头，你放松，这里没有外人，有什么困扰你就大胆地说出来。"

英明深呼吸，暗示自己别紧张，"我下周一，要、要去领奖。"马镇谭鼓掌，"恭喜啊，英明，你得了什么奖？"英明抚了抚帽檐，"杰出、贡献，一个小、小奖。"马镇谭忍不住讶异地回头问，"新锐青年杰出贡献奖？你就是得奖者？"

英明紧张得双手挡在面前，"你转过身去，不要回头、别看我，嗯、就是这个奖。"大漂亮感慨，"哇，青年才俊啊，厉害了，师兄你看看人家，就算说话不利索，也都比你强。"英明害羞地说，"谢谢、夸奖。"

马镇谭继续说，"上台领奖多风光，有什么好困扰的？"英明想起今天在小区里的窘迫，"我要、上台讲话、获奖感言。"马镇谭明白了，看样子是回避型人格障碍的社交恐惧症患者，却被硬逼着要面对大众，当众亮相演讲，这个坎，心里面迈不过去。"你提前写好稿子背熟，或者照着稿子念就行了。"

英明丧气地低下头，怯懦地说，"我、我试过了，说不出话，真的、没办法，做不到。"大漂亮膝盖有些疼，向马镇谭低语，"还是直接上猛药吧，我站得腿都酸了。"马镇谭小声回复，"我也是，脖子都有点抽筋。"

此时，马镇谭和大漂亮突然同时转身，一步步向英明走过去。

英明吓了一跳，站起来就想往沙发后面躲，"你们不要过来，再过来，我就、就。"马镇谭冷笑，"躲什么躲？你是长的样子见不了人？"大漂亮赞同，"肯定是脸上长疮，奇丑无比，大热天还捂得严严实实的。"英明生气地辩解，"我没有！"

马镇谭继续嘲讽，"还说没有，你看他这副造型，肯定是脸上长疮，头上长角，不然大热天的戴什么口罩帽子。"英明愤怒地一把扯下口罩和帽子，亮出白净的脸庞，"我没有、没有长、我好得很。"大漂亮呵呵一笑，"哎哟喂，确实没长疮长角，那眼睛肯定是有问题，肯定是个独眼龙，大白天的屋里戴什么墨镜装什么酷？！"英明立即摘下墨镜，露出俊朗的眉眼，"我眼睛没问题、你们胡说！"

大漂亮见到帅哥两眼放光，"哎哟喂，这不是挺帅一个小哥哥！"马镇谭点头，"就是就是，长得这么帅，还遮遮掩掩不肯见人，你让我们这种中下等姿色还招摇过市的，情何以堪？"英明羞涩地笑了，摸着自己的脸，"我、你们，真是。"

马镇谭和大漂亮终于靠近英明，在他身旁的沙发坐了下来。

社交恐惧症又称"见人恐惧"，平时见到自己熟悉亲近的人，比如父母同事并不会紧张，但只要遇到陌生人、异性甚至路人，就会出现局促不安、焦虑不宁、面红耳赤、心悸出汗甚至四肢颤抖的异常反应，马镇谭判断社交恐惧应该困扰英明相当长的时间了，结合对方年纪才二十多岁，很有可能源于童年家庭环境的影响，必须让对方放下警惕和戒备心，才能进行下一步的心理疏导。

马镇谭微笑着说，"上台领奖多光荣，有啥好害怕的？我想领奖都没机会，只能当'吃瓜'观众。"英明怯懦地摇头，"我怕、说不好，丢人、被笑话。"大漂亮道："谁敢笑话你？他们有本事得奖不？长得有你帅不？话说回来，你因为什么得的奖？"英明不好意思地挠挠头发，"我就是开发了一个软件，应用在公共交通领域，也没什么特别的。"

大漂亮鼓励道，"那必须上台好好走两步，显摆显摆啊，这是对你个人能力的肯定。"马镇谭赞同，"下周一我也去颁奖典礼，坐在台下当你的观众，你发言稿准备好没？"英明立即点头，"嗯，背下来了，就、一小段。"大漂亮说，"那现在就练习一下，别怕。"

英明深呼吸了几口气，声音颤抖地开口，"我叫英明，开发了、智慧城市轨道，管理程序、那个，嗯，今天、不行，医生，我、我说不出来。"

马镇谭决定换个方式，先找出英明的心理症结所在，"你这种不敢开口说话的情况，持续多久了？"英明仔细回想了一下，"大概，从初中开始。"

"让我猜猜看，你是不是有一对很强势的父母？从小管你管得严？"马镇谭问。

这句话像一把钥匙开启了英明的话匣子，他不再结巴，而是流利地回忆起童年经历，他父母工作忙，他出生后被交给农村的爷爷奶奶带大，英明的小学时光就是在乡下度过的，村里没有那么多规矩，老一辈对他这个小孙子宠溺有加。直到小学毕业，部队转业的父亲把英明接回城里上学，他的童年生活发生了巨大的变化。

吃饭不能发出声音，起床不能赖床，床铺不能乱，大人说话小孩子不能插嘴，必须乖乖听话，不能提要求，放学必须立刻回家，考试必须考全班前三名……父亲把年幼的英明当成了士兵来训练发号施令，英明必须无条件服从父亲，不听话的后果，就是体罚，什么罚站罚跑步罚不准吃饭，都是常有的事儿。一年以后，英明变得沉默寡言，渐渐地和同学们疏远了，成绩虽然一直很好，但是却越发的自卑，习惯性地躲避人群。

"那现在呢，你父亲还管你吗？"马镇谭心里感慨，多少父母以自我为中心的价值取向扭曲了儿童的天性，过度的听话让他们从小丧失了自我，也切断了和外界沟通的渠道。与其做什么说什么都是错，要被家长责骂体罚，不如什么都别做，一句话都别说，导致孩子性格越来越自卑孤僻，发展到后来，连和社会交流沟通都有障碍。

"自从我工作以后，就搬出来自己住，他就管不了我了。"英明露出一丝顽皮轻松的笑容。"很好，你可以做回你自己了，不必再被家长约束。记住，天不会塌下来，没有什么可怕的，所有的压力和恐惧都来源于自己。"马镇谭继续说，"克服恐惧，看起来很困难，其实改变却只在一念之间，就从，这个锦囊开始。"

马镇谭撕下一张纸条，飞快地写下几个字，卷起来装在绒布袋里，交给英明。英明想打开看，却被马镇谭制止了，"这个锦囊，是我给你的勇气，现在不能打开。"

"你拿着它，握在手心里，怎么样？是不是感觉心里没那么慌了？从现在起，你也有勇气了。"马镇谭眼神坚定，和平日里吊儿郎当的模样截然不同，英明用力地握着绒布袋，心中似乎真的平静下来，难道，这就是勇气的力量？

"别怕，你是最棒的，一定能做到。你现在开始背获奖感言，记住，你已经有勇气了，你可以做最真实的自己，任何人都不能打败你，不能嘲笑你。"马镇谭继续鼓励。

英明点点头，开始一字一句、吐字清晰地说出获奖感言，手心里的"锦囊"仿佛自带电力，给他全身注入一股力量，"我叫英明，是智慧城市轨道管理程序开发者，今天作为新锐青年的获奖代表上台领奖……"

"哇，说得真好，太棒了！这词儿太顺了，帅哥你表现得很好啊。"大漂亮听完英明流利的获奖感言，惊叹于马镇谭的神奇，真的让口吃的英明瞬间像换了一个人，看来他还真有两把刷子。

"非常好！你看，你有了勇气，就可以做到任何事了。"马镇谭也鼓起掌来。英明喜出望外，"你这锦囊还真灵！我真的做到了！"

"从今天开始，你要放松身心，打破固有习惯，多与人交流，比如说，换一种出行方式，坐公交地铁，逛公园，尽量往人多的地方去，把自己想象成一台照相机，见到有趣的好看的事物，都在心里面定格下来，给它们拍个照。"

"把自己想象成照相机？"英明眼中闪过好奇。"对，社交恐惧症源于对自我认知过于敏感，过于狭小，你要把小我变成大我，你心里的照相机每天将拍下许多美好的瞬间，你再把这些片段想象成自己身体的一部分，充实内心，扩充视野。见到陌生人主动微笑，主动交谈，在公司主动主持小规模的会议，一步一步循序渐进地去实行，这样坚持四到六个星期，恐惧心理自然就会衰减，你的心理承受能力也会提高。"

"哦哦，好的，我记下来了，今天回家就从坐地铁开始，然后是逛公园……"英明态度非常认真。

"还有，这个装着勇气的锦囊，你只有领完奖才能打开看，否则就不灵了。"马镇谭再三嘱咐。

两人送英明离去。

大漂亮好奇极了，"神叨叨的，师兄，你在纸上到底写了什么？"马镇谭自信地一笑，"我这招叫心理暗示，给他找了个能提高安全感的心理寄托。"

"别卖关子了，说，到底写了什么，吹得自己像诸葛亮一样，还送人一个锦囊妙计。"大漂亮逼问。

马镇谭狡黠地笑了，"其实吧，我就写了一句话：'领奖完要请我吃小龙虾。'"

大漂亮翻了个大白眼，"你个大忽悠！大吃货！原来是这么回事，不过，吃小龙虾记得带上我，我也要去！"

第七章　马镇谭的卡通手办恋物癖

"气死我了，气死我了，气死我了！"

这天早上，迟到了整整一小时的大漂亮喘着粗气推门而入，把原本想说她两句的马镇谭搞得一头雾水，"怎么了？"

"偷丝袜的贼终于被我抓住了！"

马镇谭顿时来了精神，"快说说！"

原来，最近一段时间，大漂亮晾在阳台上的丝袜经常无故"失踪"，一个月就丢了三双，可把她气坏了。要是只丢一双，她还可以勉强说服自己可能是被风吹走了，但一连丢三双，这得是什么"妖风"？于是，越想越不对的她破费在阳台装了监控，又把一双崭新的超级性感的黑色半透明丝袜挂在窗边当诱饵。终于，就在昨天晚上，"妖怪"现形了——一个黑黢黢的身影沿着排水管爬上了她家所在的二楼，隔着铁网打开了纱窗，把胳膊伸了进来，抓住搭在衣架上的丝袜尾端轻轻一拽，就把东西顺走了。

清早起床的大漂亮一看丝袜又没了，立刻去查看监控。虽然夜晚黑灯瞎火，监控没有拍清楚小偷的脸，但那只伸进来的胳膊却拍得清清楚楚——那袖子，一看就是社区保安的制服！就这样，大漂亮带着录像找到了小区物业，让工作人员们辨认。而工作人员们几乎一眼就认出，这个小偷不是别人，正是物业上个月刚刚聘用的保安！

"真是可恶……虽然报了警，人也找到了，但一想到那家伙这一个月以来一直在被窝里摸着我的丝袜意淫就觉得恶心。"讲述完经过的大漂亮忍不住骂道，"我就不明白了，好端端一个大男人，年轻力壮也有正经工作，找个女朋友不好吗？非要当个偷丝袜的贼。这下可好，工作也丢了，名声也坏了，就为了收集女生穿过的丝袜。女朋友难道不比丝袜好吗？怎么会有人有这种癖好啊！"

马镇谭挑着眉说："师妹啊，你也是学心理学的，连这都不知道，看来我真该给你补补课了。这种热衷收集激发幻想之物的行为叫'恋物癖'，是一种并不少见的心理现象。这个偷丝袜的贼固然可恶，但从现象成因的角度想想，你就会觉得，其实他也蛮可怜的。"

"什么成因？什么可怜？难道他靠吃丝袜维持生命不成？"

"你应该也听说过'虐狗狂人'巴普洛夫关于狗的条件反射的实验吧？"

大漂亮顿时挠着脸尴尬笑起来，"哈，这个嘛……应该听说过，但记不太清楚了呢……"

"你到底是怎么毕业的啊！"马镇谭不禁摇了摇头，"实验很简单：巴普洛夫养了一只狗，每到喂食时都在盘子里放一大块肉，然后用敲击盘子的方式告诉狗开饭了，这样时间一长，狗就形成了条件反射——每当他敲击盘子，狗就会馋得直流口水，哪怕盘子里根本就没有肉。"

大漂亮恍然大悟，"我懂了，也就是说，只通过敲盘子，就能让狗狗产生吃到了肉的生理反应，对吗？"

"没错。"马镇谭点了点头，"恋物癖也是同样的道理。患有恋物癖的人往往生活在比较保守的社会、家庭环境里。当他们进入青春期、对异性萌生欲望时，由于不能很好地纾解，只能不断自我压抑并通过幻想让自己获得满足，久而久之便沉浸在幻想中无法自拔了。到最后，这些人便干脆抛弃了女性本体，转向了与女性有关的物品，一看到物品就能获得生理上的满足，就像听到敲盘子的声音就会流口水的狗。"

"原来如此……"大漂亮摸着下巴说道，"难怪在亚洲地区这种人特别多，看来跟社会风气保守有一定关系呢。"

"当然了，恋物癖的形成还是跟人本身的个性关系更大。"马镇谭补充道，"内心封闭的人，还有因为某些原因长期自我压抑的人，都容易形成恋物癖。不过，我觉得一个人私底下有这种癖好并没什么大不了，只要别损害到别人就可以。如果损害别人，像那位偷丝袜的小保安一样，就该进行心理治疗了。"

大漂亮频频点头，"下次再让我碰见他，准把他揪到这儿来好好治疗治疗，省得他再去祸害别的女生。"

就在这时，诊所的门突然被敲响了。以为来了客人的大漂亮急忙前去开门，不料门一开，出现在她面前的却是个快递小哥。

"奇怪，我最近没网购呀……"

大漂亮有点纳闷，一旁的马镇谭却像打了鸡血一样兴奋地扑了上去，"啊哈哈！我从日本代购的手办终于到了！"

看着马镇谭兴高采烈地接过快递，迫不及待地开始拆箱，大漂亮不禁一脸嫌弃地皱起了眉头。箱子拆开，果然又是某个她不知道的动漫作品中的美少女模型。

细腻的做工，精美的上色，性感的姿态，实物与照片中简直一模一样。前后左右端详着新来的"老婆"，马镇谭的满意之情真是溢于言表。不料就在这时，一旁的大漂亮却摇头晃脑地喃喃起来："哎呀，看来是真的呢……只要敲击盘子，狗就会馋得直流口水，哪怕盘子里根本没有肉。"

马镇谭斜眼看向大漂亮，觉得她的话若有所指，却又说不上来，"你什么意思？"

"我没什么意思呀，"大漂亮挑着眉说道，"我只是在复习你刚才给我讲的恋物癖知识罢了。有些人呢，在青春期时因为各种复杂的原因，有贼心没贼胆，只能压抑自己心中的欲望，通过幻想来满足自己，久而久之沉浸在幻想中无法自拔，以至于抛弃了女性本体，转而对与女性相关的物品产生迷恋——师兄，我说得对吗？"

马镇谭愣住了，看看桌上的手办又看看大漂亮，不禁皱起了眉头，"我知道了，你是在影射我。"

"哎，那可就是你想多了。就像你自己说的一样，不管什么癖好，只要别损害到别人就可以。所以虽然我不理解你为什么这么迷恋树脂小人儿，但对你的个人爱好我可是非常尊重的。总之一句话：你开心就好。"

"所以你就是在影射我吧？！"马镇谭不由得提高了嗓门。

大漂亮却抓起桌上的水壶，表情夸张地看向壶内，故意不理他的茬，"哎呀，壶里没水了，我去接点水哦。"说着便扭啊扭地出了门。

马镇谭冲着大漂亮的背影翻了个白眼，心里突然乱糟糟的。

难道自己真的是恋物癖吗？不，不可能……自己只是正常地收集手办而已，既没有超出经济承受范围，又没有对着手办做奇怪的事；虽然经常称它们是自己的"老婆"，但那只是开玩笑而已，完全不会像某些日本宅男一样疯狂到跟"纸片人"办婚礼……可如果不是恋物癖，自己又为什么一直单身，找不到女朋友呢？

思绪忽然将马镇谭带回了中学时代。当时正值青春期，周围的男生经常凑在一起讨论女生有关的事，有的干脆投身实践，只有他每天趴在桌上闷头学习，因为老妈天天威胁他，能不能有光明的前途全看能不能考上好大学，而能不能考上好大学全看能不能遏制住青春期的躁动。看着好哥们因为早恋成绩一落千丈，马镇谭觉得老妈说得对，于是用超强度的学习透支自己的体力，强行压抑内心的躁动，只在每周末追动画时稍微放松一下，而自己也正是在那时候迷恋上二次元的……

想到这儿的马镇谭脸色苍白，把接水回来的大漂亮吓了一跳。

"喂，师兄，你怎么了？"

"师妹，我做出了一个重要的决定。"

"什么决定？"

只听马镇谭深吸一口气，大声道："断、舍、离！"

大漂亮突然有种不好的预感。

果然，第二天，当大漂亮走进诊所时，突然发现桌子上、柜子上的手办全都消失了，取而代之的是摆在地上的三个大箱子，"这……这是？"

见大漂亮出现，马镇谭立刻迎了上来，指着地上的三个大箱子说："我把家里的手办和诊所里的手办全都收在这里面了，是时候和它们彻底告别了。"

"喂，师兄，你是认真的吗……"

"你看我像是在开玩笑吗？"马镇谭一脸严肃地按住了大漂亮的肩膀，"师妹，我要郑重地拜托你一件事——处理这些手办就靠你了！"

"哈？靠我？！"

"难道你忍心让我亲手扔掉它们吗？拜托了师妹，不要对我这么残忍……"

大漂亮像看智障一样看向马镇谭，"师兄啊，你这是抽的哪门子风？没人说你喜欢这些东西不对呀！我昨天说的话是逗你玩儿呢，你不会当真了吧？相信我，你这属于正常爱好，不是恋物癖！"

马镇谭却轻叹一声，摇了摇头，"师妹，你不用安慰我了，昨晚我躺在床上想了一宿，终于想通了。我之所以一直单身，跟迷恋二次元纸片人肯定脱不了关系，再这样下去搞不好真的要'注孤生'了。如果能找到女朋友，舍弃这些爱好又有什么大不了？更何况，只有摆脱对物质的迷恋，才能达到更高的精神层次。所以我决定了——从今天开始，放下手办，回头是岸！"

见他这副模样，大漂亮不禁一声长叹，"好吧，我帮你扔掉，但你可千万别后悔，也别恨我。先说好，你要是后悔了，一切后果我可概不负责！"

马镇谭点了点头，"放心吧，一切后果由我一个人承担，我可以跟你签保证书。"

"成交。"

就这样，结束一天的工作后，大漂亮在马镇谭依依不舍的目光注视下，打了辆车带着三个装满手办的大箱子离开了。

第二天，马镇谭精神抖擞地来到了诊所，不但主动和同一楼道的小姐姐们交谈，还破天荒地答应了老同学周末社交聚会的邀请，看起来是真的打算"脱宅"了。然而才过了两天，马镇谭的精神状态就直线下滑，经常走神，甚至表现出明显的焦虑症状。

"师妹，那三个箱子……你扔了吗？"

"拿走第一天就扔了啊。"大漂亮说道，"不是你让我这么做的吗？"

马镇谭的脸色顿时一阵惨白，"哦……是啊……你扔哪儿了？"

"不告诉你。反正是一个再也找不回来的地方。"大漂亮上下打量着他，"怎么，后悔了？"

"没……没有……"

马镇谭佯装无事默默看起书来，却一刻钟都没翻一页，整个人像是被"封印"了一样。看得一旁的大漂亮连连叹气。

一连好几天，马镇谭都吃不下饭、睡不好觉。这天晚上好不容易睡着了，却梦见了自己喜欢的动漫角色。醒来后的他条件反射似的抬起头，却见原本摆满手办模型的柜子里空荡荡的，不禁一阵崩溃。他不断安慰自己这是"脱宅"的必经之路，提醒自己只要熬过这一阵就好了。可周末参加社交聚会时，面对单身美女的搭讪，他却频频走神，表现糟糕透顶，被大家伙儿当成了笑柄。

糟糕的一周之后，马镇谭感觉自己的精神状态已经逼近极限了，无比想要回到从前的生活。可一想到手办和周边产品都已经扔了，已经没有后悔余地的他又只能不断地告诫自己：绝对不能后悔，否则就前功尽弃了；这个过程是必需的，只要熬过这段时间就一切都好了。

他就这样一遍遍在脑内重复同样的话，不断催眠自己，仿佛一具没有灵魂的木偶，走在楼道里时竟连隔壁公司小姐姐们友好的问候都无视了，等到小姐姐们走出很远才反应过来。直到这时他才发现，当宅男时的自己在社交方面完全没问题，反而是现在，连正常的社交能力都没有了。糟糕的精神状态甚至影响了他的工作，整整一天，他在给人做咨询时频频走神，多亏有大漂亮救场才勉强支撑到最后。

终于，在结束了一天的工作后，马镇谭彻底崩溃了——当他路过一家动漫店时，看到门前摆放的真人比例卡通人物展板，竟然一个没忍住，扑上去抱住展板哇哇大哭起来。一米八的大男人抱着二次元纸片人号啕大哭的景象引得路人纷纷上前围观。直到店主亲自出来劝阻马镇谭，围观的众人才怏怏散去。

经过这一番折腾后，马镇谭是真觉得自己"生无可恋"了。可是第二天，当从没迟到过的他挂着浓重的黑眼圈姗姗来迟走进诊所时，却看见自己的桌上横着三个无比熟悉的大纸箱。

"这——这是？！"

"还能是什么？你的'老婆'们呗。"大漂亮叉着腰说道，"我早就知道你会后悔，所以根本没扔，一直小心翼翼搁在家里呢。"

马镇谭突然不吭声了。大漂亮疑惑地来到他面前查看，竟见这家伙两眼泪汪汪的。"喂，不至于吧……"

不料，马镇谭忽然大吼一声扑了上来，给了大漂亮一个大大的拥抱，"师妹啊！"

"喂，起开！沉死了！"大漂亮一个"九阴白骨爪"就把马镇谭推倒在沙发上。然而被推倒的马镇谭非但不怒，还"嘿嘿嘿"笑个不停，嘴角都快咧到后脑勺上去了。大漂亮不禁摇着头感慨，"瞧你这点出息！"

事到如今，马镇谭也只能举白旗投降了，承认了自己先前的幼稚，"哎，看来戒掉一种爱好确实没我想象的那么容易。另外，随随便便就把爱好跟单身挂钩，也确实有点过于草率了。"

大漂亮抱着双臂连连点头，"其实我早就想说你了，你这个人，除了看书学习之外也就这点爱好了。要是连这点爱好也戒了，整个人就真是无聊透顶了。更何况，追动漫、收集手办这种事，明明既损害不了别人，也损害不了自己，所以有什么戒掉的必要呢？你应该做的是找个能接受你爱好的女朋友，而不是为了找女朋友把爱好戒掉。"

"你说得对！"对生活重新燃起希望的马镇谭瞬间生龙活虎，迫不及待地打开了被"封印"的箱子，准备让"老婆"们物归原位。可就在这时，他的手机"叮咚"一声响了。马镇谭习惯性地掏出手机解锁一看，只觉得眼前一黑，险些晕倒在地上，多亏被大漂亮伸手接住才没有后脑勺着地。

"怎么了？"大漂亮疑惑地接过了马镇谭手里的手机，低头一看，只见手机弹出的本地新闻标题赫然写道："宅男当街'强抱'纸片人，是道德的沦丧还是人性的扭曲？"另配图一张。而那图里的不是别人，正是抱着卡通展板哇哇大哭的马镇谭。

大漂亮顿时笑得眼泪都淌出来了，"师兄，你终于出名了。"

第八章　妄想症女孩的"高富帅"男友

晚霞爬上天空，星月露出淡影，一天的拍摄终于结束了，大伟开车把袁莉莉送回了剧组下榻的快捷酒店。这还是袁莉莉第一次出演女一号，所以尽管剧组有点穷，酒店档次有点低，春风得意的她还是披着貂皮大氅、踩着十厘米高跟鞋，把这墙皮掉漆的走廊走出了五星大饭店的感觉。

来到自己的房间前，袁莉莉正要开门，隔壁房间的门却突然从里面被打开了。好奇自己隔壁住了什么人物的袁莉莉扭头一看，只见一个穿着时髦的年轻女孩破门而出，鼻梁上还架着最近正流行的六边形大墨镜。

看来这就是那个刚进组准备参与明天拍摄的女演员了。呵，一看就是个刚出道的小丫头片子。

袁莉莉勾起嘴角坏坏一笑，决定给她点下马威，于是摆出一副十足的名媛范儿跟她打招呼："哟，你就是那个刚进组的女演员吧？自我介绍一下，我叫袁莉莉——没错，就是这个剧的女一号。多多指教哦！"

女孩果然愣了一下。袁莉莉不禁窃喜，心想这丫头绝对是被自己的气场镇住了。可紧接着，女孩却从容地转过身来，用手压低墨镜，以令人极其不悦的方式上下打量了她一番，发出不屑的声音："噢，原来这个剧的女一号就是你呀。"

"是我，怎么了？"

"没怎么。呵，也不过如此。"

嘿？！

袁莉莉顿时就来劲儿了。可就在她叉着腰想要说点什么时，女孩的手机突然响了。

伴着当红偶像鹿小含的流行歌曲，女孩一手接电话，一手抬起来挡住了袁莉莉正要张开的嘴，自顾自地讲起电话来："喂，鹿鹿呀，怎么突然想起给我打电话了呢？哦，原来是想我了呀，人家也想你呢……什么？我怎么知道是你？哎哟，我当然知道啦，我可是专门用了你的歌做你的专属铃声呢……嗯？我这边怎么样？哎呀，别提了，你是不知道这个剧组有多差劲，女主角打扮得跟村姑似的……"

女孩就这样一边打着电话一边走下楼梯去了。

袁莉莉听得下巴都快掉地上了，整个人僵在了原地。这丫头到底什么来头，居然还认识鹿小含？而且听口气关系似乎还不一般……啊！原来如此！怪不得她要在大晚上戴个大墨镜，看来她十有八九就是鹿小含刚刚官宣的那位演员女友！袁莉莉越想越崩溃，完了完了完了……这回我可得罪了个大人物啊！导演估计是费了老鼻子劲儿才通过关系拉她过来演个女配蹭热度的，我居然把她得罪了，以后还怎么在圈子里混哪……

就在这时，导演的声音突然在不远处响起，"呀，这不是莉莉吗？怎么站在这儿？是门打不开了吗？"

袁莉莉急忙摆手强装镇定，目光转向导演身旁的陌生女孩，"这位是？"

"哦，她就是刚进组的女演员小慧，明天要和你演对手戏的那位。"

"欸，欸？！"袁莉莉不禁一声惊叫。是她？是她！那刚才那位又是谁？！

导演和小慧对视一眼，一脸不解，袁莉莉也彻底蒙了。好巧不巧，就在这时，一个中年妇女缓缓走来，拿着房卡刷开了刚才女孩走出来的那间客房的房门。

她们一定认识！袁莉莉急忙一把抓住了中年妇女的胳膊，"抱歉，这位大姐，我能问你个问题吗？"

中年妇女抬头一看，突然兴奋地叫起来："我认识你！你是个演员！演那个，那个什么的——"

"没错，我就是在《开心警察》里演男主师姐的袁莉莉。"

"不是不是，你是前阵子热播的离婚剧里那个插足者！"

袁莉莉的脸一下子就黑了。中年妇女却两手一拍，兴奋地说道："哎呀妈呀，居然让我见到本人啦！那个角色真是太适合你了，演得太好了！你看看你，多像个插足者啊！"

"大姐，您确定您这是夸我呢……"

袁莉莉的脸越来越黑，导演和女演员见势不妙急忙遁了。

袁莉莉拳头都硬了，但想到这女的可能是明星团队里的人，还是把火强压了下去，用手紧紧捂住了那仿佛被插了十八刀的心。"算了，先不说这些……刚才从这屋里走出来一个二十来岁的小女孩，应该是和您一起的吧？您能告诉我她是谁吗？还有，她和那个大明星鹿小舍是什么关系？"

中年妇女愣住了，隔了一会儿却又突然恍然大悟，低下头发出一声沉重的叹息。"哎，那丫头，又跟人说自己是鹿小含女朋友了，对不对？假的，全是假的！你可千万别信！"

"那她到底是……"

"哎呀，谁也不是！我们娘俩就是来这儿旅游的普通人，根本没接触过什么娱乐圈！这丫头整天就知道编故事，编得跟真的一样。我以为带她出来散散心能让她变正常点，没想到还是老样子。哎……你说我这个当妈的到底该拿她怎么办啊！"

"可她刚才确实接了鹿小含电话啊……"

"铃声是不是鹿小含的新歌？"

"对对！"

"哎哟，那是移动公司的来电！她把移动公司的铃声设成鹿小含的歌了！"

袁莉莉彻底惊呆了，自己堂堂女演员，竟然被一个普通小姑娘的演技给忽悠了。不过更让她吃惊的是，世上竟然还有比自己更"戏精"的"戏精"，而且还不是娱乐圈的人。她图什么呢？

见中年妇女夸张地唉声叹气，袁莉莉竟忽然有些同情她了，心想摊上个这种女儿还真是倒霉。想到这儿，她从包里一阵翻找，找到了一张名片，"大姐，这是我之前去过的一家心理诊所，要不你也带你闺女去看看吧。"

中年妇女接过名片，只见上面大大的写着一个名字：马镇谭。

"哎哟，真的谢谢了，没想到你这个插足者人这么好！"

中年妇女一脸感激地看向袁莉莉，袁莉莉压在心里的火却瞬间爆了，两眼一翻白向后仰了过去。中年妇女吓坏了。还好刚刚停车回来的大伟眼疾手快，一个冲刺跑过来，以一个极其不优雅的姿势扶住了后脑勺险些着地的袁莉莉。

"我不是插足者,我是袁莉莉……我不是插足者,我是袁莉莉……"望着天花板的袁莉莉像个傻子一样不断喃喃。

大伟蒙了,"你当然不是插足者,是袁莉莉啊!"

"但万一我真的是插足者,袁莉莉只是我扮演的角色呢……"

大伟不禁一声叹息。看来拍完这出戏,又该带她去看心理医生了。

"所以,到底庄周梦蝶,还是蝶梦庄周呢?我认为这是一个心理学问题。"某一天,大漂亮突然一本正经地对马镇谭如此说道,之后便一连几天不停地抱着一本书看。

马镇谭以为她上道了,开始正儿八经搞心理学研究了,还有点莫名的欣慰,却不料几天后,将厚厚一本书啃完的她居然一本正经地得出了这样一个结论:"师兄,也许我们现在所在的这个世界并非是真实的。"

"所以我们其实都在蝴蝶的梦里咯?这就是你这几天研究得出来的结论?"马镇谭微笑着看向眼前的"专业人士"。

"我可没说我们是在蝴蝶的梦里。我从一开始就说过了,庄周梦蝶还是蝶梦庄周,本质上是一个心理学问题。师兄啊,你也是心理学毕业、在精神病院实习过的人,不会没见过那些活在假想世界中的病人吧?"

马镇谭摸了摸下巴,立刻回想起在精神病院实习时遇到的一个病人,此人坚定不移地认为自己是"五百强"企业总裁,有事没事就跟"员工"训话,还隔三岔五在病房里开董事会,讲得像模像样。"你别说,还真有。"

"所以啊,既然存在这种妄想世界的现象,就不能百分百确信我们感知到的这个世界是真实的。"大漂亮煞有介事地说道,"一个人照镜子，在镜中看到自己的镜像，但也许他自己才是那个镜像；一个演员 A 在一部剧中扮演 B，但其实也有可能是 B 在一部剧中扮演着 A。"

"一个心理医生给一个精神病治疗，但有可能医生才是那个精神病咯？"马镇谭终于不耐烦了，"行了，你不就是想骂我是精神病么，拐这么大个弯！"

"谁要骂你了，我还没说完呢！"大漂亮白了他一眼，"当我看书的时候，我就一直在想，虽然现在的我站在上帝视角看着书里的人物，但说不定我们才是活在书里的人物呢。而在我们这个世界之外，正有一群读者在看着书里的我们。"

"你是认真的么……"

"既然有'企业总裁'那样的病例，就不能排除我们认知的世界非现实的可能性，不是吗？"大漂亮用手指绕着一缕头发，双眼熠熠闪光，"如果我们真的是小说人物，真不知道我的结局会怎样呢，好想被剧透啊……"

马镇谭真是彻底无语了。本以为她能憋出篇学术论文，结果竟是发了通神经，想到这儿的马镇谭照着她的脚就是一踩。正陷入浪漫幻想的大漂亮不禁一声哀号："嗷！马镇谭你个混蛋！"

"醒醒吧，亏你还是我神医马镇谭的助理呢，整天跟个妄想症患者一样。预约的客人就要来了，工作！"

"工作就工作，有什么了不起。"大漂亮鼓着腮帮子站了起来，提起桌上空空的水壶准备去接热水，然而路过正在给绿萝浇水的马镇谭时越想越气，最后还是没忍住，照着他脚背狠狠踩了回去。

"嗷——嗷！"身边有个暴力大姐大，每天不是"烩熊掌"就是"炖猪蹄"伺候。

马镇谭扭头望去，只见大漂亮已经提着水壶扭着腰"噔噔噔"地走出了房间，还顺手甩上了门，彻底没了脾气的他只好一边暗骂一边抬起脚来用手拍了拍自己刚买的小白鞋。再一低头，只见大漂亮的椅子上放着一本厚厚的书，正是她这些天一直在看的那一本。

马镇谭终于抑制不住自己的好奇心伸手拿起了它，翻开了那被礼物包装纸包得密不透风的书皮，只见扉页上赫然写着"我穿越成网络小说女主角的那些事儿"，一瞬间恨不得以头抢地——还以为这家伙在拜读什么心理学大作呢，原来只是网络小说！

合上书，马镇谭不禁深深地发出一声叹息，心想难怪最近接诊的妄想症患者有点多呢，搞不好就是被这些虚构小说和影视给害的。昨晚和一个在美国工作的好哥们儿聊了半宿天，今天本就有些不在状态，再想想贼不靠谱的大漂亮，马镇谭真是一个头变两个大。自己是小说人物？怎么可能！就算让他相信自己是精神病他都不会相信自己是小说人物，哎，女人呀女人！

被睡眠不足和大漂亮搞得天旋地转的，马镇谭不禁用手使劲揉起了太阳穴，可偏偏就在这时，门被敲响了，看来是之前预约咨询的张女士来了。就算状态再不好，工作时间也不能懈怠。想到这儿，马镇谭深吸一口气让自己镇定，抓起桌上的镜子练习了一下职业微笑，又伸手理了理上衣，这才说了声"请进"。

伴着充满攻击性的"咔嚓"一声响，门被打开了，然而出现在马镇谭面前的却并非预约咨询的那位五十多岁的张女士。丸子头，铅笔裤，潮牌卫衣，六边形大墨镜——站在马镇谭面前的这个女孩怎么看都只有二十来岁。此时此刻，女孩正用兰花指压低墨镜，俩眼越过墨镜上沿，一脸不屑地瞅着马镇谭，"呵，让我可儿公主殿下跑这么大老远的路，就为了来见这么个猥琐大叔？"

马镇谭不由得深吸一口气，只觉一股浓烈的"玛丽苏"气息扑面而来。就在他思考自己这个"猥琐大叔"是不是该称呼她为"殿下"时，一个中年妇女跟进了屋里，使劲推了一下女孩的后背，"熊孩子，怎么说话呢你？！"

原来如此。机智如马镇谭立刻就理清了眼前的状况：看来是这位张女士给自己的女儿预约了心理咨询。至于女孩的问题，就冲这股"玛丽苏"味，经验丰富如马镇谭也已经猜到大半了——十有八九又是虚构小说和影视剧看多了导致的妄想症。

此时此刻，"小公主"已经气呼呼地自行坐在了沙发上，张女士则连连鞠躬道歉："不好意思啊，马医生。这孩子不是我带大的，确实有点没礼貌。"

"没关系没关系，您坐！"

在马镇谭的招呼下，张女士才坐下。然而屁股刚一碰到沙发，原本平静的她顿时就来了情绪，挥舞着双手，一副"我不活了"的样子，"马医生啊，您快给我闺女看看吧！这丫头也不知道中了什么邪，整天说自己是鹿小含的女朋友，都快成精神病了！你说我——"

"我都说我跟鹿小含分手了！能不能别在我面前提起他？！"还不等一旁的张女士把话说完，小可就狠狠把墨镜一摘，打断了她的发言，"想起来我就气……我堂堂世界第一公主殿下，流出来的眼泪都是七彩的，到底哪里比不上那个官小童！"

马镇谭目瞪口呆，张女士则不停冲他使眼色，仿佛在说："看到没有，看到没有？"

这姑娘问题还真是挺严重的啊……马镇谭的额角不禁流下一滴冷汗。妄想症他见得多了，但像这种伴有歇斯底里的还真不多见，搞不好还真是个比较严重的病例。

见小可不停地往远离母亲的方向挪屁股，马镇谭意识到，只要张女士在场,两人的情绪就都平静不下来。于是为了减轻小可的压力,马镇谭使劲冲张女士使眼色。张女士虽然情绪激动,但立刻会意了,以上厕所为由起身离开了沙发。马镇谭不禁松了一口气,视线转向面前的小可,小心翼翼地说道:"小姐姐,为了爱与正义,我们聊聊吧!"

小可扭着头瞅着门,一直盯着自己的母亲离开后才重新看向马镇谭。再开口时,语气竟瞬间正常了,"呵,你倒是不蠢,知道我有些话不方便当着她的面说。"

"那当然,我可是心理医生,你可以把我当做你的知己。"

"那我就实话告诉你吧,她其实不是我妈妈。"

"哈?"

马镇谭愣住了。看着此刻语气平稳、与刚才判若两人的小可,再想想刚才情绪起伏如坐过山车的张女士,此时的他不禁开始怀疑,也许事情真不像他之前想的那么简单,有问题的说不定是张女士。然而紧接着,这位"公主殿下"却以陈述事实的语气坦坦荡荡地说道:"别误会,我的意思是她不是我真正的妈妈,只是生下我在人间的肉体的妈妈。我真正的妈妈是暗夜精灵族的王后。正是因为有暗夜精灵族之灵,人间父母都是普通人的我,姿容才能胜过凡间大多数女子。"

张女士,我错了……

马镇谭赶紧在心里说了一万句对不起,抬头瞄了一眼架子上的暗夜精灵手办。

"那么,小姐姐,你知道你人间的妈妈带你来这里的原因吗?"

"我当然知道。"小可皮笑肉不笑地勾了勾嘴角,"她和你一样,都觉得我撒谎,都觉得我有病。'和当红明星交往?这丫头是妄想症吧！''暗夜精灵血统？这丫头是游戏打多了吧！'——你敢说你心里没这么想吗？"小可一边说着一边向马镇谭逼近。

劈头盖脸的质问下来，马镇谭竟一时不知所措，连连摆手，"不不不，相信我，我绝对没有这么想！"

"呵，你当我是傻子吗？"

"这你就误会我了！"

"你难道不是在想，'没病你会来这儿？'"

"真没有！"

剧情的发展居然跟马镇谭之前预想的完全不一样。此时此刻，小可以近在咫尺的距离死死盯着马镇谭的双眼，盯得他头冒冷汗，不禁想起之前在一本书中看到的美国中央情报局的审问技巧。

"你撒谎。"说完这句话，小可冷笑一声坐回原位，扭过头去不再看他了。

自己堂堂心理医生，居然被一个二十出头的小姑娘将了一军，还真是开局不利。不过这一番对话下来，马镇谭也充分认识到，这个女孩其实一点都不傻，甚至有些鬼机灵。这样一个逻辑缜密、说话呛人，还会给人施加心理压力的女孩，会是相信那些虚构东西的妄想症患者？怎么可能！所以她应该没病，只是心里有些解不开的结，让她宁愿在虚幻世界里装睡，不愿被人叫醒。

就这样，眼睛滴溜溜打了几个转的工夫，马镇谭就把眼前的女孩从头到尾分析了一遍。感觉自己分析得很有道理的他不禁暗暗感慨：神医不愧是我。

可问题来了——到底该如何打开她的心结，把装睡的她叫醒呢？从刚才的表现就能看出，她对外人缺乏信任，对试图触碰她内心的人更是充满抗拒；但她既然能跟着妈妈来到自己的诊所，又说明她内心深处对解开心结仍然怀有一丝期待，这种矛盾的心理处理起来往往最为棘手。如果摆出一副福尔摩斯的姿态，充满压迫感地告诉她："其实你知道那些东西都是自己虚构出来的，只是不想被人戳穿，还希望别人能体恤你这种心情，配合着给你更多快乐……"不，绝对不行，一个自视甚高、自诩"公主殿下"的女孩才不会吃这套。一旦对方恼羞成怒，对话就别想再进行下去了……

普通人遇到这种情况一定要开始犯难了，但马镇谭又岂是一般人？没人比他更知道怎样拉近与"二次元居民"之间的距离了——只见他用手帅气地捋了下那一头短毛，然后抓住自己的外套霸气地一脱，性感地转过身去，露出了T恤上印着的大大的一轮月亮——"凭月棱镜发誓，如果我不相信你，就请你代表月亮消灭我！"

你知道那些东西都是自己虚构出来的，只是不想被人戳穿？好，那我就不戳穿你，咱们就用你指定的方式对话，谁也别拿谁当傻子。

这一招果然奏效了。小可呆呆地回过头来，一脸不可思议地上下打量了一番马镇谭，幽幽道："原来是同道中人！"

马镇谭点了点头，重新穿上外套，一本正经地说道："是的，这下你该相信我了吧。我知道你说的都是真的，也知道你没病。但既然来都来了，不妨就把你的心事都告诉我吧。总得给你人间的妈妈一个交代不是？"

"说的也是。"小可一声叹息，"好吧，既然你和别人不一样，那我就和你说说我最近的心事吧。"

马镇谭的内心顿时一阵雀跃，急忙正襟危坐道："来吧，殿下，我洗耳恭听。"

"哎呀，你也用不着这么紧张，其实也不是什么大事，就是感情上的问题啦……我上个月交了个新的男朋友，但现在又有另一个男的来追我，怎么甩都甩不掉……"

"原来如此。这确实不是什么大事，直接告诉他，你已经有男朋友不就好了吗？"

"我当然告诉他了。可他不信，还是三天两头来找我。"

"那就让你男朋友亲口跟他说，再顺便亮亮拳头，看那个流氓以后还敢不敢再来纠缠你。"

不料小可突然一惊，"那可不行！我男朋友是艺人，我俩的恋爱关系要保密的好不好！"

"艺人"两字一出来，马镇谭突然觉得有点不对劲，多亏反应及时才没露出质疑的眼神，急忙追问是谁。

小可突然神秘地笑了，凑近马镇谭，从手机后盖里抽出一张照片放在了桌上，用手指在上面轻轻一点。马镇谭低头一看，发现那照片里的不是别人，正是当红艺人蔡小坤。一瞬间，马镇谭只觉得心里有一万匹羊驼飞奔而过——本以为是两个大明白人掏心窝地对话，结果，好家伙，这丫头还真是妄想症啊！

"果然，你还是觉得我有病。"

正在腹诽的马镇谭顿时全身一个激灵——自己明明表情管理得很好，这小姑娘难道有读心术不成？不，从之前的对话可以看出，小姑娘很会给人施加心理压力，所以她应该只是抛出一句话来试探我罢了。自己可是堂堂心理医生，绝不能乱了阵脚。

想到这，马镇谭急忙说："我发誓我是倾向于相信你的，但这位可是当红艺人，上网一搜，自称是他女朋友的小女孩都能建立一座城市了，所以你得给我说详细点才行。"

小可却说："呵，不用解释了，你就是不信我，就是觉得我有病。你的想法已经全都写在你脸上了。"

嘶……难道真是自己表情管理出了问题？马镇谭用手摸了摸脸，

不由得一阵心虚。

而此时此刻，小心翼翼收起照片的小可突然一脸凄然，自言自语起来，"算了，我知道，这其实也不能怪你，毕竟我妈，我爸，甚至我最好的朋友，都觉得我精神不正常……是啊，一个刚毕业的小丫头，在明星制作团队工作，还跟明星谈恋爱，这种事怎么可能呢？呵……我还真可怜，不是么？不过不要紧，不管遭受多少误解、多少白眼，我都会默默扛下来的。只要我的坤坤能一边享受普通人的幸福，一边事业更上一层楼，让我一直活在不见光的地方、被人当成骗子又能怎样！毕竟，只有我——只有我才能保护我的坤坤啊！"

一番声情并茂的倾诉下来，马镇谭彻底傻眼了。无论反应速度还语言逻辑，这小可怎么看都不像真有毛病。可难道自己真要相信她是蔡小坤的地下女友？！这也太离谱了。不过，假如这女孩真在蔡小坤制作团队工作，发生这种狗血的事倒也不是不可能……所以到底是怎么一回事？！掰扯了半天却连对方到底什么毛病都没弄清楚，这还真是马镇谭职业生涯中头一回。她到底有病还是没病？有病还是没病？！

小可的深情自白依旧不绝于耳。然而就在马镇谭一个头变两个大时，一句"猛料"忽然传来，"……要是王大聪知道了我男朋友是坤坤，那就完了！那个霸道总裁，为了得到我这样的美少女，一定什么事都干得出来！我必须咬紧牙关才行，绝不能让他知道我的男友就是——"

"停！你说什么？王大聪？"马镇谭全身一个激灵，"那个公子哥？"

"啊，就是最近老纠缠我的那个男的。"

马镇谭顿时仰头大笑。原来——原来！

小可不禁像看傻子一样看向他，"喂，大叔，怎么了？"

97

马镇谭终于憋住笑清了清嗓子,"没怎么,咳咳……小姐姐,我问你,鹿小含是你前男友?"

"是啊。"

"蔡小坤是你现任?"

"对啊。"

"同时王大聪还在追你?"

"嗯啊。"

做梦吧你!马镇谭在心里一声腹诽。当然了,职业素养优秀的他肯定不会真的说出口。看来自己最初凭直觉作出的判断是正确的——这位会流"七彩眼泪"的"暗夜精灵族公主殿下",就是个典型得不能再典型的妄想症患者。

是时候叫醒她了!

只听马镇谭用充满亲和力和诚恳的语气说道:"小可,我作为一个心理医生,现在负责任地告诉你,你妈妈带你来这里并没有错,你确实需要心理辅导。我知道,从你的角度看来,你所说的一切都是真的,因为你已经通过一遍遍的讲述说服了自己的大脑相信它。而每一次讲述这些虚构的事情时,你的大脑都会产生一种'这一切都是真实的'错觉和满足感,也正是这种错觉和满足感引诱着你一遍遍地去诉说,直到你真的相信了它。但是很抱歉,现在我必须告诉你,这一切其实都不是真的。"

马镇谭觉得小可十有八九会恼羞成怒,但作为一个经验还算丰富的心理医生,他早已想好接下来该如何安抚她的情绪了。而待她情绪稳定,只要通过引导她回忆过去的方式让她渐渐打破妄想,就能把她拉回真实世界了。

是的,马镇谭觉得一切尽在掌握。可万万没想到,就在他话音落下的一瞬间，小可却突然露出了诡异的笑容。

"呵……直到现在还以为自己是心理医生吗，大叔？"

"欸？"

"一个一把年纪还穿二次元文化衫的死宅男，却在这里给人问诊，这样的场景难道不让你觉得违和吗？"

小可一边说着一边站了起来，居高临下地看着马镇谭。那一瞬间，马镇谭竟突然觉得视线一阵恍惚，仿佛有什么东西正压得他喘不过气来；原本清晰的大脑也顿时一片混沌：似乎正有什么不得了的回忆呼之欲出。

而就在这时，小可笑道："终于想起来了吧，大叔。这已经是你入院第三个月了。"

入院，第三个月？

马镇谭彻底蒙了。只听小可从容道："这三个月里，你不断把自己幻想成心理医生，跟过来照看你的真医生玩过家家的游戏，而今天就轮到我了。重新自我介绍一下吧，我是你的主治医师宋小可，国家一级心理咨询师。"

哈？！

——师兄，也许我们现在所在的这个世界并非是真实的。

想到先前大漂亮那句若有所指的话，马镇谭忽然感觉自己的心已经被十万匹羊驼踏平了，世界观都崩塌了。他一动不动地愣在了那里，感觉整个房间天旋地转，直到门把手突然"咔嚓"一声响。

"我也告诉你一个秘密吧，可儿公主殿下，"只见大漂亮一手提着暖壶一手端着咖啡，一边用脚开门一边往里走，"我们国家的心理咨询师最高只有二级，OK？"

99

天旋地转的世界突然定住了，马镇谭瞬间回过神来——对啊！老子拿的也只是国家二级心理咨询师执照啊！

就在这时，一杯热热的咖啡被塞进了马镇谭手里，紧随而来的是大漂亮的一顿数落，"喝咖啡吧你，就这种满嘴跑火车的妄想症患者都能把你将住？我看你大脑都快萎缩成葡萄干了。看你以后还敢不敢再熬夜！"

马镇谭顿时得救了一般。一旁的小可却怒发冲冠，双手在身体两侧攥成拳，委屈地大吼："没错，刚才我的确是在演戏，因为我知道你们跟我妈是一伙的。你们就是想给我洗脑，让我认为我和坤坤在一起全都是我的幻想，我才不会让你们得逞！你们给我等着瞧，我——我这就去把坤坤叫来！"说着，小可夺门而出。

门"嘭"的一声关上了，只留下一脸蒙的马镇谭和大漂亮。

"……坤坤是谁？"

"……"

马镇谭呆呆地喝了口咖啡，和大漂亮对视一眼，突然回过神来，"愣着干什么，赶紧把人追回来啊！"

马镇谭撂下咖啡就起身，大漂亮却像女侠一样，抬起胳膊就将他拦在了原地。

"已经不用了。"

"哈？"

"你当我刚才在外面逛公园呢？"只见大漂亮得意地笑着，从容地坐在了马镇谭面前，把手机塞给了马镇谭，"我刚才一直在外面跟张女士聊呢，小可的状况我已经一清二楚了。"

马镇谭接过手机一看，发现是一个用户名为"可儿_Elizabeth"的个人社交账号，头像照片正是小可。只见被大漂亮打开的日志里赫然写着这样的话：

"哎呀呀，我妈总算回国了。感觉自己从小到大都没跟她见过几次面，只知道她跟我爸离婚后就一直在国外打工。不过更气人的是，现在好不容易能一起生活了，她又却嫌我追星、打游戏，还说我整天活在虚幻世界里。她根本就什么都不懂。要是再没有虚幻世界，我就真的什么都没有了，毕竟她除了钱之外什么都给不了我。"

马镇谭不禁以手抚额，"原来从头到尾，我这个心理医生都在被这个小姑娘牵着鼻子耍着玩儿啊……"

"你们都说了些什么？"

"别提了……"马镇谭不禁捂脸，"我甚至还暴露了自己的二次元文化衫……"

大漂亮哈哈大笑。

"张女士呢？"

"别提了，那位张女士心理状况也有点问题，可能是因为更年期，情绪大起大落的，不论女儿说什么都急于否定，从来不先试着了解她的想法和她行为背后的动机。"

马镇谭把手从脸上拿开，说："的确，我也这么觉得！"

"所以我已经告诉她该怎么做了。"大漂亮得意地说道。

马镇谭忽然笑了，用极其暧昧的眼神看向大漂亮。大漂亮被他看得直发毛，一时忍不住说起了东北腔，"你瞅啥？"

"瞅你咋地——不是。我怎么突然觉得世界有点儿不真实呢？"

"哈？"

"整天捧着网络小说发神经的大漂亮女士什么时候变得这么可靠了？不对不对，一定是构建我们这个世界的小说作家修改设定了。"

只见马镇谭一边煞有介事地喃喃着一边起身，走来走去，一会儿敲敲桌子一会儿敲敲墙，"喂，作者大人，能听到吗？你的女主角'人设'崩了哦！"

马镇谭不知道，在他背后，大漂亮正一边活动手腕一边活动脖子……

走廊里，两个隔壁公司的小姐姐正抱着文件轻松愉悦地向前走，却忽闻隔壁心理诊所传来一个男人声嘶力竭的哀嚎："嗷——嗷！"

"我就让你看看我到底崩没崩！"

看来是心理诊所的日常又开始了。

两个小姐姐对视一眼，耸了耸肩，继续向着远处走去了。

第九章 "创伤后应激障碍"的心理阴影

"这是答复意见的模板,以后按照这个格式写就好了。"阳光明媚的办公室里,美女前辈微笑着把一份文件放在刚参加工作的他面前。

他接过文件,抬头看向她,心花怒放。可就在这时,逆光中的前辈笑容突然就僵住了,布满血丝的双眼一瞬间瞪得像铃铛,脸色也惨白得像喝了毒药,伴着"咚"的一声响,倒在地上抽搐起来。

"前辈?前辈你怎么了?!"他扔下文件跑上去,纸张瞬间散落一地。

"我不能呼吸了!救——救我!"

怎么会这样!

他急忙蹲下身,按照在大学里学到的急救知识对她进行人工呼吸。可没想到,他刚用力一吹,前辈的耳膜就"嘭"地一声炸开了,血哗啦啦从耳道里淌出来。他吓坏了,却顾不了那么多,赶紧鼓足气又是一吹,没想到又是"嘭"的一声响……

他吓哭了,失声尖叫起来,转身就想逃,可前辈虚弱的声音再次传来:"我快不行了……救我……快救我……救我……"

他终于再一次鼓起勇气回过头来。可这一回头不要紧,只见前辈正以近在咫尺的距离和自己面面相觑。

"啊啊啊啊——啊!"

咚!

伴着一声巨响,他一边嗷嗷大叫一边从地板上弹起来。也就在这时,手机闹铃"母鸡下蛋歌"疯狂响了起来:"咕咕咕嘎嘎——咕嘎咕嘎嘎!"

果然又是梦呢。

他按掉了闹铃,顶着一头鸡窝状的卷毛抬头看了一眼不远处的床,发出一声长叹。

这已经是他连续第七天从噩梦中惊醒了。自从发生那件可怕的事后,他就再没睡过一天好觉,每天都过得像梦游一样。

如今,可爱的周末结束了,又是一个工作日。他拖着沉重的脚步来到单位,全身瑟瑟发抖,觉得整栋楼都阴森森的。见他仍旧一副精神萎靡的样子,领导贴心地把他调到了另一间办公室,以为这样就能让他从可怕的阴影中走出来。可没想到——

"给,这是需要你整理的文件。"

当办公室的一位前辈向他伸出纤纤玉手时,刚刚坐定的他竟突然发出一声哀号,整个人连同椅子一起向后翻了过去,伴着"轰隆"一声响,他四仰八叉摔在了地上。领导和同事们急忙凑过来,在他身边蹲了一圈进行围观。最后经过一番观察,领导得出了一个正确的结论:这孩子需要去看心理医生。众人立刻发出一声表示赞同的叹息。

就这样，被特批了一天假的他离开了单位，按照领导转给他的发在城市论坛上的帖子的指示，钻进了拥挤的地铁，帖子上的地址正是马镇谭的心理诊所所在。

"要么我治好你，要么你整疯我……"他推了推鼻梁上的眼镜，呆呆地念着这句话，怀疑这位医生是否真有这么神奇。殊不知，一个穿着西装、理着小平头的男人正瞪着一双极不友善的小眼睛，在人群中狠狠盯着他……

"喵，喵！"

6.5寸的手机屏幕上，一只肥猫张着小嘴不停叫着，迈着轻快的小碎步从远处跑向镜头，用爪子拍了拍主人的手，然后一咕噜倒在地上翻出肚皮，扭来扭去求抚摩。

此时此刻，马镇谭心理诊所中，闲得头顶长草的大漂亮正趴在桌上抱着手机看视频，并对着视频里一只正在撒娇的肥猫连连感慨："啊，我死了，啊，我死了！世界上怎么会有猫猫这么可爱的生物！"

一旁的马镇谭摇头咋舌，伸出手去准备把喝了一半的咖啡搁回桌上。不料大漂亮虽然眼睛盯着手机屏幕，却精准地一把抓住了他的手腕，杯里的咖啡顿时晃出来洒了一桌子。

"师兄，咱们在诊所里养只猫吧！"

"你开什么玩笑！"头上还顶着被大漂亮打出的包，心烦意乱的马镇谭看着洒了一桌的咖啡，顿时提高了嗓门，"我养你就够受的了，还养猫？松手！"

大漂亮的火"噌"地一下就上来了，还好视频里传出的一声"喵"及时遏制了她打人的冲动，松开手后来了个深呼吸，"师兄，这你就不懂了吧。我问你，咱们开的是什么诊所？"

马镇谭眨了眨眼，"心理诊所啊。"

"对！"大漂亮用拳头在掌心用力一敲，"那我再问你，什么东西可以辅助治疗抑郁症？"

"单胺氧化酶和丙咪嗪？"

"哎呀，错了，答案是宠物！"

"哈？"

"难道你没听说过国外超流行的'宠物医生'吗？咱们养只猫，那可是相当于多了个员工。大不了——大不了猫粮猫砂我来买，这样总行了吧！"

宠物……马镇谭一边用抹布擦桌上的咖啡渍一边思忖起来。倒不是他真觉得宠物能治病，而是他突然想到，宠物似乎是一切网红店的标准配备。要是诊所里多只萌宠，自己再没事儿录点视频发网上，说不定还能把这里变成网红诊所……到了那时候，自己就能一边当心理医生，一边收粉丝礼物，一边接商业广告了，没准儿还能出本书，书名就叫《请让我来治愈你：马医生和他的好朋友》。

"怎么，心动了？"大漂亮用手指绕着一缕头发，笑眯眯地凑过来。

马镇谭急忙正色，一本正经地说道："养只狗倒也不是不可以。"

大漂亮却不干了，"为什么是狗？猫多可爱呀！"

"狗至少能看门，还忠诚。猫能干什么？"

"猫能逮耗子啊！"

"不行，我说养狗就养狗。"

"我说养猫就养猫。"

"养狗！"

"养猫！"

"汪汪汪！"

"喵喵喵！"

"汪汪汪汪汪！"

"喵喵喵喵喵！"

咔嚓一声，门突然开了，一个戴着大眼镜的卷毛小伙子探进头来，却见这家心理诊所的主治医师龇牙咧嘴，怒吼"汪汪汪"，不由得深吸一口气，缓缓关上了门。紧接着，门外幽幽传来一声，"一定是我的打开方式不对。"

马镇谭呆呆地望了望门，又把头转向大漂亮，脸色由红变紫，由紫变黑。大漂亮顿时就怂了，委屈巴巴地卖了个萌，"喵……"

"喵你个头啊，还不快把人追回来！"

大漂亮急忙奔出门去……

马镇谭叹了口气，刚要坐回去，却突然感到一阵内急，无奈之下也只好捂着肚子奔出了屋子。可他不知道，自己前脚刚走，一个鬼鬼祟祟的男人就溜到了诊所门外。

男人其貌不扬，理个小平头，穿着一身西装。见门开着条缝，便悄悄把头探了进去。左瞅右瞅，发现屋里没人，男人顿时就乐了，一溜烟窜进了屋里。然而他也不偷也不抢，只是像模像样地往马镇谭位子上一坐，清清嗓子理理衣服，完了"嘿嘿嘿"地偷笑起来。

就在这时，诊所的门被敲响了。男人急忙正色，说了声"请进"。紧接着，刚才那个戴眼镜的小伙子再次探进头来，确认没有异常后蹑手蹑脚地进了屋子。

"那个……请问您是马镇谭马大夫吗？"小伙子一边搓手一边试探地问。

男人笑了,捋着下巴上并不存在的胡子说道:"没错,正是在下!"

看来这次的打开方式对了。小伙子顿时情绪崩溃地跌坐在男人对面的沙发上,"在下救我啊!在下你听我说啊!"

男人一脸尴尬,"不要叫我在下,叫我马医生!"

"好的,在下!是这样的,在下!"小伙子哭得一把鼻涕一把泪,"我上个月刚毕业,妈妈把我安排进一个国企上班,同办公室里还有个叫小珍的小姐姐,是我的前辈。结果上周,上周不知怎么的,她突然,突然就倒在地上抽搐起来了!"

"那你呢?"

"我赶紧打了急救电话,可她越抽越厉害,像溺水一样,我就只好——只好硬着头皮给她做人工呼吸!结果——结果!呜哇……"

看着小伙儿崩溃的样子,男人突然露出了诡异的笑容,"结果那小珍还是一命呜呼了,对不对?"

小伙子不禁一愣,"你——你怎么知道?!"

"呵呵,我马镇谭可是专业心理医生,只需一眼,便能读取你内心所想!"

"真的吗?"小伙子的眼睛里顿时迸射出崇拜之情,可紧接着又开始哇哇大哭起来,"总之事情就是这样……好好一个大活人就这么在我面前蹬腿儿了,我以后可怎么活啊!"

男人一声叹息,煞有介事道:"我就告诉你吧,要不是你插手,那小珍或许还有救。"

"果然……"

"你现在睡不好觉,是吧?做噩梦,是吧?"

"是啊!"

"知道这是为什么吗？因为小珍的怨气已经缠上了你，你这辈子都别想过舒坦了！"

"救命啊！呜呜呜！"

这都什么跟什么？解决完内急的马镇谭从小伙儿进门起就一直在外面偷听，现在终于听不下去了，推门进了诊室。"哟，没想到我去上个厕所的工夫就让人给假冒了。"

男人立刻"嗖"的一下站了起来，措手不及地看向突然出现的马镇谭。

马镇谭毫不客气地说："怎么，装医生挺上瘾，是吧？装，继续装！"说着又转向旁边一脸呆滞的小伙儿，"你傻啊，就这水平你也上当？我才是原装正版！"

"你，你，他——"小伙子挂着鼻涕，目光在两人之间来回打转，仿佛对这个世界产生了认知障碍。

就在这时，门再一次被推开了，只见大漂亮一边往里走一边抱怨："师兄，刚才那小伙子不见了，怎么都找不……咦？对，就是你，这不是在这儿吗？"

见大漂亮管眼前的男人叫"师兄"，小伙这才明白自己是真的认错了人。那这个冒牌货又是谁？

正当众人疑惑之时，冒牌货突然来了灵感，把手指向了大漂亮，大喝一声："呔！妖精哪里跑！"说着就"锵锵锵"地绕过众人跑出门去了。

大漂亮愣住了，过了好几秒才反应过来。"等等，你说谁是妖精？！"说着也挥着拳头追出了门。

终于，屋里只剩下了马镇谭和小伙子。只听小伙子吸了吸鼻子说："这个世界真是太危险了……"

马镇谭深有同感地点了点头。"抱歉啊,第一次开门时吓到你了吧。"

"嘿嘿,可不,我还以为你也是来这儿求医的精神病呢。"

"你可真会说话……"

屋里传出一阵尴尬的笑声。可紧接着,哭声就再次响起来了——小伙子一下子扑在了马镇谭身上,一把鼻涕一把泪,"呜哇!马医生救救我吧!"

马镇谭一边不失礼貌地推开他,一边询问事由,这才知道,小伙子叫小林,没见过什么世面,结果刚工作第一个星期,同事突然在他面前心脏病发作了,他在大学时学过一点急救知识,以为自己能帮上点忙,于是在救护车赶来之前给同事做了人工呼吸。可万万没想到,救护车一来,医生检查一番后竟然直接宣告同事已经死亡,一块白布就给盖上了。这下可把他吓坏了,开始天天做噩梦,精神萎靡。

叙述完事情经过的小林一脸崩溃,而得知事情原委后的马镇谭却松了口气,笑着说:"你别听刚才那个精神病瞎胡说,这世上哪有什么鬼啊。你的情况就是典型的创伤后应激障碍。"

"创伤后……应激障碍?"小林不禁全身一个哆嗦,"那……我还能活多久?"

马镇谭笑了,伸手拍了拍他的肩膀,"别担心。创伤后应激障碍就是大家常说的PTSD,经常发生在死亡目击者身上。你的病症还有个学名,叫'创伤性再体验症状'。这类病症的典型表现就是脑海里经常浮现遭受创伤时的情景,通常要么是做噩梦,要么是触景生情。以我目前的判断来看,你的状况并不严重,仅仅是做噩梦而已,持续时间也不长。只要你自己想通了,很容易就能克服,连药都不用吃。"

"真的？"小林的双眼顿时一亮，可随即又哭起来，"你说得轻巧，可人死不能复生，我要怎么才能想通啊？"

"你的同事小珍是因为心脏病死的，不是因为你的人工呼吸——想通这点不就好了吗？"

小林眨了眨眼，觉得有道理，却又有些怀疑，"可万一呢？万一真的是因为我的人工呼吸，人才没的呢？"

"这怎么可能嘛！你上网查查就知道了，哪有人工呼吸致死的事儿呀！"

小林听到这话却顿时吓得哆嗦起来，"天哪，难道我要成为全世界第一个人工呼吸杀手，被永远钉在人类历史的耻辱柱上了吗？！"

马镇谭真恨不得以头抢地——这人的脑回路可真够奇葩的，怎么就认定是自己的人工呼吸把人害死了呢？

"你不能证明不是我，那就很有可能是我……完了，完了……完了，完了……"

见小林咬着手指打哆嗦的熊样，马镇谭真是一个头变两个大。证明……这要怎么证明？可就在这时，他却忽然灵光一闪——不对……等等，有办法了！通过实际演示的方式让他知道人工呼吸害不死人，这样不就行了吗？！

屋内，小林还在咬着手指打着哆嗦，鼻涕一把泪一把地哭诉："完了，完了……我现在一闭上眼，就是她倒在地上，那个腿儿啊就抽啊抽，抽啊抽……马医生，你说我该——"

小林一边说着一边看向马镇谭，却见马镇谭突然手捂胸口后退两步，跌坐在沙发上，腿一蹬一蹬的，身体不停地抽搐。

"对对！就是这么抽的！"小林顿时两眼一亮，"没错，是的，完美！不对……等等！马医生你怎么了？你你你——你别吓我啊！"

小林这才意识到哪里不对，一个箭步冲了过去，却见马镇谭两眼翻白，表情痛苦，口齿含混不清道："我——我心脏病发作了！我快——快不行了！"

小林顿时吓傻了，两手不停揉着自己的一头卷毛，"妈妈啊！我我我——我该怎么办？！对了，急救——急救电话！"

小林手忙脚乱掏出手机，却被正在抽搐的马镇谭一胳膊拨拉到了地上，滑出去老远。小林像抓救命稻草一样去抓手机，马镇谭却用虚弱的声音说道："等急救车赶来，就来、来不及了！快、快给我做人工呼吸！"

"人工呼吸？！"一听这四个字，小林吓得眼镜差点掉下来，"不不不，不行啊，马大夫！"

"不然就——来不及了！快，快救救我！求求你了！"

小林急得快要哭了，最后见势不妙，才终于下定决心，"好，马医生，我来了！"就这样，他深吸一口气后蹲在了马镇谭面前，扒着他的脸开始一通猛吹："啊呼，啊呼！啊呼，啊呼！"

吹了十来下，用力过猛的小林就开始觉得大脑缺氧，天旋地转了，急忙停下来歇歇。可就在这时，他突然意识到，被自己吹了半天的马镇谭竟然躺在沙发上一动不动了。

他是没事了吗？还是……

"那个，马……马大夫？"

"你今天中午吃的啥……"一个虚弱的声音幽幽飘来。

"韭……韭菜包子啊……"小林小心翼翼地回答，却没想到"韭菜包子"四个字刚一出来，马镇谭就两眼一翻，头一歪，昏过去了。

小林彻底惊呆了，踉踉跄跄后退两步，全身颤抖起来，"我就知道……我就知道！果然是我害死了小珍，现在又害死了马镇谭医生！苍天啊，大地啊，妈妈啊，我该怎么办啊！"他无助地站在原地，不知所措。想来想去，现在自己能做的也只有善后了，于是他蹲下身，用颤抖的手捡起了掉在地上的手机，泪汪汪地拨通了那个他最不想拨通的号码。

"喂？请问是殡仪馆吗……我是……"

不料就在这时，意想不到的事情发生了——伴着一阵响动，马镇谭竟然从沙发上缓缓爬了起来。

电话里传出一个女人问"是否需要殡葬服务"的声音，小林却不说话了，死死瞪着缓缓爬起的马镇谭，两眼越瞪越圆，最后发出晴天霹雳般的一声吼："妈呀！诈——诈尸啦！"

伴着一声哀号，小林的手机摔在了地上，马镇谭也吓得全身一哆嗦。

"哎，不是诈尸，我还活着呢……"马镇谭用沙哑的声音说道。

小林愣住了，下一秒又顿时乐开了花，一下扑上去抱住了马镇谭，"哎呀妈呀，吓死我了！原来你没死！太好了，你还活着、还活着啊！"

马镇谭一边下意识地躲避小林的口气一边强颜欢笑，"是啊，我没事了。多亏你刚才的施救，不然我肯定一命呜呼了。是你救了我啊！"

小林难以置信地看向马镇谭，"真的……真的是我救了你？"

"是啊。"

"这么说……这么说，真的不是我害死了小珍？！"

"当然了。小珍现在应该正在天堂里感激你对她的施救呢——虽然没能在人间挽留住她，但你做的确确实实是件好事。"

"太好了，太好了！"小林激动地握了握马镇谭的手，"我可真傻，怎么会觉得人工呼吸会害死人呢？真是太谢谢你了，马医生！"

看着小林已经一边唱着歌一边离开诊室，马镇谭不禁会心一笑：看来他的创伤后应激障碍已经痊愈了，啊，神医不愧是我。然而刚笑完，残留的韭菜味就钻进了他的鼻子，让他一阵恶心，捂着嘴冲出了屋子……

另一面，假扮马镇谭的冒牌货跑出屋子后就一溜烟窜了个没影儿，大漂亮追了半天也没追上，只好怏怏地返回了屋里，却见屋里已经一个人也没有了。

"哎，这个马镇谭，也不知道在搞什么鬼。"她抱怨着，拿起手机再次开心地刷起了萌宠视频。不过这一次，刷出来的视频主角不是猫，而是一只肥肥的"阿柴"。只见视频中的柴犬被主人像宝宝一样抱在怀里，嘴角扬起弧度，仿佛在微笑，眼睛还不停地眨呀眨。

大漂亮的心再次被萌化了，抱着手机不停惊呼："啊，我死了，啊，我死了！世上怎么会有狗狗这么可爱的生物！"

就在这时，门开了，马镇谭神情萎靡地走进来，伸手去抓桌上剩下的半杯咖啡，不料手腕又被眼睛盯着手机屏幕的大漂亮精准地擒住了。

"姑奶奶，你又想干吗？"

"师兄，我决定了，就听你的，咱们在诊所里养只狗吧！"

"行行行，松手。"马镇谭敷衍地回答着。

大漂亮顿时两眼放光，"那咱可说好了啊，一言为定！"

就这样，在度过状态糟糕又跌宕起伏的一天后，终于到了下班时间。

走出诊所所在的园区时，见一个遛狗大妈牵着一只金毛犬路过，马镇谭停下脚步，这才突然意识到自己答应了大漂亮在诊所养只狗。虽说答应得有点草率，但看着大妈牵着的金毛乖巧可爱，马镇谭觉得养一只倒也无妨。然而就在这时，一位大爷牵着一只萨摩耶犬迎面走了过来。两狗碰面，顿时上演起了一场"敖包相会"，那个开心劲儿，那个亲热劲儿，简直让人难以直视。

"你看，连狗都有对象了，你却还是单身。"

不知从哪儿传来这么一句话，听得马镇谭全身一个激灵。扭头一看，才发现是同样下班路过的两个小姐姐正在互相调笑。

连狗都有对象了，你却还是单身。真是人不如狗。

马镇谭站在原地，看着大爷大妈成功"合流"，一起遛两只"臭不要脸"的狗，脸色是越来越黑，越来越难看。

哼，这辈子打死我都不养狗。

在心中暗暗发过誓后，马镇谭紧握双拳耸着肩膀，一个华丽的转身后雄赳赳气昂昂地顺拐着走远了……

第十章　炫富者的选择困难症

天完全黑了下来，四下无人，更没有一丝光亮。

我是谁？我在哪？我要干什么？马镇谭的心中一阵疑惑。而就在这时，不远处的一块地突然被从天而降的一束光照亮了。马镇谭飞奔过去，只见那被照亮的一小块区域中静静地躺着一本书，封面上印着书名："颤抖吧，心病"。

冥冥之中似乎有股力量在驱使他捡起那本书。于是他咽了口唾沫，颤颤巍巍地伸出了右手。手指触碰到书的那一刻，神奇的事情发生了：一股洪流般的意识灌入了他的体内，让他意识到，这是他的人生之书——此时此刻，他已将自己的人生握于掌中！

"真不知道我的结局会怎样，好想被剧透啊……"大漂亮的话突然在马镇谭脑中回响。马镇谭也突然对自己的结局好奇起来，迫不及待地去翻最后一页。

我发财了吗？我出名了吗？老婆漂亮吗？他的心因兴奋而突突直跳。可翻开最后一页，却见上面只写了一句话："最后，马镇谭终于离开了这个世界。"

废话，难道我还能长生不老呢？马镇谭一边暗暗吐槽一边向前翻页。终于，他看到了他想看的内容——不，也许应该说，是他最不想看到的内容——

马镇谭独自一人坐在客厅的沙发上，戴上老花镜翻看年轻时的相册。年轻时的他有北京名牌大学的硕士学历，经营一家心理诊所，还是个身高185的帅小伙。本以为凭这样的条件讨个媳妇不成问题，没想到却单身了一辈子，缘分这东西真是难以捉摸呢。马镇谭叹了一口气合上了相册，也就在这时，心梗的老毛病又犯了……

什、什么？！单身了一辈子，老光棍？！

"叮叮叮叮叮——叮！"

聒噪的闹铃声中，马镇谭"垂死病中惊坐起"，把脸上的眼罩一摘，按停了连振动带打鸣的手机，然后不停地用手捋胸口。

还好是梦，不然他可真要被吓出心梗了。

不过这个梦也太过真实了。马镇谭觉得这都怪大漂亮——自从她神神叨叨地说自己的世界可能是本小说之后，自己就整天梦到奇怪的东西。比如昨天晚上，他就梦见自己的诊所越缩越小越缩越小，变成了一个巴掌大的盆景；然后，现实世界中的一群读者把自己巨大无比的脸凑了过来，居高临下瞪着大眼睛看他这个"小丑"在盆景里表演心理医生的戏码……

深吸一口气后，心有余悸的马镇谭再次抓过了手机，结果又被吓了一跳——今天早上有个预约，而他就要迟到了！于是乎，热锅上蚂蚁一般的他顿时从床上一骨碌弹起来，打仗似的在洗手间折腾了一番，连早饭也没吃就跑出了家门。可尽管这样，他还是迟到了几分钟。不过，用微信跟他预约咨询的那位王先生并没有发来任何催促或询问的消息，也没打来电话，难不成他也晚了？想到这儿，马镇谭终于长舒一口气，绕过门口不知道是谁停在那儿的黑色宝马车走进了办公区。

和两个隔壁公司的小姐姐互相打了个招呼之后,看着小姐姐们一边嬉笑着议论自己一边走远的背影,马镇谭终于又有了好心情。从心理学角度来看,只有对别人吸引力越大的人才越容易逗人发笑——只是微笑着打声招呼都能让人乐个不停,这样的自己显然是个魅力四射的男人,又怎么可能像梦里梦到的那样一辈子打光棍呢!想到这,马镇谭的嘴角都快咧到后脑勺上了。只是他不知道,两个小姐姐的对话其实是这样的:"那个姓马的是刚起床吗?头跟鸡窝一样,衣服也没塞好。""一看这邋遢样就知道没女朋友。""嘻嘻嘻嘻……"

平凡又自信的马医生就这样精神抖擞地来到了诊所所在的一楼拐角。大漂亮昨晚吃坏了肚子,发来短信请假半小时,果然还没到。马镇谭伸手掏钥匙,却见一个平头西装男正站在自己的诊所门外鬼鬼祟祟往里看。

这身影怎么有几分熟悉?马镇谭眯着眼睛悄悄凑近他,终于想了起来——嘿!这不就是那天冒充自己吓唬那个小林的冒牌货吗?难道……马镇谭掏出手机给预约咨询的那位王先生发了条信息。果然,他这边刚按"发送",西装男的口袋里就"叮咚"一响。

原来是你小子。

马镇谭清了清嗓子,把正要掏手机的西装男吓得一哆嗦。然而西装男扭头一看是马镇谭,又迅速淡定下来,掏出墨镜戴上,还用跩跩的语气问道:"咳咳!你就是马镇谭?"

嘿,这么会装?

马镇谭又好气又好笑,"对,我就是马镇谭。您就是那位王先生?"

"没错。本人姓王,人称王总,给我记好了!"

"好的，那我就叫你小王吧！"马镇谭居高临下地拍了拍这位比自己矮了一头的"王总"肩膀，绕过他走进屋里。

"哼，看你跟我差不多大，我就破例允许你叫我小王吧……不对，等等！骂谁呢，你？"直到马镇谭进屋坐在自己的座位上，姓王的才终于反应过来，把墨镜狠狠一摘，"说王不说吧，文明你我他，知道不？！"

马镇谭不禁偷笑。而就在这时，小王气呼呼地跟了进来，一屁股坐在了沙发上，"砰"的一声把车钥匙拍在了桌上，钥匙上的宝马标志格外醒目。马镇谭的笑顿时变得尴尬起来。"哟，看来小王身家不菲啊？"

"几千万的身家而已，不值一提。"

马镇谭感觉自己男人的尊严受到了严重伤害，脸上的肌肉越发僵硬，只好以强颜欢笑的方式努力扳回一点面子，"哦，几千万啊，那确实不值一提。要早日实现一个亿的小目标哦，小王！"

"借你吉言，我争取这个季度达成目标。"

好一个自命不凡的讨厌鬼！这还是马镇谭有史以来第一次恨不得抽自己的客人两嘴巴子。

30岁上下，言行举止缺乏涵养，毫不掩饰地显示优越感——马镇谭上下打量小王，无论如何也不相信这家伙会是个像自己一样用双手努力奋斗的"创一代"，十有八九是某个上市公司董事长家的公子哥。那么问题来了，这么一号人物，干吗要三番两次造访自己这小破诊所呢？

"实不相瞒，本人最近遭遇了感情挫折，急需找心理医生聊聊，不然也不会专程跑来让你的寒舍蓬荜生辉。"像是读懂了马镇谭的眼神儿一样，两手搭着沙发背、翘着二郎腿的小王撇着嘴说道。

一听到"感情挫折"几个字,马镇谭立刻脑补出了姓王的在大街上被女朋友甩掉的情景,心里顿时就舒坦了半截。然而当这位王总开始陈述事情经过时,马镇谭的心脏却再次遭受到连续的暴击,差点当场去世。

"哎,你是不知道啊,可能因为我长得太帅吧,走哪儿都被女人看上,目前已经有二十多个在追我了,整天这个给我刷碗,那个给我扫地,甩都甩不掉。为了不让她们因为争风吃醋而发生争斗,我就只好先找了两个长得像女明星的处着玩玩,断了其他人的念想。"

马镇谭仿佛听到了尖刀插进自己心脏的声音,想要打断小王的炫耀式发言,却被他抬手挡住,"马医生,你不用说,我知道,天底下像我这样的好男人已经不多了。"

马镇谭简直快崩溃了。而另一边,小王声情并茂地继续道:"我以为两个女人怎么着都比二十个女人好应付吧,但是渐渐地我发现,我错了。我说我想抽根烟,她俩就一个找烟一个找打火机,一个点着火一个把烟往我嘴里塞;我说我想喝粥,她俩就一个跑去盛,一个拿小勺舀起来吹两下往我嘴里喂,弄得我仿佛生活不能自理。但是没办法,谁让我就是这样一个不善于拒绝女人的绅士呢。"

"停……王总……停……"

"哎,看来你还不知道被女人缠上的滋味。我就告诉你吧,一旦被女人缠上,尤其是被不止一个女人缠上,就你这小身板,估计不出一个月就报废了。"

"呃……"

伴着一声呻吟,马镇谭手捂胸口、两眼翻白,趴在桌上一动不动了。

小王顿时紧张起来,"呀呀,妈呀,看你跟我没差几岁啊,不

121

至于光听听就报废了吧！"说着凑近马镇谭。

也不知是不是回想起了韭菜包子的气味，马镇谭急忙强迫自己回魂，虚弱地说道："别过来，我没事！那个……王总啊，这就是你所谓的感情问题？"

"当然不是了，我还没说到正题呢！"小王的眼神突然就暗淡下去了，"哎……其实我知道，虽然同时被两个女人纠缠确实很累，但人家也是因为喜欢你才这样，再苦再累也不该抱怨。可是……哎！都怪我，肯定是因为老天听见我内心微弱的抱怨了，才把其中一个给带走了！呜呜呜……"说到这儿，小王竟然抹起了眼泪。

马镇谭脑海中突然灵光一闪，缓缓坐起，"你的意思是……其中一个姑娘去世了？"

"嗯，就在上周，心脏病发作，没了！"

上周？心脏病？这也太巧了！马镇谭立刻想起了那位小林，于是试探着问道："……难道那姑娘叫小珍？"

果然，正在抹泪的小王突然就抬起了头，"你怎么知道？"

马镇谭意味深长地一笑，"我可算明白了。怪不得你要假扮我去吓唬那个喜欢吃韭菜包子的小林呢。你是不是觉得，都是因为他人工呼吸不当害死了你的女朋友，所以才想报复他？"

被戳穿的小王顿时忸忸怩怩不说话了。马镇谭也是没想到，这个脚踏两只船的公子哥居然还同时具备"情种"属性，人类果然是复杂的生物。

终于轮到自己这个神医发挥作用了！马镇谭一只手轻轻拍着小王的肩膀，语重心长地安慰道："哎呀王总，咱都是资产几千万的大老总了，何必去为难一个刚参加工作的人呢？其实你心里也清楚，这事儿不能怪他，他也是好心想救同事。当然了，这事儿也不能怪你，生老病死是自然规律，不以人的意志为转移。死者已矣，所以啊，无论是对别人的怨恨还是对自己的怨恨，该放下的时候咱就放下吧。"

马镇谭说得自己都快感动了，可小王的情绪非但没缓和，眼神儿还越来越虚无。看来这套词搁他身上不管用。于是马镇谭灵机一动，决定换个思路。

"王总啊，有句老话说得好，'天涯何处无芳草'。你看看你，这么有钱又这么帅，何必为了一个女人想不开。还有那么多美女等着你安慰呢，你可不能就这么消沉了啊！你要是从此一蹶不振，让其他那些追你的美女怎么办？她们也都需要你呢！所以啊，与其盯着过往不放，不如赶紧打起精神开始新恋情。我可是相当看好你哟！"

"哥，其实……"小王突然一脸纠结地看向马镇谭。马镇谭不禁一愣——居然都叫"哥"了，这家伙到底怎么了？

然而，就在小王准备说些什么时，请假半小时的大漂亮驾到了，骂骂咧咧推门而入，一声大嗓门就打断了两人，"奶奶个腿儿的，也不知道是谁的破车横着停在门口，害姐差点骑着我的小蹦蹦撞上去！哎，你不是上次那个谁吗？"

想起小王上次因为一声"妖精"被大漂亮"追杀"了半天，马镇谭还以为小王会起身拔腿就跑，于是急忙用胳膊挡住他。不料一听大漂亮这话，小王却像是受到冒犯一样，顿时就不乐意了，拨开马镇谭的胳膊起身跟她理论起来，"哎，你这女的怎么说话呢？说谁的车破？虽然租车行新人租车首单免费，但那好歹也是辆宝马！"

"租——租车行？"马镇谭一脸呆滞地看向小王。

小王顿时"石化"，紧接着，意识到说漏嘴的他沮丧地跌坐回了沙发上，趴在桌上号啕大哭起来。

大漂亮一时不知所措，"等等，这啥情况？是我把人弄哭了吗？

我也没说要找他算账啊……"

马镇谭耸肩，表示他也不知道这是啥情况。

而就在这时，小王一声哀嚎打断了两人，"啥情况？啥情况你们还看不出来吗？！我根本就没钱，车是租来的，女朋友也是吹出来的！一个活着的时候就没正眼看过我，另一个心里只有蔡小坤！呜呜呜……"

一滴豆大的汗珠顿时顺着马镇谭的额头流下来——原来是这么一回事！难怪他总觉得有点违和——自己也算见过点世面的人了，还从没见过哪个真富豪这么能吹的。

此时此刻，小王的眼泪是啪嗒啪嗒往下掉，"哥，你说人和人的差距咋这么大呢？明明都叫王大聪，人家是大大的聪明，俺却是煎饼卷大葱！呜呜呜……"

马镇谭急忙掏出手机，发现备注为"王先生"的账号原 ID 正是"大葱"——没错，王大葱。

"原来你叫王——大葱啊！"心直口快的大漂亮凑过来，瞅着马镇谭的手机大叫一声。小王顿时手捂胸口一个趔趄跌坐回沙发上，仿佛受到了一万点暴击。

"不要叫我王大葱，叫我王总！我好歹也是开过饭店的人，一共雇过二十个女服务员呢！"

马镇谭再次恍然大悟：原来所谓的"二十人"是这么回事儿啊，难怪又给他刷碗又给他扫地的。

"不过照这么说，王总您也算事业有成了啊。"马镇谭安慰道。

不料小王却哭得更凶了，"什么事业有成啊……俺奶奶攒了一辈子的钱给俺开饭店，结果投进去的钱还没赚回来就赶上疫情，投进去的钱直接打水漂了……俺奶奶最疼俺了，俺不想让她老人家知道这事儿，就只能打肿脸充胖子，租宝马开，骗她说俺有女朋友……呜呜呜……"

终于真相大白了。马镇谭不禁一阵心疼——饭店没开成，喜欢的女孩又出了意外，放在任何人身上都很难承受，而且让他意外的是，这打肿脸充胖子的种种奇葩行为背后，竟是一颗孝顺老人的善良的心。

大漂亮也一脸难过地给小王递纸巾，感慨道："真是爱情事业双双滑铁卢啊……师兄，我怎么觉得他比你还惨呢？"

接过纸巾的小王不禁一愣，看向马镇谭，"莫非你也很惨？"

大漂亮说："可不，别看这家伙的诊所还没关门大吉，屁股后面也是高高的一摞债，真不见得比你少。"

马镇谭也两眼泪汪汪地说："债还不算什么，我都三十岁的人了，居然从来没有过女朋友……"

小王的眼中顿时迸射出同情的目光，"那还是你比我惨，因为我今年二十九……"

一时间，马镇谭和小王对视一眼，抱头痛哭起来。

呜咽中，马镇谭悄悄地冲大漂亮竖了竖大拇指——多亏她助攻，自己和小王才能产生如此强烈的共情。这样一来，小王就能彻底敞开心扉并信任自己了。自己得好好酝酿下劝慰的话才行，争取一个回合抚平他受伤的心灵，让他重新振作起来。

大漂亮得意地挑了挑眉，悠然自得地在马镇谭身边坐下，帮他收拾起了桌子。然而余光瞥见这一幕的小王却突然一愣，一把推开了还在"呜呜呜"的马镇谭。马镇谭还以为自己穿帮了，却见小王指着大漂亮说道："等等，这位美女为什么搁你身边坐下了？"

马镇谭急忙说："别紧张别紧张，她是我的助理，不是客人，我们都是来帮你的。"

小王却更惊讶了，看看大漂亮又看看马镇谭，一脸难以置信，"哥，你是认真的吗……有这样的助理，还三十年单身？"

马镇谭有点蒙，不禁挠起了后脑勺，"我雇助理跟你雇服务员是一个道理，毕竟自己一个人忙不过来嘛……而且她是我大学的师妹，发不了工资的时候还好说话……"

"师妹？所以你们其实早就认识了？在春天飘着樱花花瓣，秋天飘着银杏落叶的大学校园里就认识了？"小王的下巴都快掉地上了。

马镇谭是越来越蒙了。而就在这时，正在整理桌面的大漂亮一个不小心碰倒了他摆在桌上的动漫手办。马镇谭顿时急眼了，一把抓过自己心爱的手办小心翼翼捧在手里，冲大漂亮抱怨道："你动作能不能轻点？这可是我专门找人从日本代购回来的限量版，好不好？"

大漂亮不禁翻了个白眼，"呸，瞧你这点出息！"

见马镇谭在一旁无比温柔地爱抚自己的手办，小王彻底震惊了。

"哥……"

"怎么了？"

马镇谭小心翼翼地把手办摆回原位，还习惯性地抚摸了两下那树脂做成的长头发。一抬头，却见小王双手抱拳，深深作了个揖。

"是在下输了……您是凭实力单身啊！"

"哈？！"

"看到您之后，我突然觉得自己还有希望！真是谢谢您了，哥！您真是我见过的最高尚的心理医生！"

不是，等等，这都哪儿跟哪儿？

在马镇谭一脸呆滞的注视下，小王神情振奋地站起身来握了握拳，仿佛全身充满了力量，一双小眼睛扑闪扑闪的。还没等马镇谭把早已酝酿多时的劝慰之词说出口，他嚎了一嗓子"美女我来也"，摆着架势"锵锵锵"地离开了诊室，关门时还发出一声感叹："幸亏我当年没上大学啊，不然就学傻啦，啊哈哈……"

马镇谭和大漂亮呆呆地看着屋门，半天没缓过神儿来。

看样子，这位"王总"的心理问题已经顺利解决了，可为什么？为什么？！

马镇谭彻底凌乱了，一脸不解地看向大漂亮，而大漂亮也耸了耸肩表示不知道。好家伙，自己绞尽脑汁想出来的"至理名言"最后居然一句都没用上，人家直接自愈了。这还是马镇谭第一次帮人解决完问题后这么没有成就感，实在是有些郁闷。

中午在面馆吃饭时，马镇谭不禁陷入了沉思：人类的心理还真是复杂，看来自己还有很长的路要走啊……

就在这时，一阵熟悉的说话声从背后传来。马镇谭扭头一看，发现不是别人，正是隔壁办公室的那两位小姐姐。马镇谭的心情顿时愉悦起来，急忙向对方微笑致意，而对方也很礼貌地回给了他一个微笑。

当马镇谭继续埋头吃面时，背后传来一阵悦耳的嬉笑声。马镇谭觉得一定是自己带给了她们好心情，不禁得意地咂起了嘴。其实这点倒也不假，因为她们正在笑话他，表现得那么彬彬有礼，却挂着一嘴的炸酱呢。

结账时，马镇谭再次露出了彬彬有礼的微笑。收款的小姐姐顿时也乐了，一边递给他小票一边说道："下次再来哦，帅哥。"却并没有告诉他嘴角的炸酱没擦干净。回诊所的路上，路过一道玻璃幕墙时，马镇谭忍不住看了看自己的倒影，发出"不愧是我，真受欢迎"的感慨，全然忘记了自己"三十年单身"的事实。当然了，他也完全不知道，那两位"被他迷住"的小姐姐正在饮水机旁如何议论他。

"男人可真有意思，明明那么普通，却又那么自信。"

"怕不是装的。"

"嘻嘻嘻嘻……"

不料就在这时，另一个声音忽然从她们背后传来："从心理学角度来讲，假装自信会让人变得更加自信哦，而自信又会让人更有魅力。"

是大漂亮。

把茶叶渣往专用垃圾篓里一倒，拥有模特身高的大漂亮迷人地一笑，便踩着小高跟"咚咚咚"地离去了，一头咖啡色秀发在背后荡来荡去，看得正在接水的小姐姐水都溢出了杯子。

"你说姓马的是不是有啥毛病？跟这种档次的小姐姐朝夕相处都发生不了什么故事？"

"不，"另一位小姐姐摇着头说道，"我觉得，他可能就是傻。"

饮水机旁再次响起一阵悦耳的笑声。

第十一章　异装癖"男友"大驾光临

慵懒的午后，明亮的阳光穿过窗子直射在办公桌上的两盆绿萝上，屋内满是清新可人的气息。闲来无事的马镇谭趴在桌上百无聊赖地玩起了手机，刷着社交软件，视线忽然被一条社交动态吸引了，立刻猛戳身旁的大漂亮。

正趴在一旁打盹的大漂亮迷迷糊糊地睁开眼看向他，满脸都写着不爽。"你想干吗？"

"快看这个！"马镇谭神秘兮兮地把手机往她面前一放。

大漂亮揉了揉眼，定睛一看，只见屏幕上竟是之前被母亲带着来看病的那位"可儿公主殿下"的个人主页，顿时皱起了眉头，瞪大眼睛看向马镇谭，"不是吧你，竟然还对那种小丫头片子感兴趣，还悄悄关注了人家的社交账号？！"

"怎么，身为心理医生，关心自己的病人不是应该的吗？而且上次她气呼呼地就走了，我当然担心了，谁知道你跟她妈妈沟通得到底怎么样啊。"

"嘿，不相信我是吧？！"

"先不说这个，你看她刚发的动态！"

大漂亮白了马镇谭一眼，气呼呼地看向手机屏幕，这才发现小可最新一条动态居然在说她和马镇谭：

"果然我还是咽不下这口气。那两个心理医生不是不相信坤坤是我男朋友吗？哼，我这就给坤坤打电话，让他去诊所给那两个家伙一点颜色瞧瞧！"

大漂亮不禁以手抚额，"哎，这是妄想症又犯了啊……看来只凭她妈妈一个人还真搞不定这丫头。"

马镇谭却挑着眉神秘兮兮地说道："我看未必。还记得吗，这个小可当时说自己是蔡小坤的女朋友，而王大聪又在不停地纠缠她。"

"是啊。"

"那你又是否还记得，我们接待过的那位'王总'叫什么？"

"王……大葱？"大漂亮的眼睛滴溜溜一转，"马镇谭，你不会觉得小可说的那个'王大聪'其实是这位'王总'吧？"

"正是。"

大漂亮不以为然地笑道："这世上重名的太多了，哪有这么巧的事啊！"

马镇谭却挑着眉说："那你又是否还记得，那位'王总'是怎么在咱们面前哭诉的？"

大漂亮的脑海里忽然电光一闪，回想起几天前那位"王总"在他们面前哭诉的场景："我根本就没钱，车是租来的，女朋友也是吹出来的！一个活着的时候就没正眼看过我，另一个心里只有蔡小坤……"

另一个心里只有蔡小坤……

"另一个心里只有蔡小坤!"大漂亮不禁一声惊叫。

"没错!"马镇谭抬手打了个响指,"自称蔡小坤女友的小可被一个叫'王大聪'的男人纠缠,而这位叫王大葱的'王总'喜欢的女孩又满脑子都是蔡小坤,出现这种巧合的概率也太低了。所以小可很有可能没说谎——她确实在被'王大葱'纠缠。这样一来,她是蔡小坤地下女友这件事,就有很大概率是真的了!"

"也就是说……"

"也就是说,坤坤可能真的马上就要来咱们诊所了!"马镇谭一边说着一边拿起了桌上的镜子,开始搔首弄姿,"哎呀妈呀,不得了不得了,这我得好好整理整理仪容!"

大漂亮顿时一脸嫌弃地看向他,"不是吧你,快三十岁的大老爷们儿了还追星?"

马镇谭却一边拿着大漂亮的梳子梳头一边说:"你懂什么呀,这不叫追星,叫蹭热度!"

大漂亮脑袋向后一缩。"蹭热度?"

"对。"马镇谭放下镜子点了点头,"你想想,像这种顶级明星,身后能没几个狗仔跟着吗?所以坤坤来咱们诊所的事肯定会被拍下来,放到网上曝光的。坤坤来看心理医生的事一旦被曝光,大众能不好奇这其中的原因吗?十有八九会展开疯狂讨论,24小时内把这一话题顶上热搜。这样一来,咱们的诊所也就能趁机'收割'一把关注度了,搞不好还有媒体来诊所采访咱们,想拿到关于坤坤心理状况的一手爆料呢!"

马镇谭说得那叫一个兴奋,大漂亮却像看二傻子一样看着他连连摇头,"马镇谭,你倒是想得挺美啊,就不怕对方是个不好伺候的主儿，一不小心得罪了人家，回头找律师告得你诊所关门？还有，你是不是忘了小可为什么通知坤坤来这里？人家是来找你麻烦的！"

"怕什么，再难伺候的主我马镇谭也能把他的毛捋顺了。"马镇谭一脸得意地眯着眼睛凑近大漂亮，"哟，没想到你倒是挺淡定的嘛。那可是超级偶像坤坤哎，你真一点儿也不激动？"

"又不是见外星人，我有什么好激动的！"

"我还以为你们女的都是一想到帅哥就把持不住呢，失敬失敬。"

大漂亮霎时瞪大一双圆眼看向他，"呸，这是你对女性的刻板印象好不好？我告诉你，我可是有内涵的女人，才不会为一张脸所动呢！真是小看我。"说完便拿起手机浏览起来。

马镇谭摸着下巴打量起大漂亮，仿佛对这个女人有了全新的认识。不料就在这时，门被"砰砰砰"敲响了，刚刚还一脸不屑的大漂亮忽然就抬起了头，小声道："坤坤？"

马镇谭意味深长地点了点头，说："我觉得是。"

紧接着，让马镇谭傻眼的一幕发生了：只见大漂亮像上了发条一样突然弹了起来，把五千元的手机重重丢在桌上，大叫一声"噢，坤坤！"像风一样朝门扑了过去。

等等，说好的"不为一张脸所动"呢？！

马镇谭整个人都看呆了，不禁摇着头吐槽："哎，这个女人！"

如果运气好要到签名，挂到网上卖，绝对能赚上一笔！大漂亮心里的小算盘拨得啪啪响，在扑通扑通的心跳中一脸兴奋地打开了门。然而，让她和马镇谭都没想到的一幕发生了——门后站的哪里是什么当红偶像蔡小坤啊，分明是个穿得花枝招展，脸上浓妆艳抹，身高直逼马镇谭的大块头。

"哎哟，你怎么知道本宫的昵称是坤坤呀！"来者扭动身体笑着说道，伴随雌雄莫辨的嗓音一起袭来的还有修长的兰花指。

还真是巧了，这位居然也叫坤坤。

看着这位身高直逼马镇谭的壮汉坤坤，大漂亮直接愣在了那里，"那个，不是，我还以为是另一个坤坤呢……"

"哦，原来是这样呀。本宫今天算是不请自来，没有提前预约，还真是抱歉啦。"

"哎呀，哪里，你来得正是时候，欢迎欢迎！"大漂亮急忙尴笑着把人往屋里请。此时此刻，身高175厘米的她仰望着这位坤坤的一头白金与樱花粉渐变色的长卷发，还有那一身贴着亮片的天鹅绒紫红色连衣裙，终于还是没忍住问出了那个问题："坤坤，我绝对没有恶意，就是想问一下……那个，你……到底是……"

"是男孩子还是女孩子？"坤坤转身一笑，用手在面前一比画，"哎呀，讨厌，本宫这么可爱当然是男孩子啦。"

果然……

一旁的马镇谭额头上顿时流下一滴冷汗。不过更大的刺激还在后面——坤坤这一进屋可不要紧，一股浓烈的香水味瞬间如"鲱鱼炸弹"般灌进了他过于灵敏的鼻子，让他忍不住连打几个大喷嚏，"哎呀，妈呀，阿嚏！这又是柑橘又是柠檬又是百合的香味儿可真浓啊，这是用了小二斤香水泡澡吧。"

坤坤顿时用手掩着红唇笑了起来，"哎哟，你鼻子可真灵！本宫今天用的这款香水呀，就是这么让人欲罢不能呢。来，不用客气，多闻闻！"说着使劲把自己身上的气味往马镇谭那边扇。

马镇谭简直快被这浓烈的气味熏死了，连连摆手，想说点什么，不料刚一张嘴又是一个大大的喷嚏："啊啊啊——阿嚏！"

坤坤被吓了一跳，顿时身体一缩，一脸委屈，"难道这香水很

133

难闻吗……"

"不不,阿嚏!我,阿嚏!只是,阿嚏!"

见马镇谭连句完整的话都说不出,大漂亮急忙一边拉坤坤坐下一边打圆场:"别误会,别误会,香水气味好着呢,只是这家伙天生对香水过敏,无福消受。"

坤坤终于又眉开眼笑了。"噢,原来是这样呀,那还真是抱歉啦。可没办法,本宫超喜欢香水的,出门不喷点香水总觉得少了点什么。而且啊,心情不好的时候,只要稍微来一点香水,瞬间就开心了呢,嘻嘻嘻……"

"是嘛,哈哈……"

"是呢,嘻嘻……"

就这样,大漂亮和坤坤面对面尬笑起来。

已经不知道该说些什么的大漂亮不停用眼神向马镇谭求救,终于,在两人嘻嘻哈哈尬笑一分钟之后,擦了半天鼻涕的马镇谭总算稍稍习惯了这刺鼻的香水味,又能开口说话了。

"你好,你好,刚才真是失礼了……先自我介绍一下,我就是这家诊所的心理医生马镇谭。那个,请问……"

"坤坤。"坤坤妩媚地把手往胸口一按。

"坤坤……所以你真的……是男的,纯爷们儿?"

看着马镇谭一脸傻眼的表情,坤坤再次用手掩着红唇笑了,"嘻嘻,是呀。怎么样,这衣服,这头发,这妆,是不是很完美?"说着用三层假睫毛包裹着的两眼不停放电。

马镇谭被吓得不轻,挠着鼻子咽了口唾沫,尬笑道:"确实很……完美。"

坤坤一下就开心了，带有浓郁香水气息的身体忽然凑上前来。马镇谭立刻下意识地"战术后仰"，和他拉开距离，紧张地问："怎、怎么了？"

只见坤坤微微一笑，把手放到嘴边，小声说道："告诉你们一个秘密哦，这些可全是本宫自己做的呢！"

恨不得马上逃跑的马镇谭尬笑着敷衍道："哦，是嘛……"

一旁的大漂亮却突然兴奋起来，两眼放光，双手一拍，"什么，这造型是你自己一个人弄的？！连衣服也是你自己设计的？！我的天哪，这也太厉害了吧！"

"哎呀，姐，还是你懂！"坤坤终于离开了快要晕过去的马镇谭身边，一边得意地说着一边在大漂亮面前扭来扭去，让她欣赏自己紫红色连衣裙上闪闪发光的亮片，"不瞒你说，本宫可是美术学院的服装设计科班出身呢，虽然现在的工作不是设计师，而是美妆博主。不过，本宫在美妆这块也是专业级的哦，好多美妆品牌都来找本宫做过推广呢。"

大漂亮顿时一脸崇拜，"原来你是美妆博主！怪不得，这妆化得确实太专业了！弄这样一套整体造型应该会花不少时间吧？你今天出门前准备了多久？"

坤坤得意地笑着竖起了四根手指。

一旁的马镇谭试探地问道："四十分钟？"

不料坤坤摇了摇头，"错啦，是四个小时！"

马镇谭顿时倒吸一口冷气。"四个小时，就为了变装？"

"对呀。"坤坤笑着说，"变装的过程虽然很麻烦，但做起来却超级开心呢，一点儿都不会觉得累。就像某些人打麻将一打打几个小时那样，超级享受的。而且呀，压力大的时候，只要把自己打扮成喜欢的样子，马上就觉得轻松了呢。所以啊，本宫觉得，为了美，花多少时间都值得！"

马镇谭彻底无语了。一旁的大漂亮却一边听一边连连点头，盛赞道："你可真是个艺术家啊！"

"哎哟，姐，过奖了啦！嘻嘻……"

"真心的啦，哈哈……"

就这样，两人再次"嘻嘻哈哈"地笑起来，气氛融洽，毫不尴尬。

然而就在这时，一旁的马镇谭却再也忍不住了，长叹一声打断了他们，无奈地看向坤坤，"哎……这位大兄弟，你是认真的吗？把自己打扮成这德行真的能让你感到轻松？而不是正相反？"

马镇谭话一出口，坤坤突然就不笑了，嘴角与扇子一样的睫毛一同垂落下去，神情越发暗淡，从开心逐渐变成难过，又从难过逐渐变成委屈。

大漂亮终于看不下去了，抬起胳膊照着马镇谭胸口狠狠一戳，"喂，马镇谭，有你这么跟病人说话的吗？"

"你别插话，我问坤坤呢。"

"可是你——"

"马医生问得对。"未等大漂亮说完，坤坤突然打断了她，"其实我也经常问自己这个问题。"

不再捏着嗓子说话的坤坤忽然发出了男人的声音，把马镇谭吓了一跳，身体不禁再次向后一仰，心中暗暗吐槽：哎呀，妈呀，居然真是个男的。

而像是见多了这种反应一样，坤坤没再表现出委屈，只是惨然一笑，他说："其实我知道自己在别人眼里是什么样子，也知道别人都怎么看我。但是你们体会不到,做自己喜欢做的事情真的很开心,把自己变装成喜欢的样子后真的很有成就感,过程中真的很享受,可是……"

"可是别人肯定会对这样的你指指点点。整天被人指着脊梁骨说这说那,又怎么会觉得开心、觉得享受呢?对吗?"

坤坤重重地叹了口气点了点头,看得一旁的大漂亮有些心疼。"是的,变装让我开心,可别人的目光又让我难受,所以我真的很矛盾。亲戚朋友都在背后偷偷说我有病,我发在网上的美妆视频,下面也时不时有人留言骂我变态、人妖、不正常。所以时间一久,连我自己也开始怀疑自己了,这就是我今天来这里的原因。马医生,你说我是真的不正常吗?"坤坤一脸无助地看向马镇谭。

马镇谭神情纠结,盯了他一会儿后才低下头,重重地一声长叹道:"哎,坤坤啊……如果一个人像野兽一样离群索居,那怎么样都无所谓。但人类并不是野兽,有复杂的社会,必须在社会中找到自己的位置。这样说你明白吗?"

"我不明白……"

"好,那我就直说了吧……"

坤坤紧张地等待马镇谭说出下文。可就在这时,大漂亮却突然一声大吼,把马镇谭即将说出口的话打断了——

"等等,马镇谭!"

马镇谭皱起了眉,"我在跟坤坤说话呢,你怎么了?"

"把你接下来要说的话给我憋回去!"

"哈?!造反了你?你知道我想说什么吗?"

"我用脚指头想想都知道你想说什么。所以停,别说,给我憋着!"

马镇谭竟然被大漂亮的气场压得不敢出声了，瞪大双眼一头雾水地看向她。

只见大漂亮冷冷一笑，说："师兄，别忘了，你师妹我也是学心理学的，就你那点心思我还看不出来吗？自打坤坤进门之后，你的微表情和下意识的动作已经把你全都出卖了——一会儿挠鼻子一会儿挪屁股，一会儿后仰一会儿转移视线。虽然你嘴上没说，但厌恶之情已经从你的每个汗毛孔散发出来了。所以我知道你接下来要说什么——你不就是想说，人是社会动物，不可避免要活在别人的目光下，所以应该尽可能让自己看起来正常一点吗？"

大漂亮分析得一点没错，无法反驳的马镇谭只好一脸尴尬地反问："是呀，难道你觉得他这样没问题？"

"对，我还真就觉得他没问题，怎么了？"

"你是认真的吗……"

"当然！"

"好吧，那鄙人就听听您的高见。"马镇谭玩味地笑着看向大漂亮。

大漂亮却没有接他的茬，而是危险地眯起双眼，一边说着一边向他逼近，"马镇谭，我问你，敢不敢把你外套脱了？"

马镇谭顿时笑不出来了，像是被什么东西扎了一下一样全身一抖，紧张地揪住了自己的外套，身体不停往后缩，"等等，干吗……你想干吗？！"

见他这副尿样，大漂亮的嘴角不禁勾起一丝坏笑，"呵呵，不敢脱是吧？是不是怕让人看见你里边穿的美少女战士文化衫？"

美少女……战士？坤坤顿时瞪大眼睛，一脸不可思议地看向马镇谭。

马镇谭的脸顿时从鼻子红到耳根，结巴道："胡、胡说！"

"那敢不敢把你办公桌上的第一个抽屉打开？"大漂亮继续逼问，用余光瞟了瞟抽屉的位置。

马镇谭再次全身一震，立刻扑到桌前，用整个身体护住了抽屉，"我告诉你，别别别，别乱来！"

大漂亮不禁笑意更浓，"呵呵，不敢拉开是吧？是不是害怕别人看见你那一抽屉动漫手办？"

坤坤简直快要把眼珠瞪掉了，却不料更厉害的还在后面——只见大漂亮直起身来掏出手机，一边在相册中翻找一边说道："哦，对了，还有，你上次对着镜子学美少女战士变身，我一不小心撞见了，还用手机偷偷录下来了——要不要现场播放一下？"

马镇谭终于伪装不下去了，大吼一声扑了上去，跟大漂亮抢起了手机，"师妹，有话好好说！"

一旁的坤坤不禁僵硬地摇着头感慨："马医生，没想到你是这样的马医生啊……"

从大漂亮手中成功抢到手机的马镇谭跌坐回了沙发上，听着坤坤的话，一时若有所思：是啊，自己的这些爱好在别人看来不也属于"不正常"的范畴吗？如此一来，自己和坤坤又有什么区别呢？

见这家伙似乎想明白了，大漂亮终于放过了他，长舒一口气坐回沙发，大咧咧地跷着二郎腿说道："每个人身上多多少少都有些不同于他人之处：有的人喜欢恐怖电影，有的人喜欢'宅文化'，有的人素食主义，有的人无肉不欢……如果某一点跟大多数人不同就是'不正常'，那天底下几乎就没有正常人了，那些少数的'正常人'反而成了不正常，所以你口中所谓的'不正常'根本就是个悖论。你看你厼的，都不敢让别人知道自己的爱好，整天把文化衫穿在外套底下,把手办锁在抽屉里,在我看来你还不如人家坤坤呢!"

马镇谭呆住了,做梦也想不到大漂亮会说出这么一番逻辑严谨的话来,所以尽管这话是在数落自己,也不由得连连点头,大呼"有道理"。

"所以呀,对付那些攻击你、对你的个性指指点点的人,最好的方式就是更坚定地做自己。"大漂亮说着看向坤坤,"不瞒你说,我周围也有不少这种讨厌鬼,动不动就说我,'哎哟,一个女孩子家家的,这么泼辣,这么粗鲁,以后谁敢娶呀!'"

"对对对!背后说我的那些人也差不多是这德行——'哎哟,好好一个男的,整天打扮得男不男女不女的,恶心死了!'"坤坤一激动,不由得又捏起了嗓子。

"他们不知道,其实他们自己才是最讨人嫌的。我连气都懒得生,看到他们就只觉得可悲。"

"对!"

"所以听姐的:你没毛病,谁说你有毛病那就是他有毛病;要学会无视他们,别让那些丑八怪脏了自己的眼!"大漂亮说着拍了拍坤坤的肩膀。

坤坤顿时一脸崇拜,"姐,你可真是条汉子!"

"那是!"

两人再次嬉笑起来。

看着一时得意就开始像健美选手一样秀肌肉的大漂亮,马镇谭无奈地摇了摇头。也不知怎么的,这样的大漂亮竟突然击中了他心中某处,让他莫名觉得有点可爱,开始庆幸自己雇用了她当助理。但是这话绝对不能告诉大漂亮,马镇谭想,当然了,才不是因为害羞呢,而是怕她心态"飘"了。

就这样，坤坤的心病顺利解决，昂首挺胸、自信满满地走出了诊所。看着他离去的背影，大漂亮心中满是成就感。

时间一晃就到了第二天午后。

一天过去了，传说中的蔡小坤依旧不见踪影，马镇谭不禁有点失落。而另一边，大漂亮已完全把这一茬抛在了脑后，因为此时的她已经完全被美妆博主坤坤"圈粉"了。

"姐妹们注意，口红的颜色一定要与眼影的颜色互相搭配哦！本宫这次选的是一个饱和度比较高的大红色，现在让我们涂上，看一看效果……"

午餐归来的马镇谭在门外就听到了坤坤的声音，推开门一看，果然见大漂亮正背对自己坐在摆满化妆品的桌子上，一边播放坤坤的美妆视频一边学化妆。

虽然还是打心眼里欣赏不来这位坤坤，但马镇谭不得不承认，坤坤的化妆技术确实很专业，所以此时的他忽然有点期待大漂亮的学习成果。也就在这时，"完活儿"的大漂亮放下手里的口红，兴奋地转身看向了他，"师兄，看我这妆化得好不好看？"

会是邻家小妹还是性感女神呢？马镇谭的心里小鹿乱撞。不料定睛一看，却只看到吸血鬼般的大红唇、挨过打一样的眼影外加毛虫般的眉毛，差点儿没一翻白眼晕倒在地上。

"到底好不好看，人家问你话呢！"

勉强站稳的马镇谭深吸一口气，急忙道："好看，好看，你怎么样都好看……不过我还是觉得你不化妆更美……当然了，以上仅代表我个人观点……"

"所以说你们这些男人都是土老帽。"大漂亮白了他一眼，美滋滋地对着镜子端详起自己来。

马镇谭长舒一口气,哆哆嗦嗦地在大漂亮身边坐下,心中不禁暗暗感慨:我太难了……

第十二章 空降！退休综合征大领导

某工厂的欢送会上，马镇谭的舅舅老马厂长明显喝多了。

他眼神迷蒙地望着排着队向他敬酒的老下属们，排第一个的小王以前是办公室的行政，因为对公司的管理制度热心谏言，被老马提拔成人事经理，后来成了人事部门总监。排第二的小张是从业务员开始干的，一直是销售冠军，从小伙子到中年大叔，白发与日俱增，工作热情不减，现在已经是副厂长，自己退休后，他就是接班人，厂子交给小张，哦不，应该叫老张了，老马放一百二十个心。还有第三个是财务总监小陈，第四个是子公司的小肖……

在推杯换盏中，老马二十年的创业经历，一幕幕如电影片段般在眼前浮现，带领大伙把厂子从几十人的规模扩大到了上千人，又引进战略投资，然后挂牌上了市，股份化改制让他这个厂长变成了董事长。从图纸设计到产品生产再进入千家万户，老马觉得自己干的不仅仅是工作事业，而是经营着几千户职工家庭的幸福，他每天工作十二个小时，五加二，白加黑，厂子和公司就是他的全部世界……

可如今，年龄一到，纵有千般不舍，也必须退休让位。

宿醉一夜并没有打乱老马的生物钟，早上七点半他准时醒了，习惯性地起床洗漱，然后穿好西装，每天九点十分开经营早会，各部门一把手碰头，汇报工作进度。

可刚走到玄关，他愣住了。

昨天是他最后一天当马厂长、马董事长，他年过六十，从今天起就正式退休了。

老马黯然失神地放下公文包，坐在沙发上，脱下西装皮鞋，百无聊赖中打开电视，看完早新闻和焦点访谈后，在家里实在坐不住，就出门溜达，和小区里老头们下了几盘棋，又看了一会儿老太太们跳广场舞，耗无可耗，无聊透顶，低头一看表，时间才过去两个小时。

他漫无目的地在街上闲逛，不知不觉就走到了妹妹家楼下。马镇谭妈妈也退休好几年，加入了街道的交通协管大队，每天乐呵呵地在大马路上帮交警维持秩序。中午是下班和放学的交通高峰期，马妈妈戴好了袖章正打算去大马路上执勤，下楼却遇见工作狂老哥。

"呀，老哥，怎么有空上我这儿来了？"马妈妈见老哥一副失了魂的样子十分好奇，除了工作就是工作，听嫂子说老哥连半夜里说梦话都在开会布置任务。老马支支吾吾了半天，终于开口承认自己已经退休，实在是闲得慌，不知该干什么。

"行，跟我来，和我一起上马路执勤去，我们大队正缺人手呢。"马妈妈带着老马直奔中心区的大马路。

烈日当空，人潮涌动，午高峰时段，马路对面的小学刚放学，一大群"小神兽"奔跑着横穿马路。马妈妈当即吹响口哨，和几个协管员老太太一起，挥着小旗在马路中央拦下行驶中的车辆，让孩子们安全过马路。

老马双手叉腰站在路边观察，很快就发现交通协管员们分工不合理的地方，于是把老妹拉到一旁开始训话，"小孩子过马路，你们这一群人同时上场，太缺乏工作效率了，应该改成按时间段排班，至少三班倒！"

"你可别瞎指挥了，什么三班倒、四班倒，我们这是来当义工，又不是流水线工人，不用领工分计件算工资，别整那折腾人的一套。"马妈妈正干得欢，见老哥要当官的派头实在有点烦。

"老妹，不是我说你，你们这么工作真的不合理，完全不符合经济生产的客观规律，你们改成每人执勤二十分钟，轮流上场，这不是很省力省时间么？"老马继续灌输自己的管理理念，想当初优化产品加工流程，他大大小小开了上百次会议，对于多快好省提高效率，他太有发言权了。

"省时间？省来干吗？我们又不赶工期，退休了有大把时间可以浪费，咱老姐妹就喜欢热热闹闹的凑在一起，就喜欢大家伙儿一起上，再说了，午高峰和晚高峰一共也就个把小时，就当遛弯锻炼身体了！"马妈妈几句话堵了回去，老哥这是完全没有进入退休状态，她扭头就向马路走去。

"不是，怎么你就不明白呢，我管工厂管了二十年，这些都是积累总结的经验……"老马不依不饶地跟着，碎碎念他那套优化工作流程的大道理，马妈妈心中大呼受不了，老哥比唐僧还啰嗦，要被他跟着念叨一整天，自己高血压都要犯了。

"你到底有没有在听我讲话？"老马见老妹无动于衷，完全把他的话当耳旁风，有些生气地质问道。

"听着呢，听着呢，马大领导的话我哪儿敢不听。"马妈妈手中小旗挥舞着，心想得想个办法把唠叨的老哥支走，忽地她灵机一动，让马镇谭那个滑头小子上！他不是学心理学的么？好好治治这个闲不住的工作狂舅舅。

145

"老哥，小谭子他开了个心理诊所，唉，也不知道这孩子混得怎么样，好几个月都没有回过家了，自己一个人在外头租房住，要不你去给小谭子指导指导工作吧，都是一家人，不说两家话。"马妈妈故作认真地向老马说道。

"行，我看行！我这就去找小谭子，他之前不是在大学当助教么，怎么想起来砸了铁饭碗下海创业？可以呀，这小子，有他舅舅敢想敢干的精神头！"老马听了很是兴奋，觉得自己这套经营管理经验终于后继有人了。

见老马离开去找儿子，马妈妈立马给儿子去了个电话，"小谭子啊，你舅舅他刚退休，实在闲得发慌，你给他找点活儿干干，他现在去找你了，你多顺着他一点啊，记住了，千万别惹他生气。"

马镇谭接了老妈的电话，得知他那个企业家舅舅要来，立刻起身把衣服扣子扣好，裤脚捋齐整，又把桌上的动漫手办一股脑儿全藏进抽屉里，还招呼大漂亮赶紧把诊所收拾干净。

大漂亮从未见过马镇谭这么紧张，不禁好奇，"你舅舅是干什么的？什么来头？"马镇谭自豪地甩了甩头发，"我舅舅是个响当当的大人物，传说中的成功民营企业家，是知名上市公司的创始人，把一个不起眼的小工厂发展成了名震海内外的大集团！"

大漂亮惊讶地瞪圆了眼睛，"所以，其实你的身份是集团小开？可以啊，师兄，你隐藏得可真够深的。"

马镇谭倚着门框，摆了个自以为玉树临风英俊不凡的姿势，"明明可以靠舅舅，我却偏偏要靠自己，明明可以靠颜值，我却偏偏要靠才华。师妹，你有没有觉得师兄我才华与容貌并存，全世界打着灯笼都找不着像我这么优秀的男人！"

大漂亮"扑哧"一声笑喷了，一巴掌轻拍上去，"给你点阳光就灿烂，给你根电线杆子就往上爬，三天不打上房揭瓦，两天不抽皮肉发馊。既然你是个隐藏的集团小开,那就给我涨涨工资吧,每个月涨一万块钱,不算多吧!"

"哎哟!"马镇谭装作被打疼了捂着脸,"咱俩感情这么深,提钱多伤感情,快快快,好好打扫,我那闪闪放光芒的舅舅马上要来了。"

两人着急忙慌地一顿收拾,严阵以待。

当老马迈着四方步,背着手,目光犀利地步入诊室时,其两米八的气场委实把大漂亮震慑住了。

"首长好,不是……领导好!"大漂亮双腿并拢立正并鞠了个躬,"你是?"这个身材妩媚火辣面色却有些凶悍的年轻女子让老马心生疑窦,这是小谭子的对象?

"我是马医生的助理,您叫我大漂亮就行。"大漂亮笑意盈盈,这大企业家就是和普通人不一样,眼神都和 X 光一样,刷刷两秒就能透视五脏六腑。

"舅舅,您来了,快过来坐。" 马镇谭也迎了上去,舅舅虽然退休了可精气神和以前没两样。

"小谭子,听你妈说你下海创业了,你小子不错呀,有干劲,这一点像我!"老马拍拍马镇谭的肩膀,在本就不大的心理诊所巡视起来。

"这前台太小了,不够气派。"老马敲敲前台的白色桌面,"背景墙应该换成大理石的。"马镇谭心说大理石的一平方多少钱?我一个月收入也买不起几块砖。

"舅舅,这是理疗室,如果病人需要物理治疗的话,就在这屋。"马镇谭介绍道,"这也太简陋了,啥也没有,只有一张床,什么医疗设备都没有。"舅舅摇摇头,"用户体验感太差。"

"因为我们开的是心理诊所，病患大多都是有心理问题的，一般并没有太多身体病痛的症状，所以也不太需要医疗器械。"马镇谭耐心地解释，老马摆摆手，"这就大错特错了，现在都什么年代了。生产设备是第一生产力，不能什么都依赖手工，再说了，几台设备往屋里一放，你这诊所的档次是不是就提高了？是不是就能向国际一流医院靠拢了？"

"国际一流！"大漂亮用手肘捅了捅马镇谭低声道，"果然大集团当董事长的人，眼光就是不一样，国际一流医院的医生助理，工资是不是应该也高好几个档次？"马镇谭隐隐感觉左眼皮一直在跳，怎么有种不祥的预感。

"舅舅，这就是我们的诊疗接待室，一般病患都是坐在这个沙发上接受心理咨询的。"马镇谭抚摸了几下沙发，这可是全屋最贵的家具了，花了我半个月的工资，舅舅总不能再挑出什么毛病了吧。

"太寒酸了！连真皮都不是，还是人造革。"老马一屁股坐了下去，"想不到啊，小谭子，你创业的条件居然这么艰苦！和我二十年前差不多。那时候我也是这么简陋的一间办公室，哦，当年我们工人比你们多点，有几十号人，我们的生产设备也有几台机床，总体条件还是比你们要好点。"

"这……"马镇谭一时语塞，他一直觉得自己工作环境还不错，夏天有空调，冬天有暖气，困了还能在沙发上睡一觉，怎么被舅舅一顿嫌弃数落，自己就像是窝棚里的放牛娃，吃糠咽菜，惨兮兮的。

"我觉得舅舅您说得太对了，大企业家眼光独到，看问题一针见血！"大漂亮却在一旁搭上了腔，难得马镇谭有个这么有范儿的舅舅，这潜台词就是要帮他们改善生活啊。

"小谭子啊，条件差，没关系，现在我来了，凭借我经营企业二十年的经验，我觉得把你这小诊所扩建几倍，效益再提高十几倍，应该也没什么大问题。"老马来了兴致，基础越差，挑战越大，终于找到他能发挥余热的地方了！

"这样吧，一家人不说两家话，你妈也嘱咐让我好好帮帮你。正好呢，我也退休了，我就给你这个诊所当董事长，怎么样？舅舅我也不差钱儿，你不用给我发工资，咱们目标也不用定太大，先争取进入全市前三名，你们说，怎么样？"

马镇谭不可置信地瞪着老马，艰难地咽了一口唾沫，他没听错吧，他这个高不可攀派头十足的前董事长兼厂长舅舅，要空降到他这个只有两名员工的心理诊所当董事长？

他这座小庙可容纳不下这尊大佛啊！全市前三？论及心理诊所以及精神病医院，市里第一大规模的是康宁医院，十栋大楼，几百名医护人员，三甲公立医院，要论规模，马镇谭心理诊所估计是全市倒数第一。

"太好了，舅舅，哦不，马董事长，一看您就是见过大世面的人，跟着您有肉吃，您这眼光，这魄力！真是比我师兄要强上千百倍。"大漂亮一听目标是前三名，几乎想扑上去抱住老马的大腿，看来每月工资涨一万块真的不是梦！

马镇谭想起老妈电话里的那句，给你舅舅找点活儿干干，唉，董事长也算是个活儿，反正也不用付工资，就让他老人家过过瘾吧，于是便只好同意了。

"那今天我就走马上任了，你们先把账本拿来，我先了解一下你们的生产经营情况。"老马在马镇谭的办公桌前坐下，拿起计算器，铺好草稿纸。

"账本？有，我都记着呢，我们就两人，开支比较简单。"大漂亮毕恭毕敬地递上笔记本，开业三个月，十个手指头数得过来的病人，账本实在有点惨不忍睹。

149

"什么？"老马翻开不到两页纸的收支记录，顿时脸色铁青，"小谭子，你开张三个月，一共就挣了一百零三块钱？"

"对……对啊，每个月要付房租水电管理费，还有我俩的工资，我们也没钱打广告，只在网络论坛上发了个帖子，上个月终于有盈余了，足足一百多块呢，我和大漂亮还喝了杯奶茶，吃了顿炸鸡庆祝了一下。"马镇谭有点心虚，但总算不亏钱了，已经算是取得了跨时代的进步。

"哼，奶茶和炸鸡还只点了一份，我俩分着喝一杯，炸鸡我只吃到两块，就被他全吃光了。"大漂亮抱怨着。

准确地说，吃完炸鸡奶茶后，诊所的实际盈余是二十块！

"这怎么行？小谭子，你完全没有上进心，没有忧患意识。从现在起，诊所要进行KPI考核，工资量化和营业额挂钩！"老马"啪"的一声合上账本，义正词严地说。

"什么！？舅舅您再说一遍，什么量化？"马镇谭眼皮跳得更厉害了，山雨欲来风满楼，这是暴风雨要来临的前兆啊！

"KPI考核，又叫绩效指标考核，就是针对经营成果定下考核标准。你们这个诊所，支出都是生产性支出，省也省不下来，所以唯一可以量化考核的，就是收入。"老马解释着："这样吧，这儿人员架构也简单，我又不领工资，考核对象就是你们俩！"

"啊，我们俩？"大漂亮和马镇谭异口同声地说道，说好了一起牛×一起飞，怎么变成折腾他们俩了？

"简单点，你们每个月月初，工资先都只发一半，剩下的一半，每季度的季末发，按比例完成任务，发剩下的工资。如果诊所超额完成任务，那超出的部分就当作奖金，季度奖和年终奖各占一半，这样也有助于维持员工的稳定性。"老马深深地望了大漂亮一眼，美女小助理日子苦哈哈，我得帮外甥留住人才行。

"信息量太大，我得好好消化一下，就是说我们的工资每个月只有一半？然后要熬到三个月后才能见到另一半钱？而这另一半，还不知道能不能拿到？"大漂亮后悔极了，刚才一进门就应该拿扫帚把这老头给轰出去的，苍天哪！如果我有罪，请直接惩罚我，而不是用个什么不靠谱的 KPI 折磨我！

"完全正确！所以为了能拿到季度末的考核绩效工资，以及未来的奖金，你们必须加倍地认真工作，提高营业额！"老马点头，小丫头挺聪明，一点就透。

"当年我就是用这套考核办法，把厂子的产量和销量提上去的，二十年，翻了几十倍，所以把成熟的管理经验用在你们诊所的经营上，是最有效的。"老马仿佛又回到了工厂，实行了 KPI 考核后，工人和业务员再没人上班混日子，每个人都像打了鸡血一样斗志昂扬，小谭子现在就是缺乏这种拼搏进取的精神。

大漂亮急了，高跟鞋跟一脚踩在马镇谭的球鞋上，"嗷！"马镇谭痛得蹲下了身子，"发什么愣啊？快想想办法！这可是扣一半的工资，还让人怎么活？"大漂亮低吼，又戳了戳马镇谭的后背。

"怎么了？"老马弄不明白两个年轻人出了什么状况。

"舅舅！"马镇谭抬起头，眼泪汪汪地望着老马。

我的天，我的脚指头是不是被她踩断了，大漂亮下手也没个轻重，疼死我了。

"KPI 考核，出发点是好的，但是，工资扣百分之五十也太多了！"工资减一半，以后自己购买动漫周边产品时得多"肉疼"？！除了交通费和房租水电这些硬性支出，其他的开销也要勒紧裤腰带，难道真要堕落到每天吃白水煮青菜和酱油拌饭吗？

"百分之五十刚好,你要知道我们厂子里销售部门搞绩效考核,月初只发基本工资,但你猜最后全厂哪个部门奖金最高,就是考核压力最大的销售部!"老马搬出自己的成功经验,让马镇谭不知该说什么才好。

大漂亮气愤极了,挥出一拳狠狠击中马镇谭后背,"说话!不行!"

"哎哟!"马镇谭吃痛,双腿一软,跪在老马面前,大漂亮这是想打死我吗?KPI又不是我定的,刚才她不还对舅舅马首是瞻么?

"小谭子,你这是干什么?"老马一惊,"怎么还跪下了,快起来,有什么困难说出来,舅舅帮你想办法。"老马扶起马镇谭,却见他脸上已然挂着两行清泪。

"舅舅!不能扣这么多工资啊!"马镇谭抹了一把眼泪鼻涕,脚疼,后背更疼,肯定已经留下了大漂亮的狠毒掌印,她这是辣手摧花,完全不懂得怜香惜玉。

"就光凭我们俩,实在没办法提高营业额,也没有钱去大范围打广告,而且心理诊所,又不是全科医院,什么病都能看,本来受众范围和病患客户群体就小,我们和舅舅您的大工厂没法比。"马镇谭挽着老马的胳膊,刻意地和大漂亮保持一定距离。

"嗯,说得也对,想要扩大产品的销量,首先必须要把产品的知名度扩大,行,这个任务就由我这个董事长来负责,你们俩负责接待好客户,搞好服务工作。"老马当即决定自己必须冲到前线,做好拓客营销工作,以身作则,给两个年轻人树立榜样。

"我现在就去开拓市场,你们等着我的好消息!"老马大步流星离去,留下怒目圆睁的大漂亮和缩在墙角瑟瑟发抖的马镇谭。

"师兄,你就不会奋起反抗吗?哪里有压迫哪里就有抵抗!"

大漂亮说道。

"抵抗？我抵抗了呀，就是没抵抗你而已，你下手也太狠了！"马镇谭扶着腰，顺手拿起桌上的文件夹护在胸前，看样子大漂亮又要发动新一轮的进攻。

不料大漂亮一脚踹翻马镇谭的椅子，"不玩了！老娘不玩了！什么玩意？说扣工资就扣工资，直接扣一半，你舅舅是半夜鸡叫的周扒皮吗？"

她满脸怒气取出一个空纸箱，开始收拾桌上的文件物品，"就算他是周扒皮，我也不当你家的长工，要不是看在你是我师兄，有同门情谊的分上，我早辞职了，哼！"大漂亮越说越气，"你们一家人合起伙来欺负我，还敢克扣我的工资，我既当保洁又当助理，还要给你当保镖，脏活累活都是我一个人干，现在连吃饭都成问题了，不带这么欺负人的！现在郑重地通知你，我要辞职，现在就走！"

马镇谭慌了神，平时大漂亮打归打，闹归闹，耍耍小脾气也就罢了，谁让他给的工资不高，自己能力又有限呢，该忍必须忍。这次麻烦大了，被空降的大领导舅舅的考核指标一刺激，大漂亮这是要彻底翻脸。

"别别别！"马镇谭冲上前，又一件件地把纸箱里的物品掏出来放回原处，"你不能走！一定不能走！咱俩建立了这么深厚的革命友谊，难道就敌不过一个KPI考核么？"马镇谭深明大义地劝着。

"本来工资就低，扣了一半，你让我怎么生活！我也是个人，有手有脚，随便换份工作也比这朝不保夕的活儿强吧？"大漂亮完全不吃这套，还以为他舅舅是来送温暖送爱心的，结果呢？原来是个万恶的资本家，吃人肉不吐骨头，哼！

"先扣下一半，又不是不发，你想想，三个月一半的工资一次性发，有没有一夜暴富的感觉？"马镇谭继续说，"师妹，好歹你也是学心理学的,你就没发现我舅舅的心理疾病?"

"嗯?你舅舅他有病?"大漂亮停下了收拾,怒气顿时消了一半。马镇谭见状,加快了手中的动作,把物品全部归位放好,然后把空纸箱踢到一旁。

"他这是得了退休综合征。"

"退休综合征?"大漂亮重复。

"对,他老人家以前是一呼百应的厂长,又是公司的创始人,每天忙里忙外的,整个人生都是工作,女儿很小就送到国外读书,我舅妈也跟去国外定居,所以舅舅除了工作之外,没有个人生活,也没有兴趣爱好。这下一退休,董事长当不成了,门庭若市变成门可罗雀,拼搏了一辈子的事业,突然没了,自然产生了巨大的心理落差。"马镇谭耐心地解释。

"他一时之间还没能适应新的角色和生活方式的改变,所以急需寻找一些精神心理寄托,姑且就让他在咱诊所挂个虚名,让他有点事情可以张罗,咱们还是该干吗干吗,至于这个KPI考核,我再想想办法。"马镇谭忍着脚疼背疼,好言相劝,他这顿毒打也算没白挨。

两人正说着话,门外忽然聚集了一大群人,为首的白发老人问,"请问这里是小马开的诊所吗?"

"来客了!"两人上前招呼。

"马镇谭心理诊所,我是小马,心理医生马镇谭,请问您是?"马镇谭上下打量老人,似乎有些面熟。

"呀!小马都长这么大了,还开了个诊所?老马在小区里搞宣传,说你这里在搞开业大酬宾,医药费半价,所以我们这些老邻居全来了!"老人领头径自步入接诊室,往沙发上一坐。

呼啦啦，一群老头老太太都跟着涌了进来，霎时就把心理诊所挤了个水泄不通。

"大家排一下队，一个个来，听叫号！"大漂亮卷了报纸当喇叭，跳上办公桌向人群喊话。

老人家们又嗡地全退了出去，在大漂亮的指挥下，排成一列长队，蜿蜒的队伍延伸到大楼外的绿化带了。

"什么情况？商场特价酬宾？"经过的路人好奇地上前打听，"我们邻居外甥开的诊所，特价看病，你也要来？排队！"队末的老太太指指身后。

就这样，队伍越来越长，一直排到了马路上。

马镇谭喝了一大口水，舅舅果然不是一般人！变戏法一样弄来这么多人，看来奖金拿到手软真的不是梦！

"大爷，你觉得心里有哪些不愉快的事？"马镇谭询问第一位老人，老人干脆利索地脱了鞋，又一把揪掉了袜子。

"啊啾！"马镇谭敏感的鼻子受到了强烈气味的刺激，打了个大大的喷嚏，"大爷，您脱鞋干什么呀？"酸臭的气味瞬息之间在诊所内弥漫开来。

"小马，你给看看我这脚，十几年的脚气，总也好不了。"大爷大刺刺地把光脚丫子伸到马镇谭面前。

马镇谭被熏得快窒息了，"不是，我这里是心理诊所，不是外科医院，你这脚气要上医院看。"

"医院排队挂号的人太多，反正都是诊所，心里头和心外面，医生还不都一样治。"大爷把双脚往马镇谭怀里一搁，"小马，你快给治治我的脚。"

马镇谭有些后悔，自己当年没读个双学位或者主辅修，把医学院内科外科神经外科全攻下来,这下真正体会到了什么叫做心有余而力不足,眼前这浩浩荡荡的队伍,竟然没有一个是看心病的。

什么半夜磨牙、牙疼、风湿、老寒腿、感冒发烧、肠胃炎……

他喝完了一瓶又一瓶水,终归熬到送走了最后一位病患。

"累死我了!"他嘶哑地喊了一声,就四仰八叉地躺在沙发上。诊室地上到处都是矿泉水空瓶、火腿肠袋子,还有方便面空碗。

大漂亮高跟鞋掉了一只,披头散发,脸上的妆也花了,她一瘸一拐地扶着墙走进诊疗室,瘫倒在另一张沙发上。

"累死了,老娘半条命都快没了。"她打开最后一瓶矿泉水喝了一口,"给我留点。"马镇谭挥了一下手,接过矿泉水猛地灌了几口,"人都走了吧?"

"嗯,全送走了,一共六十七个,他们喝掉了诊所所有的矿泉水,还吃掉了我囤的方便面和火腿肠!"大漂亮双手掩面抱怨,"师兄啊,快想想办法吧,把你这个神通广大的舅舅弄走!我们已经弹尽粮绝了!"

话音刚落,马镇谭的微信响了,手机传来老马热情洋溢的声音,"小谭子,怎么样,来了一大拨客户吧,你放心,我这个董事长还是有一定人脉的,明天我就回厂里给你宣传,让职工全上你这儿看病,我们厂里可有好几千人哪……"

马镇谭抓狂了,哑着嗓子对着微信语音大喊,"舅舅,我开的是心理诊所,不是外科医院!只能看心病,只能解决心理方面的问题。不能看脚气、感冒、胃病,他们得上正规的医院!"

老马却不以为然,"客户都是靠积累培养出来的,让他们都上你这儿检查检查,说不定就查出有心病呢。"

"不行了,大漂亮,我觉得我快犯病了。哎哟,我这小心脏,心慌气短，心跳加速。"马镇谭捂着心口，已经不知该说什么劝退他这个狂热的舅舅了。

"别急上火，来，再喝口水。"大漂亮扶着马镇谭喝水，拍了拍他后背，"当务之急，要给舅舅找个新的心理寄托，让他转移兴趣。"马镇谭有气无力地靠在大漂亮肩上。

大漂亮胡乱翻着自己的手机，"对，要赶紧把他弄走，不然明天真领几千人来看脚气，咱俩都得歇菜交待在这儿。"手机通讯录停留在一个名字上，"有了！找相亲一姐！"

"什么？相亲？别价，我舅舅他不好这一口，而且他有家室的，舅妈和女儿一家三口人呢。"马镇谭连忙拒绝。

"瞎说什么呢？相亲一姐她改行当导游了，给你舅舅报个团，让相亲一姐领他到外地玩去，说不定还能转移注意力找到新寄托，老头老太太不都挺爱旅游的么？"

"好主意！就这么办，报最远的团，去最多的地方，赶紧的！"马镇谭胸口的气一下子顺了过来。

大漂亮拨通了相亲一姐的电话，短暂寒暄之后，要求她帮忙给老马报旅游团，"华东精华五日游？行，报上。浪漫海岛七日游？也报上。塞外风光十二日游？报上。对，还有华北、华南，只要有团的，全给报上。"

大漂亮挂了电话，"行了，环游中国行，没有一两个月，你舅舅是回不来了。"

马镇谭随即拨通了舅舅的电话，提议让舅舅全国各地走走看看，放松一下心情，说不定能发现未来更多的商机。

老马更来劲了，"小谭子，不错啊，还是有事业心的，这么快就想把业务发展到全国各地了，行，包在我身上，舅舅扩大活动范围，给你多多开拓市场。"

"第一轮先环游中国,接下来再环游世界,要是还不够,我再去打听一下,有没有上火星的旅游团,把马董事长送上外太空。"大漂亮调皮地说。

"我看行。"说完,马镇谭就靠在大漂亮的肩上,疲惫地睡着了。

第十三章　逃离焦虑

逃跑……我必须逃跑！

礼堂的金色大门前，一身婚纱的大漂亮紧张得直冒冷汗，两眼不断观察着周围来来往往的服务员和宾客。终于，机会来了——伴着"叮咚"一声响，电梯门打开了，几个宾客从里面走出来。看准时机的大漂亮提起裙摆就往电梯方向跑，脸上露出即将胜利的微笑。可就在她的双脚即将跨入电梯时，一只大手从背后一把抓住了她的肩膀，伴随而来的是一声怒吼："想跑？没那么容易！"

近在咫尺的电梯门就这样在自己面前关上了。大漂亮欲哭无泪地扭头看向自己的老妈，哀求道："妈，我连那个男人的面都没见过啊！"

大漂亮妈却不依不饶道："客人都来了，礼金也都收了，这个婚你今天是想结也得结，不想结也得结！你要是敢拒绝，我就和你断绝母女关系！"

就这样，几近崩溃的大漂亮被老妈硬扯进了礼堂。

门被推开的那一刻，婚礼进行曲悠然响起。大漂亮的脸被白纱遮住，什么都看不见，只能被老妈硬拽着向前走。此时的她心里是一万个不情愿，可她又有什么办法呢？事到如今也只能祈祷新郎能让她满意了。

终于，在迈上三层台阶后，大漂亮站在了新郎面前，怀着忐忑的心情掀开了盖在自己头上的白纱。拜托，一定要是个高大英俊帅气的男人啊……大漂亮在心中默默祈祷。然而掀开盖头之后，她看到的却是一团空气。

新郎呢？大漂亮左瞧瞧右瞧瞧，却只看到老妈和司仪。就在这时，一个声音突然从下方传来："亲爱的，我在这呢！"

大漂亮低头一看，这才发现一个身穿新郎装的侏儒站在自己脚下，卤蛋一样的头顶闪闪发亮。紧接着，新郎抬起头来咧嘴笑着仰望她，露出了一张丑陋不堪的脸。

"啊啊啊啊——啊！"

大漂亮失声惊叫，穿着高跟鞋的她一个趔趄差点跌倒。站稳后转身想跑，却再一次被老妈抓住。

"我说过了，这婚你想结也得结，不想结也得结！"

"那就断绝母女关系吧！我死也不结这个婚！"

"哈？你说什么？"

抵死挣扎的大漂亮突然感受到一股强烈的气压，身体也被笼罩在一个巨大的阴影里。心生恐惧的她战战兢兢扭头望去，只见老妈的身体突然变得像金刚一样巨大，泰山压顶般弯下腰死死盯着蝼蚁般渺小的她，张开大嘴冲她咆哮："我养你这么多年是为了让你单身？！你知道自己今年多少岁了么？！有人愿意娶你就谢天谢地了，还给我挑？！现在，立刻，马上，给！我！结！婚！"

伴着怒吼，一股强大的气流飓风般向大漂亮袭来，顿时就把她掀翻在地，脑壳撞在地板上。

"疼疼疼……"

伴着一阵头晕目眩，大漂亮从地板上艰难地爬了起来，这才发现自己身在卧室，身上穿着睡衣。长舒一口气的她抓过手机按停了"狂轰滥炸"的闹钟，颓然坐回床上，在心中一声感叹：还好是梦！

然而，这场噩梦似乎并没有随着醒来而结束。当大漂亮洗漱完毕、穿好衣服来到客厅的时候，竟然又听见爸妈在讨论关于"结婚"的事情，不禁脚下一个踉跄。

"她堂弟这次结婚，咱随多少份子钱合适？"

"哎呀，我怎么知道呀，你看着给就是了……"

大漂亮终于松了口气，原来他们不是在讨论自己。不过听他们一说，大漂亮才突然想起，自己堂弟这个月底就要举办婚礼了。

"结婚就结婚嘛，弄得跟敛财一样。要我说，这样的习俗早就该废除了。"大漂亮在餐桌前坐下，抓起一根油条一边啃一边说道，"之前表姐结婚时你们随了多少，这次就还随多少呗，不然一家给得多一家给得少，显得多不好啊。"

没想到，大漂亮这边话刚说完，那边的老妈突然就炸了，"你知道我们上次给你表姐随了多少钱吗？一万！一万你知道吗？！"

正在啃油条的大漂亮不禁一愣，"怎么这么多？"

"是啊，说起这个我就来气……"老妈的眉头不知不觉就挤成了一个"川"字，"知道当初为什么给你表姐随那么多钱吗？还不是因为当时你弟家也给随了一万！我们要是随少了，显得多不好！面子往哪儿搁？而你弟家之所以随这么多，是因你弟也有对象了，这钱早晚能收回来。这不，这次人家一结婚，给出去的钱就收回来了。可我们家呢？嗯？这么多年了都只出不进！"

大漂亮不知不觉放下了手里吃了一半的油条,"你什么意思?"

"我什么意思?当初之所以随那么多钱,还不是想着反正等你结婚的时候还能收回来?现在倒好,你都这么大的人了,连你弟都要结婚了,你却还连个对象都没有,我们给出去的这钱怕是再也收不回来了!"

大漂亮一瞬间真是气得头顶冒烟——怪不得父母一天到晚催自己结婚呢,闹了半天是为了把随出去的份子钱收回来!亏自己之前还觉得他们终归是为自己好,每次被催都忍着脾气呢,原来他们在乎的根本就不是自己,只是钱!想到这儿,大漂亮是话也不想说了,饭也不想吃了,感觉自己再多待一秒都要崩溃,索性拉着脸大步回到卧室,拽起包包妆也没化就出了门,没留给爸妈任何反应的时间。

直到屋门"砰"的一声重重关上,老两口才反应过来发生了什么。对视一眼后,大漂亮妈一拳捶在了大漂亮爸的肚皮上,屋里顿时响起一声哀嚎。

"嗷——你干吗?!"

"我干吗?还不都是你给我出的馊主意?"大漂亮妈瞪着眼大声说道,"我早就说了拿份子钱刺激她这招行不通,你还非让我跟你演这一出!"

"可你不是也赞成了吗?还说只要能让她早点结婚,什么办法都值得一试?"

"少废话!我告诉你,我闺女要是想不开,有个三长两短,你就等着瞧吧!"大漂亮妈说完便气呼呼地离开了客厅,坐在卧室床上用手捋着胸口不停喃喃:"哎哟,我可怎么办啊,闺女不找对象,老公又不靠谱,怎么什么事儿都这么不称心呀,都快患上焦虑症了……老天爷怎么这么对我呀……"

而另一边，大漂亮爸也是一脸无奈，却一声也不敢吭，只能在心里悄悄感慨：哎，我太难了……

无独有偶，位于偌大都市一隅的马镇谭心理诊所，此时的气氛也格外压抑。

明媚的阳光射入房间，办公桌上的绿萝生机盎然，提着小喷壶浇水的马镇谭却耷拉着脑袋愁眉苦脸，时不时发出一声叹息。

就在这时，门开了，一脸不爽的大漂亮噘着嘴走了进来。马镇谭抬眼一瞧就发现她今天气场有些不对劲，立刻通过推理得出了结论："大清早生闷气，没化妆就急匆匆出门，准是跟父母吵架了。"

"就你知道得多！"大漂亮白了他一眼，把包包丢在了沙发上，"你又是怎么回事？一脸闷闷不乐，黑眼圈还那么重？"

马镇谭放下喷壶一声叹息，"哎，别提了，我昨晚去参加了大学同班同学聚会，结果却发现，这些当年成绩远远不如我的同学们现在居然一个比一个混得好：有的进了国企，有的进了大公司，有的娶了'白富美'，有的一来就把奔驰车钥匙拍在桌子上……你是没见着，一个个的那叫一个春风得意！"

大漂亮的眼中立刻流露出同情之色，"我懂你，当年你们那一级确实属你学习最好，现在这落差确实够让人难受的。"

马镇谭说："可不是么，整个班居然只剩我一个还在坚持做心理医生了，一年到头吃了上顿没下顿，没房没车没老婆没存款，说出去简直让人笑话。所以昨晚从头到尾我都只顾闷头吃饭，一声没吭，回到家就焦虑得睡不着觉了。但这个结果又能怪谁呢？路都是自己选的。如果当初我继续留在大学当讲师混个铁饭碗，别人有的我现在不也一样都有了么……"

"你可千万别这么想啊，当初你要是没一时想不开办了这家心理诊所，我现在就该在大街上喝西北风了。救助了我这个失业人口的你好歹也算是为社会作出过贡献的人了。"

"听你这话我怎么一点没觉得安慰呢……"马镇谭不禁抬手揉起了太阳穴，"那你呢？为什么一大早跟父母吵架？"

大漂亮顿时一声长叹，"哎，还能为啥？又被催婚了呗。你都不知道他们说话有多过分，居然抱怨我不给他们机会收回随出去的份子钱！"

"虽然一听就不是心里话，但这么说确实有点过分了……"

"是吧是吧，我都难过死了！"

"哎，师妹啊，活着真的太难了……"

"可不是么……"

真是同是天涯沦落人！两人相视片刻，鼻子一酸，忍不住抱头痛哭起来。

"别哭了师妹，营业时间到了……"

"反正也不会有人来，就再哭一会儿吧……"

"这……"

就这样，在一片愁惨的气氛中，新的一天又开始了。

正如大漂亮所说的那样，诊所一上午无人光顾。尽管这样的情况是常态，但马镇谭还是不由得抱怨起大漂亮的乌鸦嘴来。

眼看又要到月末了，再这样下去可怎么办？舅舅的KPI考核指标又要完不成了！马镇谭简直焦虑到了极点。反观一旁的大漂亮，发泄一通后，没心没肺的她就已完全忘记了被父母催婚那一茬，一边刷手机一边露出笑容，中午跑去面馆美餐一顿后更是直接仰在沙发上呼呼大睡起来，看得午餐只啃了一个烧饼的马镇谭一阵火大。

"这个死丫头片子,等着天上掉馅饼是吧?看我不把你戳醒!"

马镇谭抡起胳膊就向沙发走去,余光却突然瞥见了大漂亮放在桌上的一管口红,顿时心生一计。就这样,决定不再戳醒她的马镇谭转而拿起桌上的口红,一边坏笑着看向她一边把口红狠狠拧了出来……

午后的阳光温暖和煦,园区里鸟儿啁啾。被马镇谭用口红涂成大花脸的大漂亮还在继续呼呼大睡,马镇谭则得意地吹着口哨在园区里溜达起来,焦虑的心情终于缓和了一点。

一阵微风吹过,售卖咖啡的小店飘来一阵清香。马镇谭突然心血来潮想去买杯咖啡,可刚迈开两步又打起了退堂鼓:不行,一杯现磨咖啡要三十多块钱,太奢侈了,还不如去隔壁超市买上十几包速溶的呢。想到这儿的他转身要走,可就在这时,一个甜美可人的声音突然从身后传来:"谢谢光临,下次再来哦!"

马镇谭一扭头,只见咖啡店里新来的小姑娘正在微笑着送客,心脏顿时就被击中了。天哪!好可爱的小姑娘!……等等,不对,我的腿为什么自己动起来了?停——站住!给我站住!住腿,住腿!

就这样,原本准备开溜的他被双腿自动带到了咖啡店的外售窗口前,一抬头就迎上了小姑娘放大的笑脸。

"先生,请问要来一杯咖啡吗?"小姑娘使劲眨着一双会放电的大眼,颇有种死也要拿下这位顾客的架势。

不行,如果连杯咖啡都不买不就暴露自己是来搭讪的了么!马镇谭一头冷汗,大脑飞速运转,思考如何遁走,不到片刻就有了主意。

"你好,小妹妹,我这个人对咖啡因有点过敏,所以想问下,你这儿有不含咖啡因的咖啡吗?"早就知道这里不卖无因咖啡的马镇谭眯着眼睛笑得格外迷人。

果然，小姑娘抿着嘴皱起了眉头。马镇谭为自己终于有理由开溜而偷着乐，表面却装出一脸遗憾，"哎，没有吗？那只好算了，因为我确实其他什么咖啡都不能喝呢。"

马镇谭说完便准备开溜。不料就在这时，小姑娘突然咧嘴笑了，双手一拍，"哦，原来是无因咖啡呀，我这才反应过来！我们昨天刚进了无因咖啡豆呢，您来得可真巧，我这就准备！"说完，小姑娘便蹦蹦跳跳地来到了咖啡机旁，掏出了一大袋包装上印满外国字母的咖啡豆，还不忘提醒，"哦对了，小哥哥，无因咖啡一杯72元哦！意大利原装进口！"

什么？！

马镇谭恨不得以头抢地，但刚说完其他什么咖啡都不能喝的他显然已经没有开口的余地了。本想抖个机灵，不料却给自己挖了个天大的坑。

就这样，穷困潦倒的马镇谭拎着72元一杯的咖啡仰望天空，任由无边无际的焦虑漫上心扉，有种马上就要崩溃的感觉。可就在这时，小姑娘与同事的对话声却突然传入他的耳朵。

同事说："还是你行，总能把客人吸引过来，长得漂亮就是有优势啊。"

小姑娘却唉声叹气道："哎，我也就这点优势能利用一下了，再完不成销售任务就没法继续在这儿打工了，下学期的生活费就又要靠贷款了……真是焦虑症都快要犯了啊……"

马镇谭突然觉得手里的咖啡沉甸甸的。果然，焦虑的人不只他一个，大家各自有各自的苦，都活得不容易。

一阵微风吹来，咖啡清香四溢。马镇谭打开杯子轻轻抿了一口，咖啡的香气顿时就遮掩了内心的愁绪。此时的他甚至觉得，就算最后创业失败、诊所关门也没什么大不了。如果诊所真的经营不下去，那就说明生活很美好，大家都没有烦恼。如果世上人人都快乐、没有心病要医，自己一个人穷困潦倒饿死街头又能怎样呢？

杜甫说得好："何时眼前突兀见此屋，吾庐独破受冻死亦足"——这才是知识分子该有的境界。

想到这儿，马镇谭的脸上终于再次露出了微笑。他不知道的是，就在他终于想通的时候，祈祷世人都没有心病的时候，诊所外面却已经排起了长队……

"欸，你这人怎么插队呢？"候诊区里，一个前来咨询的大妈对另一个前来咨询的小姑娘嚷嚷道。

而这一边，小姑娘也毫不示弱，"我有预约！预约懂吗？"

"欸嘿，欺负我们老年人不会用手机是吧？"

"这我可管不了。"

不料，就在两人为谁先谁后争论不休时，一个小伙子却突然绕过她俩直接推开了诊室的门。还在争吵的两人顿时形成了统一战线，异口同声道："哎，你这人，怎么也插队呢？！"

小伙子缓缓扭过头来，"我太难了，我不想活了……"

浓重的黑眼圈、苍白的脸色，再配上仿佛来自地狱的声音，大妈和小姑娘瞬间就冷静了，充满同情地看着他。

"行，还是你先吧……"

"谢谢……"

就这样，小伙子像一具行走的僵尸般进了门。

刚睡醒的大漂亮急忙收起哈喇子坐好，笑脸相迎，"你好你好，马镇谭医生去上厕所了，我是他助理。先跟我说下你的情况吧。"

不料小伙子却死死盯着她的脸，"医生，你没病吧……"

"咦？"

大漂亮看向桌上的镜子，镜中自己的脸被画得乱七八糟，一瞬间她差点气晕过去。紧接着，一声嘶吼便传入了正优哉游哉地喝着咖啡走向诊所的马镇谭的耳朵，"马镇谭！你是幼儿园小朋友吗？三天不打上房揭瓦，两天不抽皮肉发馋！信不信我宰了你！"

马镇谭吓得差点把口中的咖啡喷出来，看得身旁路过的两个小姐姐捂着嘴偷笑。

就这样，上演了八百遍的日常又开始了……

第十四章 "表演型人格障碍"的营销大法

终于下班了，西装革履的李小齐精神抖擞地走出了办公室。踏入电梯时，见几个同事已经在里面，李小齐便微笑着想要打招呼，不料同事们却立刻向电梯四角散开，不是装作打电话就是装作听音乐，故意避开他的视线，手已举在半空中的他只好尴尬地收起笑容。

又是这样，难道我就是个透明人吗？李小齐心中乌云密布。

回到家后，情形也丝毫没有改观——饭桌上父母默默无语地埋头吃饭，女友在一旁捧着手机看网剧，不管他兴高采烈地说什么爆炸性新闻都充耳不闻，仿佛他就根本不存在。

这到底是怎么了？为什么所有人都对自己避之不及？自认为待人热情、工作积极的李小齐真是怎么也想不明白。出门抽烟的他站在路边叹了口气，就在这时，伴着一声响，一条城市论坛的消息出现在他的手机屏幕上："马镇谭心理诊所，你有病吗？我有药，心病还需心药医。"

心理诊所？索性就去看看吧，反正不是他们有病，就是自己有病。

就这样，次日清晨，李小齐的脸上重新挂上职业性的微笑，踏上了前往诊所地点的地铁。

清晨阳光普照，大漂亮第一个抵达诊所，例行打扫了一下室内卫生，瞄了一眼预约登记表上的空白，呵，又是拍蚊子无聊的一天，还是先购物囤货要紧，领了优惠券赶紧清空购物车，速度慢就要被抢光了。她坐在座位上认真地划着手机，手机不时传出"叮咚、叮咚"的声音。

就在这时，马镇谭悄悄走到她身边，"这么认真在干啥呢？'双十一'大抢购？你好有钱啊！"

大漂亮冷哼着瞟了马镇谭一眼，继续划着手机，"别逗了，自从被你舅舅定了 KPI 考核之后，我每个月工资只能领一半，每年一次'双十一'大促销，降价幅度史无前例，想用这点工资保持生活水准，我不得精打细算，多囤点货？"

马镇谭呵呵一笑，故意不接 KPI 考核工资的话题，也拿起手机，"哦，原来是大促销，我也看看要囤点啥。"

李小齐顺着地址门牌号找到了这家在大厦一楼的心理诊所，拎着公文包敲门，"请问这里是心理诊所吗？我来做心理咨询。"

大漂亮立刻放下手机，"赶紧的，生意来了。"她起立开门迎接，"欢迎欢迎，请问您怎么称呼？"李小齐被迎进诊室落座在沙发上，放下公文包，叹了一口气，"我叫李小齐，是干销售的，我非常苦恼！"马镇谭上前礼貌地握手，自我介绍道："我是心理咨询师马镇谭，请详细说说您的烦恼。"

大漂亮打开文件夹开始记录。

李小齐收起职业性假笑，换成一脸沮丧，"唉，我爸妈，我女朋友，还有所有的街坊邻居同事，只要我一开口，哪怕是见面打招呼，他们都躲得远远的,连话都不愿意和我多说一句,我每天只有在公司上班的时候,才能和客户说上几句话。"

这话引起了马镇谭的兴趣,见过不愿主动和别人说话的回避型人格障碍,还没见过别人不愿意搭理的,他挑了挑眉问:"你这种情形倒是很少见,你和周围的人吵了架,结了梁子?"

李小齐无奈地道:"我就是一个干销售的,客户就是上帝,哪有胆子和人吵架。唉,也不知是怎么回事!"他目光扫过马镇谭,突然两眼放光,像是发现了新大陆,兴奋地说,"哎呀!这位仁兄,您相貌堂堂,气质卓尔不凡!但是……"

马镇谭被李小齐突来的热情搞得有点发蒙,"但是,但是什么?"

"但是,您缺少一样东西!"

马镇谭错愕地打量了一下自己,"嗯?我少了什么东西?手脚都齐全啊!"

李小齐指着马镇谭的手腕,"您的手腕,空空荡荡!和您这张帅气的脸,完全不搭!"

马镇谭窘迫地看了看手腕,其实那里原本戴着从漫展上买的宝可梦手环,不料被来家里做客的侄女看到,他只好不情愿地送了出去。

大漂亮扑哧一笑,"他就那样,手上还能戴劳力士?戴什么丢什么,邋里邋遢,没个正形。"

李小齐立刻从公文包里掏出一个盒子打开,竟是"名侦探柯南"同款麻醉针手表,上去就套在马镇谭手腕上,马镇谭还没来得及躲闪,炫酷的手表就已赫然戴在手腕上。

李小齐摁着马镇谭的手腕演示着,"一看您这一柜子动漫手办,就知道您肯定是动漫迷,那您怎么能没有这款麻醉针手表呢?连这都没有,又怎么能自称动漫迷呢?你瞧瞧,这表戴在你手腕上多合适！看谁不顺眼，你还可以冲他发射麻醉针！"

马镇谭下意识地瞥了一眼大漂亮，再看向腕上的手表，突然怎么看怎么喜欢，一按按钮就把表壳弹了起来，像个小男孩一样盯着瞄准镜开始到处瞄准，"确实，这也太酷了！"

李小齐热情地继续向两人展示手表，"这可是正版授权的周边产品！不仅完美还原原作，还是用超轻钛合金材料制成，轻盈到你难以想象，而且，物美价廉！走过路过不要错过！"

大漂亮一听，也好奇地接过手表戴在自己手腕上，"哎哟！还真是，几乎没重量！这手表多少钱？"

李小齐深呼吸，开始了慷慨激昂的推销，"高端麻醉针手表，现在只要十块钱！十块钱不算多，买不了房，买不了车，旅游你也到不了新加坡！手表不是天天有，该出手时就出手！错过今天好机会，价格会贵好几倍！"

大漂亮喜出望外，"才十块钱？这么便宜，我买了！"马镇谭也早就掏出了手机，"这么便宜，我也要一块！"两人用手机向李小齐付了款。

李小齐恭敬地拿出手表递给两人，"十块钱买到了人生的小希望！戴上这只手表，烦恼都溜走！谢谢两位老板！"

大漂亮正摆弄着手表，李小齐突然像发现宝藏般指着她，"嗖"的一下站了起来，"这位漂亮的小姐姐，您那闭月羞花的美貌，让人倾倒！让人迷醉！"

哎呀妈呀，这大兄弟净说大实话！嘿嘿嘿，闭月羞花，还算你有眼光！大漂亮一脸羞涩捧着脸照起了镜子，"真的吗？夸得我都不好意思了！"

李小齐兴奋地道："但是，您也缺少一样东西！用了这东西，您就是人间绝色！"

大漂亮面露迷惑，仔细端详镜子里自己明眸善睐的脸，"什么情况？我又缺什么了？"

李小齐从公文包里掏出一只外壳镶满闪亮碎钻的唇膏，郑重地打开递给大漂亮，"快试试看，这是唇膏中的'爱马仕'，涂上这只唇膏，您就是妥妥的仙女了！"

大漂亮接过唇膏对着镜子涂上嘴唇，李小齐热烈地称赞，"天哪！也太好看了吧！光彩照人，五克拉的嘴巴！"

我的天啊，从没有人这么夸过我，大漂亮羞红了脸，嘟了嘟嘴唇问马镇谭，"真有这么好看吗？"马镇谭抓住一切机会讨好大漂亮，自然点头如捣蒜，"好看，仙女下凡！"

大漂亮喜滋滋地问，"这唇膏是挺好看的，多少钱？"李小齐抑制不住热情，再度激昂地演讲，"这唇膏的价格只有迪奥的三分之一，香奈儿的四分之一，品质却是唇膏中的'爱马仕'，今天特价只要一百块！涂上它，小姐姐你闪闪发光，好看如仙女下凡！答应我，买它！"

大漂亮盯着镜子里自己水润的唇色，"一百块也不贵啊，反正唇膏天天都要用，行，我买了。"大漂亮付款，李小齐恭敬地把唇膏递上。

正在此时，马镇谭的手机响了，他喂了一声，"您好先生，市中心稀缺楼盘了解一下……"哼，我这卑微的收入还买房，这不是刺激我么，马镇谭果断地挂了电话，"不好意思，卖房子的推销电话，烦得很，您继续。"

李小齐见状却眯眼一笑，"对付这种不想接的电话、不想面对的人，我有个绝招！"他从公文包里掏出一个盒子，打开是一部手机，

173

插上电话卡,示意马镇谭拨打他的手机号码,马镇谭拨通了电话并打开免提功能。

李小齐神秘地眨眨眼,"马医生,您瞧好了,这手机的神奇功能!"

只听手机自动应答道:"您好,您拨打的电话机主已离开地球。"李小齐展示手机,"看见没,对于不想接的电话,一个摁键,就自动回复玩失踪。"

电话没有挂断,李小齐又摁了两下摁键,新的自动应答声音传出。

"您好,我没房没车没收入,别浪费时间。"

"您好,我鹰钩鼻子蛤蟆嘴,离我远点儿。"

马镇谭和大漂亮听了扑哧一下笑出声来,李小齐更加卖力推介,"一共三种自动应答,对于死缠烂打的推销,还有所有不想接的电话,摁一下摁钮,就能自动应答,您要是愿意接电话,就正常接听,怎么样,这个功能很神奇吧?"

大漂亮拿起手机看了又看,"这个功能好,把我妈安排的相亲对象,电话全都切换到自动应答,哈哈,我再也不用面对'苍蝇''恐龙'的穷追猛打,这下可省心了,这手机多少钱?"

李小齐受到鼓励,精神抖擞地说道,"高档智能手机,首创自动应答功能,为您免去接听骚扰电话的烦恼!"他激昂地提高音量,"功能如此强大的手机,猜猜价格是多少钱?今天破盘价,只要九百九十八!"

马镇谭想到能用这个自动应答功能,对付所有卖车卖房的骚扰电话,腰板顿时挺直了几分,"感觉这手机功能还挺实用,我买一部。"大漂亮不堪老妈没完没了的相亲安排,不假思索地脱口而出,"我也要!买来对付我那个唠叨的老妈!"

付款完成,新手机到手。

李小齐见时间已到中午，不便再继续打扰，恭敬地鞠躬道别，"时间也不早了，我不耽误二位用餐，先行告辞，祝两位生活愉快！"

　　大漂亮和马镇谭中午就准备吃方便面了，开水泡面的时候，大漂亮脑中灵光闪现，拍了一下桌子，"不对啊！他不是来做心理咨询的吗？怎么他没付钱给我们，反倒是我们付钱买了他的一堆东西！"

　　马镇谭恍然大悟，"还真是！他这词儿一套一套的，表演型人格障碍，演技逼真，感染力十足，我们都被他带着跑偏，找不着北了！唉！怪不得周围人见他就躲，这洗脑推销的功力，谁能受得了！咱们的钱包也空了，这下惨了！"

　　李小齐离开诊所，吹着口哨神采飞扬走在路上，太好了，今天的销售任务又完成了！不过，嗯，我不是要去做心理咨询的吗，怎么说着说着就……开始卖东西了？要不，改天再去一趟吧。

　　几天后，又是一个阳光明媚的清晨，大漂亮步入大厦，瞥见一个熟悉的身影，立刻惊慌扭头跑进诊室，"不好了！我在走廊上看见上次那个推销员！他不会又要来忽悠我们吧！"不是吧，这大哥还没完了？马镇谭迅速在纸上写下"谢绝推销"四个字，把纸递给大漂亮，"快快快！把这张纸贴在门上，关上大门！快，快！"大漂亮接过纸贴在诊室大门上，走廊里隐约传来李小齐和一位大妈的谈话。

　　李小齐谆谆诱导，"大妈啊，这年头谁都指望不上，保险就是您的救命钱，得了大病，不一定会要人命，但一定要花钱啊！"大妈迷糊地问，"啊？救命？要花钱？要花多少钱？"

　　大漂亮听了，同情地叹了口气，连忙把门关上。

　　大漂亮回过神来，马上对马镇谭诉苦道："之前咱们买那手机咋回事儿？害我也被我老妈狠狠地削了一顿。"

马镇谭不解,"你怎么了?"

大漂亮郁闷地诉苦,"我把我妈介绍的相亲对象的来电全部转为自动应答,'您好,我鹰钩鼻子蛤蟆嘴,离我远点儿'。然后,这些个'恐龙''青蛙'就全告诉了我妈,还问我是不是失踪了,我妈推开我房间,看我正在乐呵呵地追剧,就问我是怎么回事。接着,我妈便把我劈头盖脸地一顿猛削……"

马镇谭摸摸大漂亮的头,安慰道,"这电话看来是不能用了,太危险!"

走廊响起由远及近的脚步声,停留在诊室门外,"咚咚咚"敲门声响起。

大漂亮浑身一震,低声道,"是不是那个推销员又来了?"

马镇谭犹豫着,"好像是,咱们不开门也不太好。"

大漂亮伸手向马镇谭,"那把你的手机和钱包交出来,还有我的,咱们把钱包手机都锁进抽屉里,一会儿不管他再说什么,说得再天花乱坠,咱们都必须坚守阵地!"

"一毛钱也不能付,什么都不许买!"

马镇谭立刻乖乖地上交手机和钱包,"嗯,坚守阵地,坚定决心,决不动摇!"

大漂亮把两人的钱包手机放进抽屉并上锁,然后打开诊室大门。李小齐西装革履,头发梳得锃亮,毕恭毕敬地鞠了一躬,"漂亮的小姐姐,咱们又见面了,我是来做心理咨询的。"

大漂亮敲了敲门上的字,警惕地说,"来心理咨询可以,但是,谢绝推销!"

李小齐摆摆手解释,"我已经不干推销了,改了行换了工作,今天真的是来心理咨询的。"

大漂亮让其进门，李小齐落座。

马镇谭讲明立场，"今天您有哪些方面需要我们帮助？当然，推销除外，我俩的财力实在有限。"李小齐一脸无辜地解释，"我真的是来心理咨询的，上次因为到中午饭点了，不能耽误你们吃饭，所以我才走的。回去我痛定思痛，决定改行，让周围的人重新接纳我。"

大漂亮开始诊疗记录，"哦？你改行干什么了？"

李小齐掏出名片递给两人，"我现在是大地英豪保险公司的保险代理人。签字五分钟，保险一辈子，大地英豪保险公司，随时随地为您效劳！"马镇谭抚额，呃，从卖货改成卖保险，区别也不大，这大哥推销功力强大，还是小心为妙。"言归正传，还是说说您的心理症状吧。"

李小齐深感忧虑，"自打我改行做保险了，周围的人见到我还是躲，话都不愿意多说一句，更严重的是，我自己经常紧张害怕得睡不着觉！"

马镇谭挑了挑眉，"您因为什么事而紧张？"

李小齐语气沉重，"你们知道吗，人活着受伤的危险概率是三分之一，发生车祸的危险概率是十二分之一，在家中受伤的危险概率是八十分之一，死于水灾的危险概率是五万分之一，走路时被车撞死的概率是四万分之一！"

马镇谭额头上冒出一滴冷汗，真不知道我是怎么活到这么大的，这一路得躲过多少灾难啊，哈利路亚，阿弥陀佛，诸神保佑，"哎呀？真有这么高的危险概率？"

李小齐点头，"可不是嘛！这都是经过验算的！我每天越想就越害怕！"

马镇谭想起了自己退休的老妈，他们万一要是得了大病，就凭

177

我这点洒洒水的收入，嗯，还是买个保险安心点，"说得也挺有道理，这保险看起来……"

大漂亮见马镇谭眼神飘忽，马上咳嗽了一声，用眼神制止，"师兄，沉住气，坚守阵地！"

马镇谭低声自语，"对对对，坚守阵地，不能被他带跑偏了。"这老哥功力深厚，我得气沉丹田，稳住！

马镇谭转移话题，"那您自己买了保险吗？自己投保了，不就不怕危险概率了嘛？"

李小齐亮出支付记录，"我当然买了保险！还给全家人都投保了！假如我俩同时住院，我的钱还是我的钱，医药费有保险公司赔，您的钱却已经是医院的钱了，因为您没买保险！"

住院？住院费押金至少上万，万一我出门要是被车给撞了，卡里的钱还不够交押金的，这……马镇谭有点慌，"说得也是，这保险看样子……"

大漂亮看着马镇谭心神动摇的样子，又咳嗽了一声，"师兄！坚定决心！不能动摇！"

马镇谭做了个深呼吸，眼观鼻，鼻观心，对，要坚定！不能动摇！什么住不住院的，别瞎想。

马镇谭拉回话题，"那您自己和全家既然都投保了，就不应该再恐慌了，毕竟出了什么事，都有保险理赔。我们俩暂时还是不考虑买保险。"

李小齐见对方并不为其所动，立刻斗志昂扬起来，"您信或者不信，风险就在那里，不增不减！您保或者不保，大病就在那里，逐年递增。您爱或者不爱，保险就在那里，为您保驾护航！您若安好，保险就备胎到老！您若不好，保险就是救命稻草！"

马镇谭点头，这大哥说得有道理啊，"确实，这保险还是有必要……"

大漂亮怒瞪马镇谭，用力摇头，并握紧了拳头提示，"别忘了，坚定！坚决！不动摇！"

马镇谭收回心神，他咬紧牙关拒绝道，"对！我们俩坚定决心暂时不买保险，毕竟我们还年轻！"

李小齐继续深情地朗声道，"三十年前不买保险，因为那时，天是蓝的，水是清的，蔬菜是带虫眼的，癌症是罕见的，养儿是防老的。可现在，你们看看，天是灰的，水是浑的，蔬菜是带农药的，重大疾病是普遍的。买保险，不能改变生活，但是能防止生活被改变！"

大漂亮不耐烦地打断，"李先生，看来您还是来推销的，这次换着给我们推销卖保险。"李小齐轻扇了自己一嘴巴，"嗐，我真的不是来推销的，这是职业习惯，一开头我就收不住嘴！"

马镇谭切入正题，"您是见到每个人都情不自禁地开始推销？"

李小齐点头称是，"这是我的职业习惯，这词儿自个儿一个劲地往外冒，而且对方越是不着调儿，我越是有说服他的欲望。"

马镇谭松了一口气，老哥终于不推销了，这汹涌澎湃的架势一般人哪能扛得住。

"您确实是一名成功的推销员，我们俩都成了您的客户。"大漂亮接话，"但是，生活和工作要分开，钱包里的钱也是有限的，不能无止境地买买买，你也不能不分场合不分对象，强迫性地推销，推销完手机，又推销保险。"

李小齐像是遇见了知音，"谢谢两位的批评教育，所言极是。保险好比老母亲，别看平时唠唠叨叨，和您讲生老病死，关键时刻一定给钱，陪在您身边不离不弃。"

179

马镇谭和大漂亮不禁异口同声道："又来了！还是推销！"

李小齐自责地轻打嘴巴，"嘻，我这张嘴！就是憋不住词儿！"

马镇谭确定李小齐的病情类型，"您这是表演型人格障碍，长期从事推销工作，将工作行为代入日常生活，导致个人行为过于自我化和戏剧化，完全以自我为中心，强迫别人接受您的推销理念，接纳您的观点，一个劲地推销。"李小齐头一回听见这词儿，果然还是自己有病，"就是干推销得的病？这病严重吗？要怎么治？"

马镇谭继续道，"还不算太严重，您以后每天自我提示，要求自己保持清醒，回顾检查自己对他人带来的影响，采用认知行为疗法，及时自我纠正行为，改善言辞，还可以请周围的人在关键时候提醒一下，一旦发现自己又开始不受控制地推销，立刻往回拽。"

大漂亮插话，"就好像我在关键时候提醒他一样，师兄！要坚定！不能动摇！不要买！"

马镇谭尴尬地笑了笑，也亏得大漂亮把我往回拽，不然一时冲动买了保险，这个月又要继续吃方便面了，"对，自我控制情绪，自我纠正，及时转移自己的注意力，还可以建立自恋的防御机制，通过情感隔离，降低自己聚焦征服别人的执念。"

李小齐问，"什么叫自恋的防御机制？"

马镇谭呵呵一笑，"比如说，当你的客户拒绝你的推销，你就不要再穷追不舍，一个劲儿地逼着别人买，而是改成和他们聊聊足球，聊聊社会新闻，久而久之，你对于强求别人买东西的执念，就会淡化。别人面对你，也不再有被你强迫购买的压力，放下戒备心，自然愿意和你聊天交流。"

"简而言之，就是抑制自动的推销表演习惯，用新的生活模式来替代旧习惯。"

李小齐点头，"好的好的！意思就是一发现自己又憋不住词儿开始推销，就马上转移话题，说说笑话，唠唠家常，切换谈话内容，让别人不再厌烦我。我懂了！感谢两位医生的教诲！我回去一定照办！"

　　大漂亮瞄了一眼上锁的抽屉，上次的费用还没付呢，新账旧账一起算，"那请把这次的心理咨询费结一下账。"

　　李小齐付了款，大漂亮心情愉悦，这个月的生活费总算回来了，耶！她调皮地在背后向马镇谭比了个"V"的手势。

第十五章　拟定发家致富新计划

马镇谭和大漂亮都低估了舅舅对于心理诊所的上心程度。

当环游中国后，皮肤晒得黑红的老马，再次精神奕奕地大驾光临时，马镇谭回想起那双酸臭无比的脚丫子塞入怀中的味道，鼻子一痒又打了好几个喷嚏。

"我游览祖国大好河山的时候，都心心念念记挂着你们这个诊所。全国形势一片大好，你们这个诊所可以遍地开花，开成全国连锁，怎么样，KPI 绩效完成得怎么样？有没有严格执行？"舅舅爽朗地笑着走进诊室，一听到 KPI 就火冒三丈的大漂亮顺手拿起扫帚，想赶人，"KPI 你个 × 子！"马镇谭一个箭步冲上去夺下了扫帚。

"什么 × 子？"老马没听清，好奇地看着外甥高举扫帚的姿势，"小谭子，不用打扫，我又不是外人。"

马镇谭向大漂亮低语，"忍住，治病为主。"

马镇谭将书架上的书翻出来好几本，一股脑交给舅舅，"舅舅，上次您介绍来的邻居，来的人是挺多，但严格来说，都不是我们的目标客户，这一堆是心理学的书，简要地介绍了诊所的工作内容，您先拿回去看看。"

"也对，隔行如隔山，我先回去研究研究你们的生产工艺，不过重申一下，这 KPI 考核必须坚决执行，只有科学的业绩考核才能最大化提高工作效率，我随时过来检查 KPI 指标完成情况。"

"你们有什么困难，及时向我汇报。"老马抱着书离开了。

"不是说要报团环游世界么，怎么这么快就一个回马枪杀回来了？好在我机灵，刚才给舅舅的都是心理学大一的书。等他看完，还有大二、大三一直到研究生的教材，没有个三五年，他看不完。"马镇谭虚惊一场后有些得意。

"他老人家现在只要往跟前一站，我就火冒三丈，还是得想办法把他赶紧送走，我问问相亲一姐是怎么回事。"

大漂亮说完就发了信息给相亲一姐，那边也很快回复道，"哎呀，你们这个舅舅可真不是一般人，每天起得比鸡还早，催着我们出发，还到处给你们物色开新诊所的地方，体力比我这个当导游的还好，上山下海都不带喘气的……我知道要带他环游世界，老爷子不是要办护照和签证么，正在领事馆排队办手续呢。"

"那就好，对了，你相亲进展得咋样了，找到拆迁户男朋友没？"大漂亮松了一口气，和相亲一姐闲聊起来，"嗐，拆迁户虽然收益高，但是回报期太长，现在我改变方向了，主攻金融男。"相亲一姐提起相亲，声音就高了八个度。

"金融男？干金融能比拆迁户还赚钱？"大漂亮也是第一次听说，"那必须的啊，'股神'巴菲特，'大鳄'索罗斯，他们在股市里打个滚，一天挣的钱就够买好几栋大楼的。拆迁户算个啥，从扒房子到挖地基，再到房子建好，没个三五年，钱到不了手，感情哪里经得起漫长的等待啊！你说是吧？"相亲一姐的财富观与感情观向来简单粗暴、直截了当。

"原来如此，真是受教了，那你现在有没有目标？"大漂亮心中有所触动，既然股市这么好赚，金融这么香，她还用得着惧怕资本家舅舅的 KPI 考核么？

"有目标了，我发照片给你！"相亲一姐刷地一张照片传了过来。"证券公司总监，怎么样，帅出天际了，是不是？"

大漂亮看了照片中长相油腻的中年男子，心想果然是情人眼里出西施，要是长成这副模样都叫帅的话，那马镇谭就是天仙中的天仙了，便客套地回复道："长得不错，有才有貌又多金，你可要好好咬住目标，争取早日拿下。"

"师兄，你听见没？"大漂亮放下电话。

"嗯，听见了，相亲一姐在办签证呢，过一阵就送老爷子去环游世界。"马镇谭伸了个懒腰，终于可以回归逍遥自在的日子了。

"不是，关键不是这个！你长没长脑子？是后面说的，搞金融能挣大钱！"大漂亮翻出钱包，挨个儿把银行卡余额都查了一遍，"唉，不行，本钱太少了。"

"金融能挣钱，那还用说，干银行证券的那不都是高收入人群么。"

"你又想干啥？要跳槽？不行，我不同意，坚决不同意！"马镇谭提高警惕，同时想象着大漂亮在证券公司横冲直撞，一拳把客户打趴下满地找牙的画面……

"跳你个×子，我还有 KPI 考核的一半工资没到手呢，现在辞职，岂不是白白便宜了你！"大漂亮拍了一下马镇谭的头，"你个木鱼脑袋，我说的是去炒股票，搞金融，咱们得想想办法，发家致富奔小康。"

"发家致富？这个可以有！"马镇谭立刻坐正。

"我再也不想吃水煮青菜了，舅舅的这个 KPI 考核，让我这个本就贫困的家庭雪上加霜，吃菜吃得我两眼冒绿光，一到晚上就饿得睡不着，眼睛瞪得像铜铃，放射出幽光。"马镇谭边说边瞪圆了眼睛，大漂亮笑着一巴掌拍过去，"得了，别贫了，先把你活生生的饿成黑猫警长，再把你扔街上巡逻，顺便逮几只耗子回来做烤串。"

"说正经的，咱们得想办法多找条路子挣钱，就炒股票怎么样？相亲一姐说这个回报快、收益高。"大漂亮凑近马镇谭，"我刚才看了一下，我所有存款一共才几千块，要不你也贡献点儿钱，咱俩凑份子一起干？"

"同意！举双手双脚赞成！不过，嘿嘿。"马镇谭不好意思地笑了笑，"我也没什么钱，主要的钱都拿来买限量版手办了。"马镇谭指了指办公桌和书架上那些动漫手办和周边。

"大敌当前，你必须舍弃小我，才能成就大局，去把这些手办卖了，上二手平台说不定能卖个好价钱，我打算把推销员卖的自助应答手机也卖了，看倾家荡产能凑出多少钱。"大漂亮已经想好了，两人一起凑出一万块，杀入股市，以锐不可当之势，成就一夜暴富的神话。

"不行，头可断，血可流，'老婆'坚决不能卖！"马镇谭的头摇得像拨浪鼓，迅速地把桌上的手办收进了抽屉。

"老婆你个屁！把宝贝手办卖了，咱俩凑钱炒股票赚大钱，怎么就想不明白呢？"大漂亮冲到书架前，三下五除二就把马镇谭最宝贝的手办抢到了手，"都是限量版，应该能卖个好几千，咱们就有本钱了。"

"等等！把我'老婆'还给我！"马镇谭扑上去，一把搂住大漂亮，想从她怀里抢回手办，两个人扭来扭去一时难分胜负。

"行了，马镇谭！"大漂亮气急败坏地尖叫一声，"还你！全还你！你把扣下来的工资全还给我，老娘不干了！现在就辞职！和你一刀两断！"

"小气鬼！"大漂亮把几个手办往马镇谭怀里一塞，又冲回桌边收拾东西。

"不是吧，又来？现在除了打人，还要闹辞职，我的姑奶奶，你能不能讲讲道理？"马镇谭的一个头变成两个大，只好上前软言相劝。

"不听不听！王八念经！还钱！不还我工资我就去找你舅舅，戳穿大资本家的伪善面具！"

敢情这大姐是铁了心要炒股，唉，算了，好男不和女斗，马镇谭被戳中了软肋，只好就范，"这样吧，我把我私藏多年的小金库全交给你，条件是放过我的'老婆'们，行么？"

"原来你还有小金库？怎么早不说！"大漂亮气得叉腰。

只见马镇谭含着泪从书架上一本字典里抽出一张储蓄卡，说："不多不少，正好一万。"

"这还差不多！"

就这样，两人跑去证券公司和银行把炒股手续办齐了。

"师兄，国内的股票有涨停板限制，每天最多只能涨百分之十，国外的股票没有，要不咱们去炒美国纳斯达克的股票吧。"大漂亮不停地刷着股票软件，看见居然有一天之内涨幅百分之三十的股票，激动得脸都红了，"行，听你的，哪个涨得多买哪个，反正豁出去了。"马镇谭生平第一次踏足资本市场，所见所感都备感神奇。

万事俱备，只欠东风，两人一大早抵达诊所，郑重且庄重地打开电脑股票软件，打算开启人生第一次炒股。

"等一下！什么情况？怎么全都绿了？昨天还是全面飘红！"

大漂亮不可置信地盯着屏幕，道琼斯、纳斯达克、标普五百三大指数以光速变小，他们收藏的本应今天买入的股票，股价也以惊人的幅度一路跳水。

"是不是出现幻觉了？"马镇谭揉揉眼睛，说好的大牛市高歌凯进呢，怎么变成了疯狂暴跌？

两人呆若木鸡地看着电脑屏幕的K线图断崖式的下跌，五分钟、十分钟、一小时、两小时，跌势一落千丈。

大漂亮擦了一把额头上的冷汗，"刚才，咱是不是还没操作买股票？"

"嗯，还没来得及买，转账密码还没输，钱还在。"马镇谭宛如刚从蜿蜒盘旋穿山越岭的过山车上下来，有点魂不附体。

"可能是今天时运不济，要不，咱们再观察观察。"大漂亮不忍直视电脑屏幕的一片绿。

由于中美两国有时差，美股开市正好是中国的半夜，为了观察股市走向，两人半夜定闹钟看股票，可每次鼓足勇气准备买入的时候，就遇上行情暴跌。

"你说是不是咱们天生注定没有炒股发财的命？十天之内，美股四次熔断，一次又一次地见证历史。"大漂亮顶着粉底都遮不住的熊猫眼和马镇谭头碰头，无精打采地瘫坐在沙发上。

马镇谭已经熬了十个通宵了，乌青的黑眼圈似乎已经延伸到嘴边了，他有气无力地回复说："'股神'巴菲特活了八十九岁才见证了一次美股熔断，咱们十天就见证了四次历史，真是活见鬼了，这个股票挣钱不容易，不过亏钱亏得更快，咱们不能这么冒险。"

"我也是这么觉得的，资本这玩意，实在太诡异，像得了间歇性精神障碍，指不定什么时候就口吐白沫，原地抽搐。我问问相亲一姐,还有没有其他投资方式可以推荐的。"大漂亮拨通了相亲一姐的电话。

"你上回那个股市对象处得怎么样了?"大漂亮先寒暄一番,"嗐,那个已经是过去式了,这不也被这波股市熊市给洗了么,业务水平不行,是个假精英,连美股熔断都没预测到。"相亲一姐语气鄙夷,大漂亮和马镇谭相视一笑,看来他俩幸免于难,是不幸中的万幸。

"我也觉得炒股风险大,炒股票的人靠不住,怎么,你又找到新目标了?"大漂亮继续问,相亲一姐自豪地笑着说,"那还用说,一山还比一山高,我发现炒期货比炒股票挣得还多,加了杠杆之后,赚钱就和印钞票一样,三千块能赚回来六十万,我新物色了一个业内期货高手,约了周末见面,你给参谋参谋。"一张身材发福的中年大叔的照片发了过来,发量堪忧。

大漂亮心想,这长相属于见面需要忍住不出手打人的类型,反正相亲一姐也不太在意外貌,有钱多金是她的择偶第一要素。

"长得挺实诚的,祝你相亲成功。"大漂亮挂了电话,凑到马镇谭身旁,"师兄,咱进入第二方案,开始研究期货吧,三千块本钱就能挣六十万,咱们一万块岂不是能挣一百多万,以小博大,一夜暴富。"

马镇谭隐隐觉得这期货听上去比股票更不靠谱,但他还是顺从了大漂亮,两人又往期货交易所和银行跑了几趟,把炒期货的手续也办齐了。

两人下载了期货交易软件,面对林林总总的商品期货傻了眼,大豆、玉米、高粱这些农产品,看上去不太会大涨的样子,铜铝锌铅这些金贵期货,又似乎四平八稳,最后两人把目标锁定在黄金和原油两项最值钱的品种上。

189

"原油供应世界各地，是地球上最重要的能源。"大漂亮念着百度上的解释，"要不咱买原油期货试试看？"大漂亮问马镇谭，经历了四次股票暴跌熔断，马镇谭谨慎了许多，他与"老婆"们一刻也不能分离，这点本钱一分都不能亏，必须阻止大漂亮再打他"老婆"们的主意。

"行，买原油期货，但是老规矩，咱们先观察观察，毕竟是新手。"马镇谭回答。

第二天，大漂亮的一声尖叫开始了新一轮的投资噩梦。

"师兄，我眼睛是不是有问题？还是这电脑坏了？你快点过来看！"

马镇谭低头凑近电脑前，不可置信地盯着电脑上的数字，"不是，一条杠，这好像是负数的意思？"20前有一个减号，"难道油价变成了负二十块？这是几个意思？就是卖石油还得倒贴二十块，白送才有人要？"

"疯了，太疯狂了！"大漂亮慌忙打开新闻，果然油价史无前例的暴跌，历史上首次跌成负数上了头条新闻。

"咱们的钱还没买原油吧？"马镇谭问，这也太魔幻了，他这木鱼脑子已经跟不上变化了，"没买，听了你的，先观察一段时间，没想到，这富得流油也不行，大富豪变成了'负翁'，比咱们还穷。"大漂亮有些哭笑不得。

投资有风险，说得真是一点都没错，稍不留神，就赔得倾家荡产。

马镇谭摇了摇头总结，"咱们也算又逃过一劫，一切资本看来都是浮云，不是患有间歇性神经障碍的股市，就是严重精神分裂到自我毁灭的期货，两个都属于重症患者，不进医院隔离治疗好几年都没办法痊愈。"

"为了咱们的心理健康,还是得远离这些危险的投资。"

两次一夜暴富的美梦都破灭了,大漂亮眉头紧锁,难道她注定就要在这个小小的心理诊所待一辈子么。跟着这个永远吊儿郎当的师兄,还有那个以"资本剥削"为乐的董事长舅舅,过着没着没落的贫困生活。

算了,别想了,化悲痛为食欲,不能亏待自己。

大漂亮点开外卖软件,惊呼,"不是吧?连猪扒饭都涨价了?昨天还是二十块,今天怎么就变二十五了?"

一道灵光闪过,"师兄,这猪肉价格哗哗地涨,要不咱们去养猪吧?"

马镇谭刚从资本动荡的劫后余生中缓过劲儿来,没跟上大漂亮跳跃的思维,"养猪?你是说真的?我没听错吧?"

"说真的,你看养猪这也是事业,比炒股票炒期货实在多了,猪养大后宰了,就在咱诊所外面摆个地摊,有病人上门咱们就接诊,没人来咱们就摆地摊卖猪肉,主业、副业都不耽搁。"大漂亮一扫颓废,眉飞色舞地说。

马镇谭想了想,这主意似乎还真的不错,"猪肉我最爱吃了,炸猪扒,炖排骨,煲猪肺汤,猪肉馅饺子,煮馄饨,不卖生猪肉开熟食店也行,咱们可以在诊所里支个小摊,来诊所心理咨询的顺便吃饭,客源也稳定了。"

大漂亮一拍大腿,"行,说干就干,就这么愉快地决定了,今天就开始养猪。"

两人凭着对吃猪肉的共同兴趣,二话不说就直奔农贸市场,猪要从小养到大,小猪的价格大约是八百块一只,他们的发家致富经费够买十头仔猪,小猪的生长周期只需要五六个月,剩下的钱留下买养猪用的猪饲料，半年之后，他们就能实现真正的猪肉自由了。

两人在猪圈里热烈地讨论，强烈的猪臊味让马镇谭喷嚏不断。当大漂亮选好了十头长得标致又白净的小猪，正准备付款时，马镇谭一拍脑袋，"等一等！我们忘记了一个最重要的问题！"

"怎么了？"大漂亮的脸上和手上沾了不少猪粪，她却不觉得难闻，这些粉红色的小猪是越看越可爱，简直就是行走的人民币。

"买回去十头小猪，养在哪儿？咱们的钱可租不起农场啊！"马镇谭捂着鼻子问，这女人真是世上最奇特的动物，之前诊所的丁点儿灰尘都要嫌弃半天，现在，满身的猪臊味却开心得像个傻子。

"嗐，花那冤枉钱干啥？养猪场有现成的。"大漂亮揶揄地一笑。

"现成的？养猪场设在哪儿？"马镇谭不明就里，"难不成又在诊所里养猪？那不行，严重影响接诊，病人一上门，往沙发上一坐，周围一圈小猪直哼哼。"

大漂亮乐不可支，一巴掌拍上马镇谭的脸，留下猪粪印子，"别贫了，我早想好了，在你家里养猪就挺合适，正好一房一厅，在客厅里养猪，在卧室里堆饲料，齐活儿！"

马镇谭赶忙用袖子擦去脸上的污渍，又连连打了几个喷嚏，"你不是在开玩笑吧？在我家养猪？那我睡哪儿？"

大漂亮笑着说："你啊，你就和猪一起睡呗，反正都是同类，你们谁也别嫌弃谁。"

马镇谭又气又笑，在猪圈里追着大漂亮就要打，"大漂亮！你，你说谁和谁是同类？"

滴滴两声，手机响了，打闹的两人停了下来，是舅舅的微信留言，老马的声音因激动而略带颤抖："小谭子啊，你给我的心理学书我看了，哎呀，你干的这项事业很伟大啊，比我以前的那个工厂要强上百倍,你们这个职业能治愈别人的心理问题,引导大家拥有阳光心态,这是真正充满希望的朝阳行业,加油好好干,小谭子,舅舅对你有信心!"

舅舅的话让两人骤然安静下来。

"朝阳行业?我们干的活儿比他那个上市公司还强?"马镇谭喃喃自语,"这是真的吗?"

"阳光心态,身心健康,说起来,好像还真的是人生最大的财富。"大漂亮似乎也有所顿悟,家财万贯却脑袋空空,这种人生算不算穷得只剩下钱。

那么,从某种意义上说,他们这两个一贫如洗的人,也是发展潜力无限的优质股票。

"回去吧,诊所今天还没开门呢。"大漂亮昂起头,阳光洒在身上,信念照亮内心。

"好,现在回去。不过,你能不能先去把满身的猪臊味洗洗干净,快活活熏死我了。"马镇谭话音刚落,脸上又挨一拳,"哎哟!你打人都打出了猪臊味儿。"

人类最大的敌人,不是饥饿、贫穷和战争,而是心灵脆弱和心理崩溃,而人类最大的财富,也不是金钱、房产和名誉,而是能感知快乐健康生活的积极心态。

两人肩并肩的影子,被阳光拉得很长很长。

上帝为你关上一扇门,必定会开启另一扇窗,他们此时并不知道,自己将来会成为很多人身处黑暗时的一扇窗户,一扇照亮人生的心灵之窗、光明之窗。

第十六章　"攻击型人格障碍"的模拟作案笔记

英豪小区的停车场出现了一名可疑的黑衣男子，他身材削瘦，背着个大包，他拿出车钥匙，按下开关，"滴滴"两声，黑色奥迪的车门被开启，他上车后并没有马上开车，而是不甚熟练地摸索了一番方向盘周围的按钮，一时间雨刮器、车灯闪个不停，他手忙脚乱的又是一阵乱按，总算启动了轿车，扬长离去。

在小区里巡逻的保安员波南警惕地盯着黑衣人的举动，他开走的黑色奥迪属于三栋十二楼D座业主，业主是个四十多岁的中年大叔，单身，平时待人和善，总是笑眯眯的，每天准时上下班。

不过，奇怪的是，已经好几天没见大叔回家了，难道说……

黑色奥迪被黑衣人开得左摇右晃，驶出了小区，波南眼中突然精光一闪：不好！这黑衣人可能是个绑匪，大叔可能已经被他绑架了！他是来偷车盗窃的！他背的那个大包，肯定是从大叔家里搜刮的财物！

波南越想越不对劲，急火攻心，脚下发力，狂奔追上去，眼见轿车越驶越远,他立即拦下一部出租车钻了进去。

"跟踪前面的黑色奥迪,别贴得太近。"波南嘱咐司机。

"好的,警察同志,你这是在执行任务追坏人哪?"司机瞄了一眼波南的保安制服问。

"不,我不是警察,是保安,跟上这部车,看他去哪儿。"波南不愿过多解释。

出租车灵活地在车流中穿梭,顷刻便追上了轿车。

波南从裤兜掏出笔记本,低头记录,"转向后忘记关车灯,两次右转压黄线,证明性格毛躁冲动,车技不佳,初步判断是首次作案,临时起意绑架。"

已经有三四天没见到业主大叔了,他会不会已经被绑匪给,杀了?

波南握紧了拳头,然后用笔划掉了"绑架"二字,改成了"杀人"。

"警察同志,哦不,保安同志,奥迪车拐弯进去前面停车场了,这停车场排队的车很多,我要不要……"

出租车司机话还没说完,波南见轿车拐进医院,他们前面还排着五六辆车。

"我下车追,钱给你。"波南塞给司机一百块就急忙下车追了上去,还想跑?我一定要抓住你,为大叔报仇!波南咬着牙疾速奔去,笔记本却遗落在出租车后座。

黑衣人费了一番功夫才停好车,背了包下车就向住院部走去。

"喂!别想跑!"波南厉声大喝着冲过去,一把扭住黑衣人的胳膊。

"哎哟!"黑衣人吃痛大声叫出来,"你干什么?"

"小波？"住院部一楼院子里一名微胖的中年男子拄着拐杖，一瘸一拐地急忙走上前，"小波，真的是你？你这是在干什么？"

"大叔！哦不，黄先生，原来你没死……不是，你怎么会在这里？"波南惊诧地望着业主大叔，扭着黑衣人的手松开了。

"我前几天在公司摔了一跤，骨折了，所以被送来住院。"大叔解释着，黑衣人连忙上前搀住他，向波南怒道，"你谁啊，什么毛病啊，我胳膊快被你扭断了。"

"小波，你是不是误会了，这是我们公司的同事小张，我让他帮我回家拿点东西。"大叔耐心地解释着。

波南窘迫得红了脸，"对不起对不起，是我搞错了，实在抱歉，黄先生，既然您没事，那我先回去了。"波南弯腰鞠了个躬，匆匆离开了医院，他习惯性地摸向裤兜，空空如也。

"咦，我的笔记本呢？哎呀，丢了！这下麻烦大了！"

大漂亮急匆匆跑下楼，来不及吃早餐，拎着装着花甲粉丝的饭盒就冲到马路边。

还有十五分钟就要迟到了，决不能让马镇谭扣她工资，迟到一分钟扣一百块，当初这规矩还是她自己定的呢，打了两架才得来的战斗成果。顶着个他舅舅搞出来的 KPI 考核，已经够让人崩溃的了，要是迟到再扣钱，她就沦落到和马镇谭一样，穷困到天天吃白水煮青菜度日。

一部亮着"空车"标志的出租车经过，大漂亮拦下车，报出心理诊所地址，"麻烦师傅您开快点，我上班快要迟到了。"出租车司机一脚油门踩到底，风驰电掣而去。

十分钟后，出租车停在心理诊所的大厦外。

"太谢谢了！"大漂亮付款后，正准备下车。

"本子，别忘了拿。"司机提醒，指了指大漂亮身后座位上的笔记本，"哦，好的。"大漂亮把牛皮纸封面的笔记本拿了起来，包里的笔记本什么时候掉出来了？

太好了，还有五分钟。

看来今天迟到的是马镇谭，等着扣钱吧！让你们考核我，哼！

大漂亮把早餐饭盒放在桌上，不经意间，些许汤汁洒在地板上。

她拿了杯子先去接水喝，瞥见马镇谭的咖啡杯污渍已经结了几层，真是个邋遢大王。算了，反正今天要扣他迟到的罚款，姑且先帮他洗一回杯子吧。大漂亮用洗碗海绵刷了好一会儿，才让杯子光洁如新。

大漂亮吃着早餐，乐滋滋地盯着墙上的挂钟，还有十秒，倒计时开始！十、九、八，她吸了一口花甲粉丝，七、六……

马镇谭趿拉着拖鞋，撒丫子狂奔冲刺从大厦入口到诊所的最后十米。

两个路人见一男子蓬头垢面，穿着印有美少女战士图案的T恤和睡衣一样的短裤，像是身后跟着一群杀手被追杀似的，没命地跑。

"这谁啊，像是从精神病院逃出来似的。"

"好像是那个开心理诊所的吧，越来越放飞自我了，精神病人欢乐多。"

"三、二……"大漂亮嗍完最后一根粉丝，正想庆祝胜利，马镇谭终于赶到，"一！"

"你！你！你居然！"大漂亮不可置信地望着似乎是从半空中掉下来的马镇谭。

"我没迟到……吧？"马镇谭跑得连肠子都快吐出来了，高中体育课五十米短跑都没这个速度。

"算你走运！最后一秒赶到！"大漂亮咬牙切齿，还指望今天能小发一笔横财，补贴一下伙食呢，想不到，马镇谭也有准点的时候。

"你这是刚从床上爬起来？美少女战士睡衣？哈哈哈……"大漂亮指着马镇谭身上粉红色的T恤短裤放肆地大笑起来，"笑笑笑，小心笑出一脸的大褶子！哎呀妈呀，可累死我了。"马镇谭喘着粗气，走进诊室，不经意间，拖鞋沾到了大漂亮饭盒溅落的汤汁。

"屋里是什么味儿，熏死人！"马镇谭嘀咕了一声，他用力地嗅了嗅，"是大蒜！"

大漂亮果然是不顾形象的糙女子，大清早的用大蒜汤漱口，真是口味奇特。

他打开空调，瘫在沙发上休息，为了不被大漂亮扣工资，他用尽了毕生之力赶来上班，"啊，雅典娜女神，赐予我力量吧，让时间停止。"

"你就打算这副模样上班？"大漂亮忍俊不禁，师兄为了不被她罚款也算是拼了老命了。

马镇谭低头看了一眼粉红睡衣，"柜子里有衣服可以换，今天有没有预约？要是没人来，我就先不换了，让我先歇会儿。"

马镇谭平复了呼吸，有些口渴，便起身接水喝。"你帮我洗杯子了？"白洁崭新的茶杯变得不像他的了。

"对啊，还不快谢谢我，我看一下早上有没人预约。"大漂亮从包中取出笔记本，"嗯？怎么有两本？"一本是她的牛皮纸封面记事本，另一本显得有些旧，已经写满大半本密密麻麻的字。

她翻开陌生的笔记本，扉页写着"模拟作案笔记"。这是什么意思？哦，对了，是不是刚才出租车上拿的，拿错了！

她好奇地翻开,"呀哈,真有意思,还有人研究这些东西。哈哈,这真的能行么?"

"怎么样?上午有没有人预约?"马镇谭喝了一大口水,瞥见大漂亮脸上露出邪恶的笑容,不由得后背发凉。

"你在干什么?"他有种不好的预感。

"也不知道是谁的本子,还列了目录,一百零八种完美作案,详细写了如何在杀人之后可以不留下任何痕迹,做到杀人不偿命!"大漂亮越看越兴奋,随口答道。

马镇谭心里"咯噔"了一下,她平时打打骂骂的也就算了,好男不和女斗,师兄让着师妹,怎么现在愈发无法无天了,还想杀人不偿命?

她不会是,想拿我做试验吧?

苍天哪!如果我有罪,请直接放个闪电劈死我,而不是让我在这个暴力女的折磨之下苟且偷生,无法继续活下去!

"哈哈,你看这一章,我读给你听听,'如何用洗碗的海绵杀人?'"大漂亮两眼放光。

马镇谭觉得那双眼睛就是荒野上饿了半个月的野狼的眼睛,闪烁着幽幽的绿光,眼睛的主人随时都可能扑过来,把自己撕成两半。

"咕咚"一声,马镇谭忐忑中又喝了一口杯子里的水。

"在屋里以除鼠患的名义,放置灭鼠剂,内含高浓度的氟乙酸,无臭无味,用洗碗海绵蘸取后洗刷碗、筷、杯子,让对方在完全不知情的情况下,在喝水和饮食中服入大量的氟乙酸,毒性发作时间最短数分钟内,此化学物质能伤害所有的身体细胞,中毒者会因肺水肿和心室震颤呼吸衰竭而死。"

"噗——"吓得马镇谭一口水喷了出来,"我这杯子,你,你!

你是用洗碗海绵洗的？"

"那当然，你那陈年咖啡渍，我刷了好半天才刷干净呢，海绵都用废了半块。"大漂亮翻了个白眼，继续兴趣盎然地读下去，"对方死亡后，可向警察解释是无意间沾到灭鼠剂的，由于犯罪动机和证据不足，死因将被归于意外死亡。"

"叭——"马镇谭手一滑，杯子跌落在沙发上，水打湿了坐垫，他脸色煞白地瘫坐在地上，毒发时间只要几分钟，我，我这是要交待在这里了吗？

还归于意外死亡？

大漂亮啊大漂亮，只不过一个KPI考核，每季度结一次工资，你还不至于就要谋杀我吧，还用无臭无味的毒药，怪不得我这福尔摩斯神犬鼻子都没闻出来。

"太有意思了，写这笔记的人简直就是个天才啊！你看，这儿还有一条，如何让对方腐烂而死。"大漂亮仿佛发现了一片新大陆。

"咚"的一声，马镇谭万念俱灰地向后一仰，脑袋磕在茶几上。

下毒还不够，还要我腐烂？

死都不给人留个全尸啊，大漂亮啊大漂亮，俗话说得好，最毒妇人心，果然一点没错。

"芥子毒气是威力强大的烷基化药物，散发大蒜气味的油状液体，一旦接触就会令皮肤和黏膜发炎，起水泡，然后坏死，该种毒药没有真正的解毒剂，可以洒在对方经过的地面，令其不经意沾到脚部后，腐烂而死。"大漂亮认真地念着，真是大开眼界，无用的知识又增加了，不知道写这本笔记的是什么样的人……

大蒜！液体！

马镇谭本来已经惨白的脸色，更加惊恐如死灰，他颤抖地从脚上脱下了拖鞋，鞋底的油印子飘来淡淡的大蒜气味。

沾到了，我肯定沾到了！

马镇谭抱着光脚丫子仔细查看，脚底板的老茧旁有块脱皮。

完了！已经开始腐烂了！

他的呼吸几乎停滞了，大脑一片空白，这是体内的毒药正在毒发了吗？

先中毒，然后再腐烂！我马上就要化成一堆白骨了！

"哈哈，这还有个更新奇的招数！叫病态楼宇综合征。"大漂亮翻到下一页，继续念道，"将致命的细菌放置入通风管道，开启空调后，对方吸入细菌，很快会出现咳嗽、肌肉酸痛、胸闷等症状，待对方死亡后，法医验尸报告会以超敏性肺炎作为死因结论，所以，放置病菌并不会被发现。"大漂亮看得是津津有味，还有这种死法？

空调！天哪！

马镇谭从茶几上拿起遥控器就火速关上空调。

完了！刚才吹了这么久冷气，肯定已经吸入大量的致命细菌了，大滴大滴的汗珠霎时遍布他全身。

胸闷？还真的有，我已经喘不上气来了。

大漂亮这是上了"三重保险"吗？生怕一招弄不死我！

用海绵下毒！在地板上下毒！空调里藏细菌！

从我走进诊室的那一秒钟开始，就注定今天要命丧黄泉！

"哎呀，不好！这笔记有问题！"大漂亮翻到最后一页，脸色突变，"杀人？"她抬起头想和马镇谭商量，却发现他瘫坐在地上，低头似乎在抱着光脚丫子大口啃着，身上湿得像从水里刚捞出来一样。

"啊？师兄，你都饿得要啃自己脚丫子了，没毛病吧，都叫你别总吃白水煮青菜了，这是把脚丫子当猪蹄啃了？"大漂亮快步走上去。

马镇谭仰起凄楚苍白的脸，满脸泪痕，"到底是什么仇什么怨，师妹，你要这般害我？"

"嗯？什么乱七八糟的？别贫了，和你说正经的，这本我捡来的笔记本，真有问题，你快看看！"大漂亮递上本子，最后一页写着："临时起意杀人。"

"本子？"马镇谭松开光脚丫子，接过笔记本。

"哎呀，关什么空调，想热死人吗？"大漂亮不耐烦地按下空调遥控器。

"空调里不是有致命细菌么？"马镇谭震惊地望着大漂亮的举动，内心涌起惊涛骇浪。

难道说，她要和我一同殉情？山无棱，天地合，乃敢与君绝！原来大漂亮她是爱我的！

"胡说什么呢，我看你是早上没睡醒吧？这本笔记，是我在出租车上捡到的，本来以为是我掉的，结果翻开一看，居然记录的全是完美犯罪的方法，你看。"

大漂亮一页页地翻着，"什么毒死，这足足有三十几种，还有居家死、工作死，你说是什么样的人热衷研究这些东西啊？"大漂亮把笔记本翻到最后一页，"还有这儿，你看，最后一页，临时起意杀人，他本来写着绑架，后来还划掉了，你说，他会不会真的去杀人了？"

大漂亮一想到这儿，有点毛骨悚然，"这人是个变态杀人狂吧？"

她一屁股坐在沙发上，"咦，怎么沙发上全是水，你，你在搞什么呀！"她急忙起身，把沙发垫子取下来，拿起毛巾擦拭。

"水里有毒！"马镇谭幽幽冒出一句，"无臭无味的灭鼠剂。"

"我看你是脑子'宕机'了！"大漂亮不耐烦地一拳抡过去，"发什么神经，得了被害妄想症是吧？我先给你扎一百根针灸怎么样，先把你的病治了？"

"你仔细看看这本子，你说我们是不是要报警？写这种笔记的人，肯定是个杀人惯犯。"

马镇谭猛地醒悟过来，所以，大漂亮并没有要谋害他，过去这么久了，自己好像也没有毒发身亡啊？

他站起来，原地蹦了几下，脚也没有腐烂，全身没少一块肉，呼吸还算顺畅。

哈哈哈，神医马镇谭活过来了！

他放松地活动舒展四肢，又伸了几个懒腰，坐在办公椅上，跷起二郎腿，认真翻看笔记本。

"这个人，有很强的攻击性，还带有反社会人格，啧啧，很有可能是个罪犯。"他翻到最后一页，"杀人"二字，写得力透纸背，"愤世嫉俗，危险分子，一定要想办法找到他，说不定他正潜伏在哪里作案。"

"笔记本是在出租车上捡到的，证明他在我之前坐的车，我打电话去出租车公司，发布个失物招领通知，让这个犯罪分子来我们诊所拿笔记本。"大漂亮思索片刻后说道。

"行，就这么办，把他引过来，这本子上记录了这么多种作案手法，他肯定想方设法都要拿回去。咱们准备准备，先活捉，然后审一遍，要真是罪犯，马上报警！"马镇谭态度认真起来，一百零八种完美犯罪，这人怕不是个连环杀手吧？

波南接到出租车公司的电话，告知笔记本被一名乘客捡到，他记下地址：马镇谭心理诊所，便向物业管理处请假外出。

希望捡到本子的人没有翻开看，不然的话，惹的麻烦可就大了！

"咚咚咚——"敲门声响起，大白天的这心理诊所怎么关着门？

"谁啊？"大漂亮问，门后的马镇谭手握着扫把点头示意。

"哦，我听出租车公司说，是你们捡到了我的笔记本，我来拿一下，我是英豪小区的保安员，我叫……"波南的话还没说完，门猝然被打开，马镇谭抡着扫把就砸上去。

波南下意识地左躲右闪，"喂，你们，干什么？"

大漂亮一个旋转飞踢补上空缺。"我这是走错了？这里不是心理诊所？是武术馆？"波南受过体能训练，三下五除二挡下了大漂亮的攻击。

"你没走错！既然本子是你的，那打的就是你！"大漂亮向马镇谭使了个眼色，两人一前一后同时出手，终于扑倒了波南。

"说，老实交代，你是什么人？"马镇谭觉得自己此时化身福尔摩斯，不仅仅鼻子灵敏，浑身上下的每个毛孔都参加了战斗，誓要和邪恶势力决一死战！

"喂！你们是什么人啊！你们想干什么？救命啊，救命！"波南被两人压在地上，全身动弹不得，扯着嗓子大喊起来。

马镇谭冷笑着向门外喊了一声，"刚来了一个精神病，正在治呢。"用脚一钩，关上了门，"别喊了，你喊破嗓子也没用，我们这里专收精神不正常的，周围邻居都习惯了大呼小叫。"

大漂亮抿嘴笑道，"师兄，你这样子特别像坏人。"转而向波南呵斥："放弃抵抗，不会有人来救你的！"

"说，你叫什么名字，身上背了多少条人命？"马镇谭压在波南后背上，趴得手都有点麻了。

"我、我叫波南，大侦探波罗的波，名侦探柯南的南，什么人命，你们在胡说什么？"波南觉得自己今天可能走不出这个门了。

不行！一百零八种作案手段，总有一个能用得上，他们只有两个人。

大漂亮警觉地盯着波南乱转的眼球，"他这是在想阴招害咱们哪，咱们先把他绑起来。"

两人七手八脚地把波南绑在办公椅上，"老实交代，你把尸体藏哪儿了？临时起意杀人？你是不是已经把受害人杀害了？"

"什么跟什么啊？你们是不是侦探小说看多了？"波南暗叹算是遇到对手了，这两个奇葩看样子比他还热衷于"犯罪"。

"你这笔记本上，一五一十地写着呢，别装了，你这种反社会人格的暴力分子我见得多了。"马镇谭把笔记本摔到波南身上。

"你们看了这本笔记？这可是我多年的研究心血，喂，大哥，你能不能把本子捡起来，我可是搜集了几千个案例，好不容易才写出来的。"波南见到笔记本被摔在地上有些心疼。

"谁是你大哥，我是心理医生马镇谭。别转移话题，你是不是真的临时起意杀人了？"马镇谭尽量摆出铁面无私的样子，翻到笔记本最后一页，"结合了前面一百零八种完美犯罪办法，本神医可以断定，你被暴力欲望所驱使，丧失理智，丧心病狂，丧、丧家之犬。"说着说着，马镇谭词穷了。

"波南，趁我们还没报警，你就交代了吧，拯救人质的黄金时间是七十二小时，你是不是把人绑架了？藏哪儿了，快老实交代！"大漂亮挺身而出，厉声质问。

师兄那尿样,只能当个王朝马汉,站在旁边喊两声"威武"助助威,铁面无私必须是她女中豪杰大漂亮啊。

"你们有完没完!"波南愤怒情绪的导火索,被这两人不依不饶的审问彻底点燃,他蓦地弹倒在地,用力朝办公桌狠狠撞过去。

"砰"的一声,他脑袋被撞出个大包,办公桌嗡嗡地震动。

"我再说一次,我没有绑架,没有杀人,从来没有!我只是喜欢研究犯罪,收集侦探小说的诡计桥段!"

波南咆哮着,又要第二次撞向办公桌。

"别别别!这办公桌两千块,你撞烂了我买不起新的啊!"马镇谭连忙拦住双眼通红的波南。

"就是,就是,有话好好说,别自己找抽,要是真闹出个三长两短,我们诊所也要关门大吉了。"大漂亮气焰消了大半,将波南连椅子一块儿扶了起来。

马镇谭心道,他这是典型的攻击性人格障碍哪,缺乏自控能力,一受到语言攻击以及自尊心受挫就冲动,为了证明自己的清白,不惜自残自伤,又热衷于看凶杀破案的小说、电影,久而久之产生了模仿和认同,从而产生攻击性行为,这种极端的性格很有可能与家庭教育有关。

"我们处理问题不妥,现在把你松开,你别激动,我们在出租车上捡到你这笔记本,认真研究了里面的内容,里面提到了杀人,我们难免会怀疑。非常抱歉,我们给你赔礼道歉,对不起。"

"消消气,你好好说说这事儿的来龙去脉。"马镇谭放柔了声音,给波南松了绑,大漂亮为其递上热茶。

波南的暴躁情绪被有效安抚,起伏的胸膛平静下来。

"临时起意杀人,唉,也是我一时冲动瞎想的,今天早上在小区里看见一个人鬼鬼祟祟上了业主大叔的奥迪车……"波南把追踪所谓的偷车绑架案一五一十地说了，"喏，这是业主黄大叔的电话，你们不相信的话，可以打电话跟他核实，我还被那黑衣小子训了一顿呢，嗐，我当时就和你们俩一样，觉得他就是个犯罪分子，怎么看都像是坏人。"

马镇谭与大漂亮对视尴笑，这么说起来，他们俩是不是也有攻击性人格障碍，还兼有被害妄想症？

马镇谭注意到波南的额头和手臂有不少旧伤痕，"波南，你身上这些伤，都是你自己弄的？"

波南轻描淡写地淡然一笑，"有时候控制不住自己发火的情绪，就抽自己几下，弄伤自己，总比伤害别人强吧。"

"我冒昧地问一句，你小时候是不是经常挨打？"马镇谭问，其实大部分的心理障碍都能追溯到童年的相关经历，三岁看小，七岁看老，十二岁定终身，中国的老话还是有一些道理的。

"咦，马医生，你怎么知道，你认识我爸？"波南惊讶极了。

"不认识，我猜的，攻击型人格障碍的形成，往往都与童年经历相关，和睦温顺的父母带出的孩子大多乖巧，专制强势的家长，棍棒之下却不一定出孝子，而是更大可能导致两个极端。"

马镇谭回想起几个月前来诊所捂得严严实实的口吃男孩英明，他就是专制家庭管教之下的典型案例，成人之后的社交恐惧以及与世界的隔阂，严重阻碍个人发展与正常交流；还有擦了诊所地板八遍的强迫症患者吴小李，过分洁癖和强迫性思维，也是起源于童年时父亲对其的管教过严。

"一种是社交恐惧症和强迫症，属于被体罚殴打导致产生了有严重心理阴影的自闭型患者以及强迫性思维患者，另一种是攻击型人格障碍，越压制越要反抗，用激烈的行为来发泄积怨。"

"马医生，你说得一点没错，我的那个老爸，从小就爱用皮带抽我，考试不及格，一顿暴打，他打得越厉害我就越要逃学。后来吧，也是耽误了自己的学习，只能当个保安员。"波南自嘲地笑了笑，"偶然看了一部阿加莎小说改编的电影，叫《无人生还》，好家伙，那个凶手不声不响地干掉一群人，所以，从某种程度上说，犯罪也是一种对暴力的反抗。"

"所以你就开始研究各种各样的完美犯罪，然后记在这本笔记里？"大漂亮指着波南怀里的本子问。

"你们看了是吧，怎么样？是不是还挺像那么回事儿的？不然你们也不会把我绑起来。"波南竟然有些得意起来。

"你真是个人才！犯罪的百科全书，一百零八种手法，看得我都好想去试验一番。"大漂亮流露出些许崇拜之情，要是真实验，当然拿师兄开刀啊，每天试一种，三个月不重样，她脸上的笑容让马镇谭不寒而栗。

"我想起来了，你这个'犯罪专家'有个好去处！"马镇谭拉开抽屉翻找，"这张名片，是我大学师兄的，他正在研究犯罪心理学，你对这方面兴趣浓厚，可以和他联系，把研究成果写成论文，也有助于帮助警方破案。"

"真的吗？太好了，那我这本'完美犯罪笔记'也终于有大用处了。"波南高兴极了，接过名片。

"研究犯罪课题写论文，也是一种释放渠道，以后你若是感到再次被愤怒暴躁的情绪支配，想自伤自残，不妨转移注意力，去研究犯罪心理。这样久而久之，你的情绪就会得到安抚，心里也容易感到宽慰。"

波南再三感谢后离去。

大漂亮故意趴在墙壁上佯装在听什么声音,"师兄,你有没有听见,有老鼠从我们头上的天花板经过。"

"你,你!你想干什么?"马镇谭心中警铃大作。

"要不,我去买包灭鼠剂、毒鼠强,看看能不能毒死老鼠?"大漂亮眯着眼,阴恻恻地笑着,一百零八种手法呢,每天试验一种,够玩上好久了。

"你,你!你这个大胆刁民,休想谋害本神医!"马镇谭抱着沙发抱枕,缩在墙角瑟瑟发抖,心中充满凄苦,苍天哪!我这是造了什么孽啊!

第十七章 "自恋型人格障碍"的旷世奇作

老旧四合院的树荫下,卫达夫躺在躺椅上小憩,午后的蝉鸣伴随着他的鼾声此起彼伏,手机突然响了起来。

"喂?"他不耐烦地接起电话,"乔治啊,好久没联系了。什么,后天同学聚会?他们都在?嗯,那啥,要不,我还是不参加了吧……"

"老卫,别价啊,你必须得来,咱大伙儿多少年没见了,好不容易能凑一块儿,说不定啊,还能互相帮衬一下业务呢。"

老同学盛情难却,卫达夫只好硬着头皮答应了。

挂了电话,心绪难平的他不禁回想起了十五年前的留学生涯。当年的他意气风发,踌躇满志,和同学们站在山顶上振臂高呼,发誓有生之年一定要拿下奥斯卡金像奖。2005届美国戏剧学院导演系的海外归国同班同学,一共十三个,六个进了影视公司当导演干本行,三个去广告公司拍广告宣传片,还有三个自己开公司当老板搞传媒。唯独他,是诸葛亮住茅庐,怀才不遇。

唉!都是那些人没有眼力见儿,完全不懂欣赏艺术——真正的艺术！他卫达夫想当年可是学校里宝塔顶端的人物，成绩系里拔尖，人称"卫大才子"呢！时光荏苒，昔日同学再见面，他该说些什么呢？院子里的阳光烤得他心里发慌。

时光如梭，眨眼就到了约定的日子。

五星级酒店豪华包房里，酒过三巡之后，发迹的同学们在滔滔不绝地说着自己的辉煌业绩，当导演的在显摆拍了多少电影，斩获了多少大奖，拍广告的炫耀自己拿下了多少个奢侈品广告，开公司的吹嘘自己搞了多少亿融资马上挂牌上市。只有卫达夫郁郁寡欢地喝着闷酒，老同学乔治关心地上前询问，对饮了几杯之后，什么都明白了。

"我说老卫啊，你这不声不响的在这儿喝闷酒，嗐，多大点事儿啊，不就是找活儿么，包在咱哥儿几个身上！"乔治大手一挥，号召在座的各位导演和老板，赶紧想法子给卫达夫介绍工作，不能浪费咱们导演系大才子的才华。

老同学们果然没有食言，接下来的一个星期，卫达夫的四合院里异常热闹，制片人带着演员，广告公司宣传总监带着合同，副导演带着拍摄计划，纷纷上门找卫达夫谈合作，他当然要好好把握这些千载难逢的好机会，用尽毕生所学发挥艺术才能，与各路人马开会高谈阔论，改剧本，写文案，迎来送往，忙得不亦乐乎。

卫达夫亢奋不已，这十几年来从未如此舒坦过，他觉得自己的前途是穆桂英破洪州，必然马到成功！

然而，之后的一个月，四合院反常地沉寂了下来，十几个老同学推荐的合作方，居然没有一个给他回复。他焦急地等待无果后，打了个电话给老同学乔治，问到底是怎么回事。

对方沉默了一阵，终于开口，"老卫啊，真不是我说你，人家制片方要拍青春言情偶像剧，你嫌别人剧本写得太肤浅，改成了苦大仇深的情侣凶杀,说这样才有深度;人家广告商要拍'高大上'的汽车广告,你的文案把拍摄场地定在垃圾填埋场,说这样才有对比;别人投资方的剧本和资金全部到位了,请你去当导演,你说至少还要再筹备两年,先环游世界寻找合适的拍摄场地。"

"对啊!我就是这么说的,艺术嘛,肯定是要八月十五吃元宵,追求与众不同的,我是站在全人类人文视角的高度,认真给他们提建议。"卫达夫并不觉得自己有什么过错。

"老卫啊,现在是21世纪了,艺术是大众化市场化的,艺术必须产生社会价值才有意义,唉,我都不知道该说你什么好了!"乔治气不打一处来,怪不得十几年都没个像样的工作,这个卫达夫,真是自作自受!

卫达夫觉得自己被羞辱了,面子上过不去,便极力争辩了几句,乔治懒得再说什么,撂下一句"老卫,我真心地建议你,去找个心理医生,好好看看!"便挂断了电话。

卫达夫被挂断电话,两脚一软跌坐在四合院躺椅上,微风摇曳中,周围熟悉的一草一木变得异常陌生。去找心理医生?乔治的意思是,问题都出在我身上?我是肚脐眼里点眼药,心里有病?

他犹豫再三后,终于还是上网搜索心理诊所的信息,就近找了一家诊所拨通了预约电话。

第二天,大漂亮一早来到办公室收拾屋子,仔细擦拭桌椅板凳。马镇谭破天荒地没迟到,看见大漂亮在干活,便打了个哈欠伸了个懒腰,瘫坐在椅子上,"别忙活了,擦那么干净干吗,反正咱生意也不好,一天也没几个人来。"

大漂亮拽着马镇谭的衣服,"快起来,我把你椅子擦擦干净,咱诊所虽然是干的捞不着,但是稀的还是有得喝,解决温饱没问题,今天上午有个导演预约了心理咨询,马上就到。"大漂亮说着拿起了预约登记表，"患者叫卫达夫，知名导演、艺术家、电影评论家。"

马镇谭听了立马站起来，把衣服扣子整整齐齐扣好，"哇，大导演！你说是不是让导演给咱诊所拍个广告片什么的？投放各大电视台和网站，扩大影响力，招揽生意！"

大漂亮撇撇嘴，"还拍广告片呢，你先给我涨一涨工资吧，每个月拿这点塞牙缝的钱，还要给你兼职当保洁阿姨，哼！"

马镇谭呵呵一笑，"等咱有了钱，涨工资不是小菜一碟么，然后咱再雇个保洁阿姨听你指挥，你升职当首席助理。"

此时，一名四十岁左右，头发油腻凌乱的中年男子走进诊所，鄙夷地上下打量了屋内的陈设，自顾自地在沙发上坐了下来。

大漂亮见状扔下手中的抹布，迎上去，"早上好，您是上午预约的卫达夫，卫导？"卫达夫瞥了大漂亮一眼，冷哼了一声，"嗯。"

马镇谭走上前去，亲切地与之握手，"卫导您好！我是心理咨询师马镇谭。"卫达夫却并不和他握手，一口浓厚的京腔儿，皱眉微怒，"哼！别叫我卫导，应该叫卫大导演，我可不是一个普通的导演！"

大漂亮向马镇谭耸耸肩，使了个眼色，便拿起纸笔记录。马镇谭尴尬地收回手，挠了挠头发，正式进入心理咨询询问环节，"卫、卫大导演，那请说说您的症状吧，您遇到了什么难题？"

此言一出，卫达夫突然有些激动，脸色微红，"我的难题就是，这世上没有一个人能够理解我、欣赏我！我盖世的才华，没有地方可以发挥！我急切地想拍出旷世名作，震惊海内外的大片儿！"

马镇谭客气地微笑着，心道：看来这是个自视甚高的艺术家，渴望引人注目，马镇谭顺着他的话往下聊，"那么卫大导演，请你详细描述一下你的盖世才华，具体都表现在哪些方面？"

卫达夫趾高气扬，自负地一笑，"那我今儿就蝎勒虎子掀门帘儿，给你们露一小手儿！"他清了清喉咙，"第一，我卫达夫比王谋谋有才华！"

大漂亮瞪大了眼睛，好家伙！口气不小啊！她惊讶地问，"我没听错吧？王谋谋？那可是世界级的大人物！第×代导演的领头羊！"

卫达夫不屑一顾道："我呸！王谋谋这水平还算得上世界级？这货就是一个摄影师，还是个品味低俗的摄影师！"

马镇谭挑了挑眉，"王谋谋导演的艺术水平很高啊，他不是经常在国际上得大奖么？"

卫达夫伸手指着马镇谭的鼻子，"你真是城外头开钱庄，太外行了！王谋谋的水平高？你看没看过《四枪》？"

马镇谭点头，"看过啊，王谋谋的片子我都看过，《四枪》颠覆了他以往的严肃风格，超级搞笑。"

卫达夫最听不得别人夸王谋谋，便怒斥，"我呸！"

"《四枪》就是一部土得掉渣的东北二人转！你看看王谋谋那电影配色！女主角出场一身翠绿，男主角亮相一身玫红，两人往哪儿一杵，就像是穿着东北大花裤衩子，在电影里扭秧歌，红配绿，赛狗屁，恶俗！"

大漂亮撇撇嘴不以为然，"我觉得大红配大绿，俗气到极点，就是高雅到极致，大俗就是大雅，证明王谋谋什么风格的片子都能拍。"

卫达夫拍了一下沙发，"哼！他确实什么片子都能拍，全是烂片！"

卫达夫还想再说，被马镇谭率先一步抢先开口，"那卫大导演您觉得，您比王谋谋导演，在哪些方面更优秀？"

卫达夫听了顺耳的话，立即转怒为喜，自豪地拍着胸脯，"我比王谋谋更有艺术修养，我有独特的审美，电影是与众不同的艺术，必须特立独行，绝对不能八哥学舌，人云亦云。"

马镇谭微笑，"那如果让你来拍电影，你打算拍成什么风格的？"

卫达夫来了兴致，坐正了身子，一本正经地说："那个王谋谋不是拍了部片子叫《人要活着》么？活着有什么稀罕的？他这是不倒翁沏茶，没水平。让我拍，我就拍部电影，名叫《死了》！"

大漂亮暗叹，这大叔还真是语不惊人死不休啊，惊讶地说："《死了》？人都死了，入土为安，立个坟头，烧两炷香，这有什么好拍的？"

卫达夫不屑地说，"死亡，那才是人类永恒的艺术！我要拍，就拍人死后的世界！这叫麻雀生个天鹅蛋，稀罕得出奇，谁都没见过！"

大漂亮捂嘴笑道："原来卫大导演您这是立志要拍鬼片啊！这我也挺爱看的。"

卫达夫自豪地甩了甩油腻的头发，"哼，我这是百斤担子加秤砣，肩负重任，我毕生的心愿，就是要拍出旷世奇作，《死了》！"

马镇谭忍着笑喝了口水，果然有够特立独行的，自命不凡，唯我独尊，他这是典型的自恋型人格障碍，得，继续让他表演发挥吧，便又问道："卫大导演，除了比王谋谋有才华，你觉得自己还有什么过人之处？"

卫达夫自信地撩了撩长刘海，"我这第二个深藏不露的优点，就是比导演马大炮长得帅，我这是包子咧嘴，美出馅儿了，我不仅长得比他好看，还比马大炮有情怀！"

大漂亮抿嘴一笑：这大叔自我感觉也太好了，按照他这逻辑，是不是还应该去出演男一号当偶像？

"马大炮导演的贺岁片，年年春节档期火爆上映，这也是个得奖专业户。我觉得他挺有才华的，外貌如何并不重要了。"

卫达夫更生气了，真是个不长眼的熊孩子，他反唇相讥，"我呸！马大炮有才华？你们真是斗大的字儿不识半袋，睁眼瞎！你们看过电影《青春芳华》没？"

马镇谭点头，"看过啊，《青春芳华》还得了电影大奖，挺文艺的。"

卫达夫怒目圆瞪，斥道："我呸！《青春芳华》就是马大炮作为中年大叔，描述自己有贼心没贼胆的电影。"

"马大炮年轻的时候，有贼心没贼胆，见了女神不敢追。《青春芳华》里除了女兵们的脸蛋美，大腿美，其他的镜头全是山间竹笋，嘴尖皮厚腹中空，极其单薄，极其肤浅，毫无艺术性可言。"

马镇谭被逗乐了，"卫大导演，既然你瞧不上马大炮导演，那如果让你来拍，你想拍出什么样的电影？"

卫达夫咧嘴一笑，拢了拢头发，"马大炮不是拍了部电影《晚宴》么，要是换成我来拍，我就拍部电影叫《吃早饭》！"

大漂亮扑哧一笑，"卫大导演，您给说说，您这个电影《吃早饭》打算拍些什么？"

卫达夫拍着胸脯自豪地说，"马大炮的《晚宴》拍的是谋朝篡位和复仇的故事，学哈姆雷特的那套，也太没新意了。艺术家要追求情怀，我的《吃早饭》就拍皇帝老儿赏赐老百姓们吃早饭，各种职业，身份不论高低，凑在一起吃早饭，吃着各式各样热腾腾的点心包子，场面多热闹！情怀多博大！"

大漂亮忍俊不禁，"原来卫大导演是打算拍个古代版的'舌尖上的中国'，还是早饭特辑。"

马镇谭已经大致明白卫达夫的心理问题了，完全以自我为中心，过分地看重自己，渴望受人尊重，对批评极为敏感，自命不凡、目中无人，认为别人的关注和赞美、关心和帮助都是理所应当的，因此对他人颐指气使，对待批评和挫折，过度反应、情绪激烈。

这种自恋型人格障碍的人，缺乏责任感，做错事会为自己找借口，不肯承认错误，很可能是在青少年时期受到了过多的关注和赞赏，缺乏挫折经历和社会锻炼。要想改善自恋，首先要对自我能力有客观全面的认识。

马镇谭站了起来，双手交叉在胸前，开始心理疏导，"卫大导演，既然你自认为比王谋谋有才华，还比马大炮长得帅，比他们更有情怀，那你一定是戏约不断，主动上门找你合作的投资方肯定很多吧？"

卫达夫被戳中了软肋，顿时蔫了，像泄了气的皮球，满脸沮丧，"唉，我是美国戏剧学院导演系毕业的，大学四年一直是拿一等奖学金的优等生，可毕业了十五年，却一部片子都没拍过！"

他越说越窘迫，脸涨得通红，"他们！投资方、广告公司、制片人、编剧，甚至是演员，统统都不理解我！不欣赏我！我空有满腹的盖世才华，却是豆腐板上下象棋，完全无路可走！"

马镇谭开诚布公道，"你这是自恋型人格障碍，完全以自我为中心，不能面对客观事实，对自我的价值过于夸大，脱离了实际生活。"

卫达夫愣住了，喃喃自语："自恋？这是什么病？人格障碍？我是得了精神病吗？"

马镇谭谆谆诱导，"自恋人格障碍，是一种心理病态，算是精神疾病的一种，但是不用担心，只要及时进行心理干预纠正，还是能改善的。"其实最主要的危害，是会让卫达夫不自觉地赶走所有工作机会，毕竟建立在自己幻想里的艺术，并不属于现实社会。"咱们先围绕您最擅长的艺术，探讨一下。"

卫达夫收起所有的傲慢，变得虚心起来，原来乔治说的没错，真的是自己有心病。

"艺术需要群众的认同以及社会的肯定，您要真想治病，首先需要消除以自我为中心的观点，比如说，尽可能地发现其他导演身上的优点。"

卫达夫马上又显出轻蔑之色，"哼！优点？他们能有什么优点！他们都不如我厉害！都不如我有才华！"

大漂亮笑了，"他们最大的优点，就是拍的电影比你多！"

卫达夫吃了个软钉子，丧气地说："唉！说得也是，他们拍的电影确实比我多，我这是天桥上耍把式，光说不练。"

马镇谭继续劝解，"接受并且由衷地欣赏别人，要把眼光放远些，山外有山，人外有人，您读书时候确实很优秀，但是对自我的认知不能只停留在青少年时期，要学习适应成人的世界，某种程度上，自恋症也是一种'巨婴型'人格。"

"巨婴？嗐，说起来真是惭愧，我都是快四十的人了。"卫达夫望着自己不再稚嫩的双手，认真地反省自己。

马镇谭又说："除了接纳别人比自己优秀，您还要学习主动关心别人，了解别人的需求，建立共情意识。简单地说，就是主动关心别人，爱护别人，自然就会得到对方的尊重，爱是互相作用的，扩展你的感知范围，延伸到广阔的现实世界，这样以自我为中心的意识就会被外界削弱，自恋症状自然就会减轻。"

卫达夫幡然醒悟，一拍大腿，"既然问题都出在我自己身上，我还真不能怪乔治他们，回头我得好好去谢谢老同学。"

马镇谭伸出手与卫达夫握手，"实践出真知，我们希望早日能看到卫大导演你拍的电影。"

卫达夫走后，马镇谭对着门玻璃，搔首弄姿地摆了几个姿势，"我发现自己长得还是挺帅的，卫大导演将来要是真的拍戏出了名，是不是能考虑下，找我当男主角啊，最多以后心理咨询费给他打个折。"

大漂亮受不了他那嘚瑟样儿，一阵干呕，一巴掌毫不留情地招呼了过去，"你个自大狂，你也有自恋症，看样子也是个巨婴！"

"你！你怎么又打我！"马镇谭无辜地捂着脸上的巴掌印哀号，"苍天哪！到底谁是老板？为什么老板还要被助理虐待！"

马镇谭和大漂亮在打打闹闹中，接待了一个又一个病患，转眼又过去了两个月。

被大漂亮三令五申多次责骂，又被她罚了几次款后，马镇谭受不住大漂亮故意用他交的罚款吃大餐的刺激，终于长了记性，不敢迟到，还经常成为早上头一个抵达诊所的。

马镇谭一上班，习惯性地瘫坐在椅子上，突然鼻黏膜受到了什么刺激，打了个大喷嚏。他站了起来，警觉地在空气中闻着，顺着气味冲到诊室门口，和前来上班的大漂亮撞了个满怀。

大漂亮捂着被撞的额头，"妈呀，我的天！"马镇谭连忙道歉，"对不起对不起！疼不疼？"

大漂亮埋怨道，"能不疼么，一大早，你搞什么？"马镇谭抽动鼻子，"我闻到一股呛人的味道，顺着味儿就追出来了。"

大漂亮低头闻了闻自己身上，"嗯，味道？什么味道？"马镇谭摆摆手，"不是你身上的味儿，这是早上吃了煎饼果子吧，还加了两颗鸡蛋一根火腿肠。"

大漂亮惊讶，"啊？你怎么知道？师兄，你跟踪我！"马镇谭一脸无辜，"煎饼果子，这么大的味儿，千里飘香，还用得着跟踪？"大漂亮笑着用手指刮了一下马镇谭的鼻子，"这都能闻出来？你这狗鼻子,福尔摩斯探案神犬!"

此时,一身崭新中式唐装,头发剪短、梳得锃亮的卫达夫趾高气昂地走进诊所。

大漂亮热情地招呼,"呀,这不是卫大导演么,又来做心理咨询?"卫达夫点头傲慢地说,"嗯,来给你们展示展示我的旷世名作。"

马镇谭最喜欢回头客了,能跟踪观察病患诊疗后的心理健康情况,"欢迎欢迎!"卫达夫勉强和马镇谭握了一下手,三人进入诊室落座。马镇谭揉了揉鼻子,又打了个喷嚏,他小声咕哝着,"今天怎么回事,这味儿到底是哪儿来的?呛死个人。"

马镇谭见卫达夫意气风发,整个人从里到外焕然一新,"卫大导演,看你这身新造型,是不是有什么喜事了?"

卫达夫自豪地抚摸着油光水滑的头发,"自从上次来你们这儿做了心理咨询,我回去调整了状态,结果你猜怎么着?我是一头钻到青云里,碰上了好运气,我卫达夫,终于拍大片儿啦!"

大漂亮鼓掌,"恭喜啊!卫大导演终于如愿以偿,梦想成真了!"

马镇谭没忍住又打了个喷嚏,抱歉地说,"不好意思,今天不知道什么味儿太刺激,我鼻子有点敏感。恭喜卫大导演,拍了什么片子,什么时候上映?我们好去捧场。"

卫达夫自负地炫耀,"我这回拍的片子,是半夜三更放鞭炮,一鸣惊人,真不知比朱星星的那些个烂电影好上多少倍。"

马镇谭心念,又来这套?认为自己天下第一?看来他的自恋症还没全好啊,"朱星星?他可是喜剧片的泰斗级大导演啊,每次新片上映几乎都能破票房纪录。"

卫达夫一脸不屑,"我呸!就朱星星那烂水平还敢妄称泰斗?你们看过《降妖记》没?"

马镇谭点头，"上电影院看过，想不到朱星星导演能拍出这么有内涵的喜剧片，还有强烈的视觉冲击力。"

卫达夫不高兴了，怒道，"我呸！《降妖记》就是一部剧情混乱的恐怖片，硬是从欧美的《魔戒》和《猩球崛起》里捏出一个孙猴子，啥也不是！"

"朱星星这是按别人的脚码买鞋，生搬硬套，用擀面杖来吹火，一窍不通！"

大漂亮撇撇嘴，看来师兄上次的心理疏导没能治好他，"我觉得《降妖记》还挺好看的，故事很精彩，台词很幽默，证明朱星星导演的水平上了一个大台阶。"

卫达夫还想反驳，被大漂亮抢先发问，"既然卫大导演您自认为比朱星星导演还厉害，这回到底是拍出了什么片子？您也别卖关子了，就告诉我们吧。"

卫达夫洋洋得意地坐正了，"我这回拍的旷世奇作，绝对称得上是南天门上挂灯笼，高明……"

马镇谭再也忍受不了了，猛烈地打了个大喷嚏，打断了卫达夫的话，"不对不对！我闻出来了！这味儿就是从你身上传出来的！也太呛人了！"

卫达夫尴尬地闻闻自己的手，"我身上能有什么味儿？早上洗了澡才过来的。"

马镇谭凑上前抬起卫达夫的左手闻了一下，"你这只左手，昨天是不是抱过鸡？还是只芦花大母鸡。"

他又抬起卫达夫右手闻了闻，"你这右手昨天是不是搂过鸭子？还是翅膀短脖子长的大白鸭。"

马镇谭靠近卫达夫的衣领仔细闻了闻，"你这脖子昨天是不是被母猪拱过，还是瘦肉型的大白猪。"

大漂亮见状也凑上去闻了闻，"福尔摩斯探案神犬，你这狗鼻子没闻错吧？卫大导演昨天不是拍电影去了么，怎么会有鸡鸭猪肉的味道？难道真的去拍电影《吃早饭》了？"

卫达夫尴尬地搓着手干笑，"嘿嘿嘿，马医生，您这鼻子真是敲在头顶响到脚底，灵透了！"

"嗒，就老实告诉你们吧，我拍的是养殖场的广告宣传片，名字叫'餐桌上的神奇'！"

马镇谭恍然大悟，自己的鼻黏膜果然没有判断失误，"养殖场！怪不得味儿这么冲呢，不过能拍广告片也不错啊，都拍了什么内容？"

卫达夫开始眉飞色舞，像是遇到了知己，"我这广告片儿是井底的蛤蟆上天台，让人大开眼界。百鸟朝凤，万马奔腾，这些场景，你们见过吗？"

大漂亮和马镇谭都点头，异口同声地回答，"在电影电视里见过。"

卫达夫自负地撩了一下头发，"百鸟朝凤有什么稀罕，我拍的是百鸭齐鸣，千鸡起舞，那动静是高山顶上放炮，震惊四方。万马奔腾太没新意了，我拍的是万猪奔腾，那场面是狮子龙灯一起舞，热闹非凡！"

大漂亮忍不住捂着嘴笑了，这大叔自我感觉实在是太好了，"百鸭齐鸣，千鸡起舞，万猪奔腾，养殖场广告被卫大导演拍出了好莱坞大片的效果！"

马镇谭也笑着揉了揉鼻子，他也算是有进步了，至少降低自我预期，愿意放下身段去拍广告片了，便客气吹捧道："我们很期待卫大导演的'餐桌上的神奇'，听上去就色香味俱全。"

卫达夫随即从兜里掏出两张门票递给两人，"这是养殖场广告片首映的入场券,欢迎你们来看我的片子。"

马镇谭和大漂亮接过票,面面相觑,一阵尬笑。

大漂亮扯着嘴角,"首映式,还是广告片,这……"马镇谭低声感慨,"养殖场,万猪奔腾,听上去都能闻见味儿了,那画面太美……"

卫达夫对两人略有不满,"怎么,你们这是瞧不起我卫达夫的旷世名作?"马镇谭立刻假装欣赏,"哪儿的话,我们有时间一定抽空去看,给卫大导演捧捧场,一睹您这部旷世奇作的风采!"

两人尬笑着送卫达夫离开,马镇谭把门票塞给大漂亮,"我以老板的身份,给你派一个光荣而艰巨的任务——去参加卫达夫的万猪奔腾首映礼。"

大漂亮飞起一脚踹在马镇谭的小腿上,"滚犊子!自己不去还敢让我去,这是你忠实的病患,治好了他,你就升级为自恋症的专家了!"

"哎哟!"马镇谭一个趔趄跌倒在地毯上,"你除了打就是踢,能不能对我好点儿!我好歹也是诊所的门面,你要是把我踢骨折了,谁来撑门面啊?"

"别和我贫了,这是你的工作,必须去!"大漂亮把门票塞进马镇谭的嘴里,"最多我陪你一起去,一万只猪向你奔腾而来,想想那大场面,狮子龙灯一起舞,热闹非凡!"她学着卫达夫的京腔儿打趣道。

第十八章　异手症画家的
　　　　神来之笔

"买还是不买，买还是不买……"阳光明媚的上午，马镇谭一脸严肃地捧着手机，死死盯着屏幕里心爱动漫角色的泳装手办，嘴里不停咕哝。大漂亮则在一旁试刚买的口红，试完放下镜子，满意地冲马镇谭抿了抿嘴，"师兄，看我刚买的口红颜色如何？"

马镇谭不情愿地看了一眼，立刻皱起了眉头，"这和之前的颜色有什么区别？"说完就继续盯手机了，气得大漂亮一指头戳倒了桌子上的限量版手办，"真不懂你们这些宅男，到底是有多空虚才会迷恋这些树脂小人儿！"

马镇谭顿时急了，一把夺过心爱的手办护在怀里，"喂，你要对我'老婆'做什么？！"

"醒醒吧，单身狗！还老婆呢，你这邋遢样一看就是没老婆！"说着便把手伸向马镇谭。

"你要干吗？！"马镇谭还以为她失去理智要跟自己抢手办，抱着心爱的"老婆"不断挪动屁股"战略后退"，却发现大漂亮根本没有抢手办的意思，而是把手伸向了自己的衣服下摆。低头一看，马镇谭这才发现自己竟然把衬衫的扣子扣岔了，不禁两颊一红，急忙辩解："这，这只是一个意外。"

"意外？这都第几次了，你自己心里没点儿数吗？"

就这样，大漂亮拨开了马镇谭试图阻挡的手，强行凑过来给他扣起了扣子。看着她修长白皙的手指在自己身上游走，解开衣扣又挨个儿扣上，感受着她靠近自己身体时传来的体温，嗅着她身上淡淡的香水味，马镇谭忽然感觉身体里一阵电流乱窜。直到这一刻，他才突然意识到一个许久没有意识到的问题。

"师妹。"

"怎么了？"

"没怎么，就是突然感觉到，原来你也是个女人啊。"

"啪"的一声响，握在大漂亮手里的纽扣突然就被狠狠扯了下来。马镇谭吓得全身一个激灵，急忙"战术后仰"，只见大漂亮缓缓直起身来，露出仿佛要把人生吞活剥般的微笑，顿时冷汗涔涔。

"原来你才发现呀，师兄。"大漂亮用手轻轻抚摸马镇谭的头顶，"别怕，师妹我这就帮你把纽扣缝上，啊。"然后打开抽屉拿出了针线盒。

不祥的预感顿时在马镇谭心头轰然炸裂开来。"不不不——不劳烦师妹了，这点小事我自己来就可以！"

"哎呀，别客气，都是师兄妹嘛。"大漂亮说完，一根针已然攥在手里。

马镇谭简直要哭了。果不其然，以缝纽扣为名，大漂亮直接在他身上操起了针线，针头每绕一圈都要在他肚皮上扎一下，诊所中顿时哀号连连。

苍天哪，救救我吧！马镇谭在心中大呼救命，而老天仿佛真的听到他的呼救一般，立即派来一位使者，"砰砰砰"诊所的门敲响了。马镇谭和大漂亮同时抬头看去，只见一个外形宛如韩国偶像的美女一脸暧昧地靠在敞开的门上瞅着他们，抬着刚刚用来敲门的右手，"抱歉啊，我好像来得不是时候，打扰你们亲热了。"

啊，天使啊！

马镇谭得救一般激动地起身迎了上去，"哎呀，误会误会，这是我的助理，我们绝对不是你想的那种关系，绝对不是！来，请坐请坐！"

大漂亮怏怏地收起了针线，莫名有些难过；而另一边，马镇谭已经切换到了"福尔摩斯模式"，双手托腮面带微笑看向对面的女士，耍起了他最擅长的推理小把戏。

"如果我没猜错，小姐姐一定是个画家。"

美女果然一惊，"你怎么知道？"

马镇谭微微一笑，"这并不难猜，因为你身上有股淡淡的油彩味，左手指甲缝里还有长期接触颜料留下的痕迹。当然了，最重要的是，你很有艺术家气质，从头到脚都散发着与众不同的气息。"

"真的吗？"

"当然，我从不对女士说谎。敢问小姐姐叫什么名字？"

"莫兰迪。"

"你瞧瞧，真是连名字都散发着艺术的香气啊！"

听着这番"油腻"发言，大漂亮尴尬得都快用脚指头在地板上抠出洞了。"马镇谭，你就不能正经点，问问人家要咨询什么吗？"

马镇谭却胸有成竹地竖起一根手指轻轻一摇，"呵呵，不用，因为我大概已经猜到了。"

莫兰迪顿时来了兴致,"哦?说说看?"

于是马镇谭从容道:"你左手指甲缝里有颜料痕迹,右手却没有,这说明你画画时惯用的是左手,也就是我们常说的'左撇子'。但无论一开始敲门还是刚刚捋头发,你用的却都不是左手,而是右手,这就有些不正常了,于是我留意了一下你的举动,发现你坐下之后,眼睛时不时会瞥一下左手的方向。所以我猜,你要咨询我的问题,一定就和你缠着绷带的左手有关。"

"天哪,这也太神了!"莫兰迪一声惊呼,抬起了自己的左手。

此时的大漂亮也不得不承认马镇谭确实有两下子了,因为直到这时她才发现莫兰迪的左手手掌缠着厚厚的绷带。"不过,小姐姐,我们这里是心理诊所,只治心病不治外伤,您得出门左转去综合医院。"大漂亮好心提醒。

莫兰迪却冲她翻了个白眼,"谁跟你说我左手受伤了?"

"没受伤那您缠什么绷带呢?"

"没受伤却缠着绷带,什么意思这你还不明白吗?"

"哈?"

大漂亮一头雾水。而就在这时,沉默许久的马镇谭突然再次开口,托着下巴发出了低沉的声音,"我知道了。是封印,对吧。"

"正是!"莫兰迪顿时两眼放光,大呼一声,用右手打了个清脆的响指,"果然还是正牌医生水平高!"

大漂亮感觉自己跟这两人已经完全不在同一个次元了,于是抬手就在表格"病情描述"一栏狠狠写下大大的"中二病"三个字。而另一边,莫兰迪已经开始煞有介事地描述起自己左手被"封印"的经过了。

只听她说:"实不相瞒,我虽然从很小就开始学画画,画出来的东西却从来没人喜欢。亲戚朋友都说我根本不是那块料,于是在徒劳无功地坚持了多年之后,我终于下定决心放弃这条路了。可就在几年前的一天,当我决定画完最后一幅画就永远不再碰画笔的时候,突如其来的一场车祸却把一切都改变了。"

"车祸?!"马镇谭不禁一个哆嗦。

"是的,车祸。还记得那是一个阳光明媚的上午,正赶往画室的我站在路口耐心地等着红灯。忽然间,一阵刺耳的刹车声从背后传来。我立刻扭头看去,只见一个男人骑着一辆刹车失灵的共享单车直直向我冲来。我急忙向左一闪,成功闪避过去,却因为重心不稳而不幸地摔倒在地上,被身体压住的左胳膊顿时就麻了。"

一旁的大漂亮听得直翻白眼。马镇谭则长舒一口气,问道:"然后呢?"

"然后我隐隐感觉左手有些不对劲,只是当时并没有太在意。可当我来到画室,拿起画笔画画时,神奇的事情发生了——我居然调出了和过去完全不同的颜色,画出了和过去完全不同风格的画!"

"难道……"

"没错,我的左手竟然有了'自我意识'!从那之后,一切都变了,喜欢我的画的人越来越多,甚至还有人夸我是天才!从之前的无人问津,到现在参加比赛回回拿奖,怎么样,是不是很不可思议?"

"太不可思议了!"马镇谭大声感慨。

一旁的大漂亮却再也听不下去了,"这都什么逻辑啊,不就是突然开窍换了个画风吗?怎么就一口咬定是左手有了'自我意识'呢?照你的说法,我要是明天突然穿一身男装来上班,是不是就成了多重人格?"

229

莫兰迪顿时一脸不爽,"知道你为什么只能当助理吗?没见过世面。我自己的左手我还能搞错?!你比我更了解我的左手?!告诉你,我曾经问我的左手'你到底是谁',它甚至还在纸上写下了它的名字呢!"

"哦,是吗,别告诉我是艺术史上某位大师。"

"呵,这回你倒是猜对了。没错,一个伟大画家的灵魂寄居在了我的左手里。"只见莫兰迪神秘地笑着凑上前来,一字一顿地说出了那个名字:"文森特·梵高。"

大漂亮顿时仰天狂笑,"哎呀妈呀,文森特·梵高!"

莫兰迪一脸被冒犯到的表情,"你什么意思?觉得我在说谎吗?"

"不是,你自己动动脑子想想,梵高的灵魂寄居在你的左手里,这可能吗?要是真的,那可真是旷世奇闻了。这要传出去,电视台还不得追着你拍纪录片?"

"喂,大漂亮!"马镇谭再次皱着眉头呵斥,"你今天到底哪根筋搭错了?"

"怎么,难道你觉得她说的是真的?"

莫兰迪立刻用期待与求助的目光看向马镇谭。马镇谭果然不负她的期待,一脸严肃地说道:"当然相信了。"莫兰迪的眼中顿时射出欣喜的光芒。

大漂亮简直快崩溃了,只觉一股莫名的情绪在胸中不停灼烧,忍不住在心里吐槽:这家伙真是看见美女就连智商都没了!

马镇谭却完全无视了大漂亮的情绪,一本正经地对莫兰迪说道:"如你所见,我这个助理水平有限,所以不用太把她的话当回事。我可是绝对相信你的,因为你的情况并不是世上独一例。我的研究生导师就跟我说过一个类似案例:有个德国老外,一见到别人手就不受控制地行德军军礼，结果被关进监狱了，无论怎么解释警察都不听，最后多亏他的心理医生开具证明才被放出来。"

"我就知道不可能只有我一个人摊上这种事。"莫兰迪如释重负地说道，"哎，可怜的家伙，看来是哪个德军军官的灵魂侵入他手里去了。"

"可不是么，真是倒了大霉。跟他一比，你可真是撞了大运了，所以为什么要对此感到困扰呢？相信梵高就在你的左手里，画画如有神助，这感觉不是很爽吗？"

"确实如此，所以我之前从来没用绷带封印过他。可最近梵高出了点心理问题……我觉得他很有可能是患上抑郁症了，这才是我今天来这儿的原因。"

好家伙，不但左手住着梵高，这梵高居然还得了抑郁症！大漂亮觉得这场对话简直已经进入她完全无法理解的"量子领域"了。一旁的马镇谭却依旧从容淡定，认真地说道："原来是抑郁症，那我心里就有数了。麻烦小姐姐先解开一下绷带，让我看看梵高现在的状况吧。"

莫兰迪一时有些犹豫，不过纠结片刻后还是小心翼翼地拆起了绷带，边拆边说："梵高这两天的症状有些严重，你最好有个心理准备。"

终于，绷带被完全解了下来。大漂亮斜眼瞄着这边，想看看她到底能整出什么幺蛾子。也就在这时，神奇的一幕发生了：只见莫兰迪那只看似与常人无异的左手竟然不受控制地动起来，一会儿上一会儿下，像是在跳机械舞。

就这？大漂亮不禁勾起嘴角呵呵一笑。

不料，突然间，"跳机械舞"的左手突然癫痫一样乱晃起来，抖动一番后骤停，仿佛突然锁定目标一样伸向马镇谭，一把揪住了马镇谭的耳朵。马镇谭顿时一声哀号，"啊，痛痛痛！我的耳朵！"

马镇谭急得头冒冷汗，可比他更急的却是那只手的主人——"看到没有？梵高现在的抑郁症特别严重，看见耳朵就想割！我已经控制不了他了！"

"封印，封印！"感觉耳朵要被揪掉的马镇谭大声呼救，大漂亮只好无奈地拿起绷带给她一圈圈缠了回去，"行了，梵高，回去歇着吧！"

就这样，"梵高"终于冷静下来，再次被"封印"在了绷带之下。马镇谭不禁感慨："这梵高同学的抑郁症还真是相当严重啊，再任凭他发展下去，恐怕就要自我了断了。"

"是啊……"莫兰迪摸着左手的绷带愁眉不展地说道，"所以我只能靠你了，马医生。我真的不能失去梵高——当然，最重要的是，我真的不能失去我的左手啊！"

马镇谭摸着下巴思索起来，"你还记得他是从什么时候开始抑郁的吗？"

"大概一个月之前吧。"

"关于他抑郁的原因，你有什么头绪吗？"

莫兰迪一声叹息，"哎，一定是因为画不出他喜欢的颜色，所以才郁闷了。"

"此话怎讲？"

"梵高最喜欢高纯度的色彩了，尤其是明亮的黄色。可是最近一个月，他却怎么也调不出高纯度的颜色了，下笔都是高级灰。我怀疑我的左手有吸引灵体的特质，有别的画家的灵魂飘荡在附近，想抢夺他的位置。哎，这可怎么办呢，我不想让梵高的位置被抢走……

他的画风是现代人最喜欢的了,我担心他一旦离开我的左手,就再也没人喜欢我的画了……"

马镇谭托着腮沉默了。已经彻底无语的大漂亮乜斜着他,极度想要弄清楚这家伙脑子里到底在想什么——他是真觉得只要顺着她的话继续说下去就能治好这女孩的病吗?这一脸严肃、煞有介事的样子到底是怎么回事?

就在这时,马镇谭突然再次开口了,"我想,我已经知道该怎么治疗梵高的抑郁症了。

"真的?!"莫兰迪和大漂亮同时一脸惊讶地望向他。

"不过在此之前,我需要先给梵高做一个测试。"马镇谭一边说着一边从抽屉里抽出了一打原本为小朋友准备的彩色卡纸,"所以,麻烦你再解开一下封印吧。"

"好吧……"

虽然梵高刚才一度"情绪失控",但为了彻底解决问题,莫兰迪还是再次小心翼翼地解开了绷带。绷带完全解开的瞬间,那只看似与常人无异的左手又一次颤抖起来。可这一次,还不等它袭击马镇谭的耳朵,马镇谭就用一张黑色的卡纸挡住了它的去路。

"梵高同学,如果你能听懂我说的话,请回答我,这个颜色你喜欢吗?"

莫兰迪立刻作出一个"拒绝"的动作。

"那么梵高同学,"马镇谭又拿出一张黄色的卡纸,"请回答我,这个颜色你喜欢吗?"

这一次,莫兰迪毫不犹豫就摆出了一个"V"的手势。

大漂亮真是彻底被逗乐了:好家伙,这梵高居然还从左手扩散到全身了!马镇谭是真的直到现在都还相信她的话吗?都这样了他

233

还看不明白到底怎么回事吗？该不会是故意的吧！

等等，故意……

想到这儿的大漂亮突然全身一个激灵，再一次望向马镇谭。难道这家伙……

马镇谭又拿出了一张黄色的卡纸。与之前高纯度的黄色不同，这张卡纸的颜色纯度低了许多，看起来更像米黄色。"梵高同学，可以请你在这两个黄色中选出你更喜欢的那个吗？"

莫兰迪的左手下意识地向米黄色伸了过去，可即将抓到卡纸时却又停了下来，犹豫片刻后缩了回去，像病发一样再次开始乱颤，准备袭击马镇谭的耳朵。见状，大漂亮急忙再次抓起绷带缠住了莫兰迪的左手。

看着缠满绷带的左手，莫兰迪一脸焦虑地问："怎么样，马大夫？梵高还有救吗？"

不料这一次，马镇谭并没有直接回答她，而是斩钉截铁道："你的症状我已经全部弄明白了。小姐姐，现在我可以负责任地告诉你，你左手里的'梵高'同学根本就不存在。你画出来的那些画，作者只有一个，那就是你自己！"

"你说什么？！"莫兰迪一脸震惊，"为什么连你，连你也——"

"先别急，听我说。"马镇谭急忙安抚，"我相信你认为左手有自我意识这件事不是在说谎。这种病是确实存在，学名叫异手症。这种病一般是由'裂脑手术'引起的——有的人为了治疗癫痫，动手术把大脑左右半球之间的连接切断了，导致大脑无法完全控制双手。当然了也有一部分异手症是由别的疾病引发的，就比如一些心理上的疾病。所以说白了，这是一种病，而不是因为有谁的灵魂寄居在了你的左手里。"

莫兰迪一脸纠结，"可我确实画出了那些根本不像我能画出来的画呀……"

"这也是一开始最让我困惑的地方。"马镇谭说，"但是与你深入交流一番后，现在的我已经完全弄明白了。首先，我能深深体会到，你是打心眼里喜欢画画的，不然不可能在不被认可的情况下坚持这么多年，不是吗？"

莫兰迪点了点头，"确实。"

"一个发自内心喜欢画画的人，又从小到大坚持练习了那么多年，画技肯定相当娴熟。所以我推断，一开始大家不喜欢你的画，并不是因为你画得不好，只是因为你的风格太小众了而已。"

莫兰迪略一思忖，"的确，虽然大众并不喜欢我的画，但我的老师却一直夸我画得好。"

"果然如此。"马镇谭微笑着说道，"也就是说，你本身就具有画出后来那些画的能力。这与某些偶然获得自身不具备的能力的人是有本质区别的。"

"可就算我本来就有画出那些画的能力，也不能证明那些画就是我画出来的呀！那很明显是梵高的风格，跟我自己的风格完全不一样！"

"你不想承认那些画是你画出来的——我想这就是问题的关键所在了。"

当马镇谭说出这句话的时候，一旁的大漂亮终于恍然大悟了，"我懂了，这就是所谓的转移心理吧！"

"没错。"马镇谭打了个响指，"其实你心里很清楚，只要用鲜艳的色彩、画美丽的东西，像梵高的画那样，作品就一定能受到大家的欢迎，但艺术家的骄傲让你不想迎合大众的口味，甚至对此无比反感。但是，一直这样下去，你就不得不放弃自己最喜欢的绘画之路了。于是，为了能继续当画家，同时又不放下身为艺术家的骄傲，你创造出了'梵高'，让他控制了自己的左手，然后不断说服自己，那些迎合大众口味的画都是他画出来的，与自己无关，以此来让自己获得心理平衡。这就是你患上异手症的原因。"

"这怎么可能呢……不，你一定是在骗我……"莫兰迪震惊地望着自己的左手。

"可这就是事实。"马镇谭认真地说道，"你左手里的'梵高'并不存在，更没有得什么抑郁症，当然了，想要抢占他位置的灵魂也根本不存在。这一个月以来，你之所以不再画大众喜爱风格的画了，是因为你内心深处的潜意识在不断地告诉你：一直这样妥协下去不是办法，这并不是你真正想走的那条路，现在是时候找回初心，重新做回真正的自己了。"

听到这儿的大漂亮嘴角不自觉地勾起了一丝微笑。刚刚她还以为马镇谭是因为美女而失去了理智；而现在，马镇谭在她眼中完全变了一个人，理性而智慧，冷静而沉着，说出的话更是连她这个旁人听着都感动。

然而这位莫兰迪显然不是个好说服的主儿——连大漂亮这个无关人士都被马镇谭一番鼓舞人心的话感动了，她却说什么也不肯接受，拼命摇头，"不可能，这绝对不可能，你肯定是在骗我！在左手有自我意识之前，我从来没得到过这么多认可，所以一定不是我！"

这强硬的态度不禁让大漂亮犯了难。马镇谭似乎也没辙了，竟然指着桌上的手办道："我可以凭我所有'老婆'发誓，我绝对没有骗你。你画出来的那些画，作者只有一个，那就是你自己！"

莫兰迪顿时皱起了眉头。之前马镇谭顺着她的话说时她是各种崇拜之情溢于言表，现在却是上下打量着他表现出一脸嫌弃，"说你有老婆我怎么这么不信呢……"

马镇谭却毫无察觉般继续道："不信我不要紧，但是拜托，相信你自己吧！其实正是缺乏自信才让你无法接受现实，非要把左手幻想成梵高，就像没有老婆的男人……"

"喂……"

大漂亮也忍不住在一旁吐槽："是的，别信他，他所谓的'老婆'不过就是一柜子树脂小人儿。"

被戳到痛处的马镇谭立刻给了大漂亮一记白眼，"我神医马镇谭玉树临风潇洒倜傥，想'脱单'那还不是分分钟的事儿？"

"你就搁这儿吹吧！"大漂亮毫不留情地说道。

不料就在这时，马镇谭竟突然深情地握住莫兰迪的左手。莫兰迪不禁一愣。趁着她发愣，马镇谭再次开始了奇奇怪怪的"油腻"发言，一边不停抛媚眼。一边悄无声息地解她手上的绷带。

"不知小姐姐有对象了没？"马镇谭一边说着一边悄无声息地解起了她手上的绷带。

"没有，怎么了？"

"真巧，我也是！"

莫兰迪脸上的嫌弃之情愈发明显，不明所以的大漂亮也被恶心得不轻。

"那敢问小姐姐今年贵庚？"

"30，怎么了？"

"天哪，我也是！你说说，咱们这是啥缘分哪！"

看着疯狂抛媚眼的马镇谭,莫兰迪终于没忍住一巴掌呼了过去，附带一声大吼："缘分你个×子啊！"

一直在旁边等着看马镇谭出丑的大漂亮立刻毫不留情地哈哈大笑起来。不料,被打的马镇谭非但没有恼羞成怒,竟也跟着大漂亮一起咧嘴笑开了花,一脸兴奋地看向莫兰迪,大叫一声:"小、姐、姐!"

莫兰迪顿时就发怵了,不停用眼神向大漂亮求助,"等等,这人啥情况?"

大漂亮也笑不出来了,一脸惊呆状地看看马镇谭又看看她,耸着肩表示不清楚。

只听马镇谭兴奋道:"嘿嘿!你刚才是不是用左手打的我?"

莫兰迪一边向后缩一边说:"是啊,怎么了?"说完低头一看,这才发现自己的左手居然已经解开了"封印",不禁倒吸一口凉气,发出一声惊叫。

一旁的大漂亮这才恍然大悟——原来刚才恶心人的媚眼和奇怪的话语都是为了吸引莫兰迪的注意力,趁机解开她的绷带!哎,这个马镇谭!还真有两把刷子!

"这下你该相信了吧,你的左手不是别人,就是你自己啊!"马镇谭骄傲地说道。

精神受到巨大冲击的莫兰迪难以置信地看着自己的左手,试探性地举起来,向左扭了扭又向右扭了扭,接着又一巴掌朝着马镇谭的另一边脸打了过去。

"不是吧,又是得了抑郁症的'梵高'?"急忙抬起手臂格挡的马镇谭顿感欲哭无泪。

莫兰迪却道:"不,不是梵高,是我想揍你……"说着便收回手臂,"呜哇"一下哭了起来,"我完了,彻底完了,知道真相的我肯定再也没法说服自己画出那样的画了……没有了梵高,以后的我还怎么在这条路上继续走下去啊……再也不会有人喜欢我的画了，那些赞美和荣誉也都不会再有了……这可怎么办啊，呜呜呜……"

马镇谭再次犯起了难——谁能想到呢，解决了一个麻烦的问题，却蹦出来个更麻烦的问题！不料就在马镇谭一个头变两个大时，一旁一直沉默的大漂亮突然开口了，"什么怎么办？难道为了满足自己的虚荣心，一直做别人，这才是你期望的吗？"

莫兰迪忽然就不呜咽了，抬起头来皱着眉看向大漂亮，"你这话什么意思？"

"你又不蠢，什么意思这还不懂吗？"大漂亮毫不退却地说道，"对有些人来说，向大众审美妥协并不是什么难事——只要能名利双收，别说只是在审美上妥协一下了，就是要他们出卖灵魂都不是什么难事。但你不是这种人。你只有在被逼得走投无路时才肯妥协，甚至还要捏造一个并不存在的梵高出来才能勉强说服自己，不是吗？"

莫兰迪沉默了。

大漂亮则继续说道："没错，你骨子里就是这样一个骄傲的人。即使你在主观上说服了自己，潜意识也会不断跟你唱反调，让你幻想出来的梵高患上抑郁症的。所以，抛弃梵高，重新做回自己，对你来说是迟早的事。"

看着自己左手，莫兰迪一时若有所思。

见她的意志终于有所松动，大漂亮的语气也缓和下来，继续道："我知道，得不到别人的赞美和认可确实很痛苦，那感觉就像漆黑的夜晚在没有路灯的道路上行走一样，看不到任何前途，心里不停打退堂鼓，随时想要崩溃、想要放弃。其实不仅当画家是这样，当心理医生也是这样，所以总被人说'业务能力不强'，只能在这家伙身边混个助理的我其实很理解你的心情。但仔细想想，那些了不起的人不都是一个人摸着黑走过来的吗？"

一旁的马镇谭也补充道："是呀，梵高不也一样吗？的确，他的画现在大受欢迎，成了无价之宝，他的风格也成了艺术品位的代表，可在他活着的时候，作品也一样无人问津，一辈子只卖出去了一幅画，不是吗？"

"就是说嘛。"大漂亮点了点头，和马镇谭一起望向莫兰迪。

良久的沉默后，莫兰迪终于无奈地叹了口气，打破了这平静。情绪已经完全恢复正常的她说："你们说得对。既然选择了做自己热爱的事，就该有为之献出一切的觉悟，而不该轻易地妥协。之前因为一直得不到认可就坚持不下去的我，果然还是觉悟太差了。现在是时候抛弃虚荣心，做回真正的自己了。"

马镇谭和大漂亮不禁默契地相视一笑。

"哦，对了，看来我一开始对这位女助理的评价有失偏颇了呢。"莫兰迪又说道，"你们两个都是很优秀的心理医生，我今天还真是来对了。"

听到这儿的大漂亮心里美滋滋的，嘴上却谦虚地说着"哪里哪里"。此刻她深深体会到，被人认可的滋味可太美妙了，不禁对能够放下虚荣心面对现实的莫兰迪产生了一丝敬佩。

莫兰迪说："虽然很想跟你们继续聊天，但现在的我已经迫不及待想要回去画画了。"说完微笑着向两人摆了摆手——那只左手从今以后再也不用缠着绷带了。

就这样，又一个人的心理问题顺利得以解决了。

送走莫兰迪后，颇有成就感的马镇谭心情无比舒畅，半开玩笑地说道："哎，瞧我这木鱼脑袋，居然都忘记了跟小姐姐加个微信，真是可惜！"说着看向大漂亮，却发现这家伙的情绪好像有点不对劲，在一旁拉着脸沉默不语,像是刚丢了一百块钱一样。

"又帮一个人解决了心理问题,多好的事呀,怎么一脸不开心呢?要不我今天中午请你吃方便面吧,犒劳犒劳你这位优秀的助理!"

大漂亮终于抬起眼来瞅向马镇谭,却依旧一脸的不开心,"所以直到现在,我在你眼里就只是一个小助理,是吗?"

马镇谭突然沉默了。

大漂亮的心跳莫名地加速起来。而就在这时,马镇谭抬起头来,一本正经地摸着下巴说道:"不得不承认,你确实比刚来诊所时优秀了许多,但不要以为这点程度就能得到我的认可。想要成为独当一面的心理医生,你还有很长的路要走呢。所以,奋斗吧,大力女金刚!"

话音刚落,一个抱枕忽然就朝着马镇谭的脑袋飞了过去,还伴着一声怒吼,"你这个死宅男!"

被抱枕"糊脸"的马镇谭不禁一个头变两个大,在心中暗暗吐槽女人真是难伺候——本来想逗乐她,没想到却莫名其妙让她更加火大了。

此时的大漂亮确实一肚子火,咬着下嘴唇喘着粗气死死瞪着马镇谭,越想越来气:这个男人明明不是个粗心大意的家伙,总能察觉到病人内心最敏感的情绪,用巧妙的方法帮人解决问题。大漂亮真心觉得,如果他能把十分之一的细心和敏感用在自己身上,都不至于把她气成这样。当然了,这些心里话,她是绝对不会告诉马镇谭的。

"姑奶奶,我到底是怎么惹着你了,你告诉我不行吗?"马镇谭求饶似的说道。

"不是你的问题。"大漂亮勾起嘴角冷冷一笑，说道，"我只是强迫症犯了，看到你衬衫上那颗没缝完的纽扣连着线挂在那里，感到极其不适。来，师兄，就让师妹我帮你把它牢牢缝好吧！"

马镇谭的脸上顿时露出末日将至的表情，师妹啊，你这是被容嬷嬷附体了吗？苍天哪！救救我吧！……

第十九章　酒精依赖症老板的苦衷

今年公司的利润比去年翻了一倍，可以预见年终奖肯定不会少。

下午是年终总结大会，听说老板猛哥会当场给先进员工发大红包。公司全体员工都喜气洋洋的，有这么个带头冲锋陷阵、敢闯敢干的老板，再加上出手又大方，他们以后的生活有盼头了。

在运动员进行曲作为背景音乐映衬下，礼堂里已经熙熙攘攘地坐满了人，舞台上方挂着大红色的年终表彰大会的横幅，舞台中央的桌子上摞着厚厚一沓红包，让员工们群情激昂，盼望着会议快点开始。

中午的饭局猛哥刚喝了大酒，一口气吹了一整瓶白酒，不放个大招摆不平业务。

明年的订单来回谈判了好几轮，客户却迟迟不肯签字。

"需求量这么大，你们能保证供应吗？我们可是上市公司，业绩对赌协议就是悬在头顶的一把剑，猛哥，不是我不信任你，万一你们要是掉链子了，我这个采购部长可就要嗝儿屁了。"

客户的犹豫迟疑也在情理之中，毕竟市场竞争这么激烈，生产又有周期时间的要求，万一到时间交不了货，一环扣一环，下游客户全都要炸锅。

"交货这事儿，您就放一百二十个心，我猛哥会亲自在车间盯着，到时候铁定一件不少地送到贵公司。"猛哥见对方还是面带犹豫，便拿起一旁刚开封的白酒。

"东风吹，战鼓擂，今天我就在这儿给您立下军令状，干了这瓶白的当做宣誓，三个月后要是交不了货，我猛哥提头来见！"

"啊？那可是一整瓶！"客户惊呆了，只见猛哥对着酒瓶，将一整瓶高度白酒，咣咣咣一饮而尽。

"张总，怎么样？我就问你，信、不信得过我？"猛哥说话已经是舌头打结了，摇着空酒瓶子问客户。

"信你，绝对相信你，哎呀，老猛啊，你也太拼了，有这股拼劲儿，真是什么事都难不到你！"客户被猛哥的狠劲吓住了，那可是正儿八经的高度白酒，一瓶至少有一斤吧，就这么当白开水似的灌下去，铁打的人也受不住吧？这猛哥果然为了公司什么都能豁得出去。

就这样，明年公司最大的订单终于签了下来。

猛哥结束饭局摇摇晃晃地赶回公司，一脚深一脚浅地步入会场，白秘书拿着演讲稿迎上去，"老大，你这是又喝大了？"

"没事，就一斤白的，合同总算搞定。"猛哥踉跄着眼看就要跌倒，被白秘书一把扶住，他招呼同事快倒杯浓茶来，便挽着猛哥落座第一排。

"老大，您先歇会儿，这是您的稿子，一会儿照着念就行，接下来还有给先进员工颁奖的流程，您还能不能上？要是不行的话，我请吴副总来主持。"白秘书低头请示老板。

猛哥大手一挥，"能上，不就讲个话颁个奖么，小菜一碟。"

背景音乐停止，"下面有请董事长上台进行年度总结。"白秘书把神色迷离的猛哥摇醒，"老大，该上场了。"

猛哥用力拍了拍脸，被白秘书挽着上了台，"过去的一年，充满了机遇和挑战，我们上下一心，齐心协力，谱写了一曲宏伟的篇章。全年完成营业额……"猛哥强撑着眼皮念着稿子，酒劲上涌，冲乱了思绪，他念着念着突然卡住了。

白秘书端着浓茶小跑上台递给老板，低语道："快，喝两口，醒醒酒。"

猛哥看着杯中琥珀色的液体，"好，干了！"一饮而尽。

"唔，这是什么酒？洋酒吗？一股子苦味。"猛哥含糊的话音从话筒中传出。

白秘书还没来得及上前拦住他，视线模糊的猛哥跌跌撞撞地朝舞台中央的桌子走去。

"兄弟，我已经干了，一杯情，二杯意，三杯才是好兄弟。一杯干，二杯敬，三杯喝出真感情。"

"来来来，拿酒来，我要和这位兄弟干上三杯。"猛哥恍惚间以为自己又走进了酒店的包厢，把桌子认作是客户。

"兄弟，我跟你说，这酒，至少要三杯起步，俗话说得好哇，一杯金，二杯银，三杯喝个聚宝盆，干了这三杯酒，咱俩以后除了合作伙伴，还是拜把子的好兄弟。"猛哥酒精上头，神志不清，开始胡言乱语。

台下员工面面相觑，纷纷交头接耳，老板这是闹哪出？年终总结之外，即兴表演小品吗？这是什么情况？

白秘书大呼不妙，冲到舞台中央夺下猛哥的话筒，架着猛哥就赶紧下台。

"因董事长身体不适，年度总结大会下面由吴副总主持。"白秘书把话筒交给吴副总救场，好在这是在咱自己公司，没惹出什么大麻烦。

猛哥被扶进休息室，高喊几句"再来一杯"后，就瘫倒在沙发上昏睡过去。

白秘书无奈地守在一旁，暗叹老板这一年多来，应酬酒局频繁不说，喝得也越来越多。每天早、中、晚加夜宵，每顿至少八两起步。

从一开始的人在江湖身不由己的不得不喝，发展到如今无酒不欢、嗜酒如命、因酒误事，甚至已经分不清何时宿醉，何时清醒，满嘴秃噜跑火车是常有的事。

唉，接下来公司的工作要怎么开展下去，又不能放任猛哥不管，毕竟自己是他一手提携起来的。

尽管开场被猛哥醉酒的小插曲干扰，但年度总结表彰大会还是顺利结束了，为了明年的生产计划能万无一失，接下来就是召开供应商大会的重头戏。

猛哥包下五星级酒店的宴会厅，隆重举行与三十多家供应商的签约仪式，要想按时交货，每一个环节都必须严丝合缝，谁都不能临时变卦掉链子。

白秘书再三嘱咐猛哥别喝多，可是中午和展览中心的碰头会，猛哥为了黄金展位还是和对方老总干了两瓶红酒，"让我们公司的展位去当门面，那绝对是为城市争光。"猛哥喝得面红耳赤，侃起大山来滔滔不绝。

"可是入口那个黄金展位已经被人订了，你们可以选别的位置嘛。"展览中心负责人表示无法通融，"他们只订了一个展位，孤零零的能起到广告示范作用吗,我们要订就订一排展位,够场面才有气势,来来来,就这么说定了,这瓶红酒我干了,您随意。"

一斤半的红酒下肚,展会的黄金展位总算订了下来,尽管多付了两倍的钱,但总算把展览门面盘了下来,一年一度的春交会,是达成各项合作的最佳契机。

白秘书在酒店终于等到前来主持供应商大会的老板猛哥,十里飘香的酒气让他又有种不祥的预感。天灵灵地灵灵,老大你可别再出什么幺蛾子!为了保险起见,白秘书又急召吴副总过来帮忙。

"老大,今天供应商大会至关重要,您务必小心行事。"白秘书扶住猛哥交代道。

"放心吧,小菜一碟,供应商全到了?"猛哥接过白秘书递来的湿毛巾,擦了一把脸。

"嗯,一共三十二家全到了。会议流程是您先宣讲咱们的生产计划,然后就是现场讨论,接下来就是签协议,结束之后安排晚宴招待。"白秘书介绍着,祈祷着这种关键场合,猛哥可务必要保持清醒,不然供应商要是谈崩了,明年订单全得黄。

猛哥以热情洋溢的开场白欢迎供应商朋友到来,按照白秘书制作精良的年度生产计划PPT,按部就班宣讲下去,眼看大会就要成功在望了。

猛哥头脑昏沉地支持了大半个小时,红酒强烈的酒劲游走在他的五脏六腑,他不胜酒力侵扰坐了下来,端起茶杯喝了两口想缓一缓,眼前影像却又开始混沌不清,他恍惚间又回到了酒局圆桌。

"来来来,今天我是主陪,带头先干三杯为敬,市场经济做生意,快将白酒喝三盅。日出江花红胜火,诸位业务更红火。"说完就将杯中茶水一饮而尽。

247

"一杯干，二杯敬，三杯喝出真感情。"猛哥连着三杯茶水下肚，让会议桌旁的一众供应商目瞪口呆。

大家诧异地望着猛哥自斟自饮，刚才老猛不还挺正常，怎么突然劝起酒来，还没到晚饭喝酒的时候，怎么自己就先嗨上了？

真是怕什么来什么！

白秘书一个头两个大，正搜肠刮肚考虑要怎么救场，猛哥突然站起来，指着对面的白秘书说，"我主陪敬完三杯了，现在轮到你这个副陪上，你来给大伙走一个，要想客人喝得好，副陪要把主陪干倒！"

"干，我们出去干，不好意思，会议后面交由吴副总主持，大家继续，继续。"白秘书双手抱拳向在座供应商致歉，向吴副总使了个眼色，吴副总会意，立即顶上猛哥的空缺，"我们董事长盛情难却，这是为了招待各位的晚宴提前彩排宴会祝酒词，我们继续……"

白秘书架着猛哥迅速离开包间，猛哥眼神迷蒙嚷嚷着，"怎么，怎么就走了，小白，你这个副陪还没敬酒呢？"

没走几步，猛哥"哇"地一口吐了一地，瞬间酒气冲天，"不好意思，麻烦过来打扫一下，相关费用记在我们公司账上。"白秘书满怀歉意地招呼酒店保洁员来清洁，一面加快脚步扶着猛哥离开。

此地不宜久留，指不定猛哥又要捅出什么娄子呢？

两人终于上了车，司机问下一站去哪儿，是不是回公司。

白秘书咬着牙思索片刻，"去医院。哦不，去诊所，去心理诊所。"心病还需心药医，猛哥这是得了酒病，不治好病以后救场这种事儿没个完。

司机搜索地图，距离最近的是"马镇谭心理诊所"。

马镇谭瘫在椅子上正听着相声，笑得东倒西歪，敏感的鼻子捕捉到空气中的异常气味，连打了几个大喷嚏，"有人要来！"他语气笃定。

"没人预约呀，怎么，你又闻到卫大导演身上的鸡鸭猪肉味儿了？"大漂亮笑着问，"福尔摩斯神犬！"

马镇谭摇头，"这次来的可不一般，是个酒缸！"他用力地吸了一口气，"光闻着就很上头，有八二年的拉菲，九七年的茅台，还有一二年的XO，二厂的青岛啤，白俄罗斯的威士忌。我已经有点晕了，酒劲太大。何止是酒缸，简直是酒桶！"马镇谭作势抚额似是不胜酒力。

"这么些高档大牌的酒，估计你这辈子喝都没喝过，你就可劲儿吹吧！"大漂亮鄙夷地奚落道。

话音刚落，一个白净斯文的年青人架着一位西装革履的中年男子步入诊室，"请问这里是心理诊所吗？"

"请进，这是怎么了，受伤昏迷了？我们这里是心理诊所，外伤建议您去医院。"大漂亮帮忙扶着不省人事的中年男子，果然，一股浓郁的酒味，马镇谭这狗鼻子还挺灵。

"没受伤，就是喝多了，我也是实在没办法了。"白秘书自我介绍之后，将猛哥扶上沙发躺下。

"这是我老板猛哥，唉，他天天喝，顿顿喝，每天喝酒比喝水还多，怎么劝都没用，还经常犯迷糊，见人就敬酒。他倒是无所谓，可苦了我，跟在他屁股后面成天提心吊胆的。"白秘书把压抑在心中的苦水一口气全倒了出来。

"今天，就刚才，差点又要出岔子，我是一点招儿都没有，可愁死我了。"年轻的白秘书有着与其年纪不相符的老成。

马镇谭判断这是极具责任心的秘书与酒精依赖症的老板之间不

可调和的矛盾，一个追求完美，谨慎负责，另一个大大咧咧，豪爽不拘小节。

此时，醉酒的猛哥悠悠转醒，四下环顾后，坐了起来。

"小白，这是转场了？供应商晚宴安排在这里？"还没等白秘书开口解释，猛哥就自来熟地上前搂住马镇谭的肩膀，"哎哟，兄弟，有日子没见面了，你是那个钢管厂的小罗吧，明年一定要多照顾你大哥我。"

浓烈的酒气刺激着马镇谭的鼻黏膜，他又打了好几个喷嚏，"小兄弟，你这是受凉了吧，来来来，小白，拿白酒来，喝上二两祛祛寒，酒能治百病。"

白秘书无奈地递上一杯白开水，向马镇谭低语，"喏，就是这样，喝多了之后，认不清人，满口胡话。"

"这是幻视，妄想，意识错乱，酒精依赖症患者的典型症状。"马镇谭轻声解释，接过白开水，配合地一饮而尽，"猛哥，我喝完酒咋觉得头更疼了呢？哎哟。"他故意抚着额头，一脸痛苦。

"喏，那就是酒没喝够，一两二两漱漱口，三两四两不算酒，再给你满上，你大哥我陪上。"猛哥拿起桌上的茶杯，咕咚几下全干了，嘟囔着，"小白，你这是什么酒，怎么一点味都没有。"转而又搂住马镇谭的肩膀套近乎，"小罗，生死之交一碗酒，你有我有全都有，咱俩算是结下拜把子的交情了，明年你们的钢管供应，你必须优先照顾你大哥。"

马镇谭整理了一下头发，摆了一个自认为英俊不凡的姿势。

"您瞧好了，我可不是什么小罗，我是天界下凡的神仙，太上老君，我师伯是太乙真人。"

"扑哧！"大漂亮笑喷了，一胳膊肘捅了过去，"别贫了，这是又闹哪出？是不是还要给你洒点干冰，让你腾云驾雾而来？"

"这叫森田疗法，先顺其自然，神医我自有主张。"马镇谭压低了声音。

"太上老君？小白，是我迷糊了，还是他脑筋短路了？"猛哥一个激灵环顾四周，"这儿好像不是酒店，今天不是要开供应商大会吗？"

白秘书耐着性子把之前发生的事一五一十地说了，"老大，我都不敢让你在酒店停留，你是没看到当时那些供应商的表情，你能不能行行好，别再喝酒了。我除了当秘书，还得兼职当你保姆，当老妈子，时刻留意你的行踪去向，生怕你喝多了栽在外头，有个三长两短的。"白秘书将积聚多时的怨气尽数道出，掰着手指头开始数落猛哥，哪次喝多了，闹了什么糟心事，哪次又让他火急火燎地救场补救，"唉，说多了都是泪，都是你喝酒害的。"

马镇谭抚了抚下巴，装作摸着他那并不存在的白胡子。

"施主，听老道一声劝，酒是穿肠毒药，色是刮骨钢刀，财是下山猛虎，气是雷烟火炮，四字并在一处，不差半点分毫，劝君莫贪为高，胜似修仙得道。"

大漂亮忍不住又扑哧笑场了，小声揶揄，"你这词一套一套的，顺溜得像那个推销员李小齐，说，你是不是也犯病了？"

马镇谭捂嘴悄声说，"刚才听相声学的词，现学现卖，你这是在夸我有表演天赋吗？要不帮我联系一下女演员袁莉莉，也给我安排个试镜，说不定能选上当男一号。"

"别东拉西扯了，看这位大叔酒瘾大得很，快想办法帮他戒了吧，不然这个小秘书要先得焦虑症了。"

猛哥看着面前神色各异的三人，丈二和尚摸不着头脑，"我一喝就喝高，经常闹笑话，我承认是我不对，给小白添了不少麻烦。"

"不过这位小兄弟，你也不能太欺负人，我只是喝多了有点犯迷糊，但也不傻，这大白天的你装神仙下凡是几个意思。"

马镇谭微微一笑，"看来您这酒精依赖症也还没严重到要送院治疗的地步，基本的辨识能力还是有的。酒，也是一种软性毒品，长期过量饮用，会导致意识错乱和神经障碍。这里是马镇谭的心理诊所，我是心理医生马镇谭。"

"老大，我送您到心理诊所戒酒来了，为了咱公司的未来，您真不能再喝下去了。"白秘书目光诚恳地望着猛哥。

"嗯，我懂，都怪我。"猛哥叹了口气，满脸都是心酸，"但是无酒不成宴，生意场上少不了应酬。我也是人在江湖，身不由己。"

"猛老板，您除了酒后出现错乱和幻视，还有没有感到消化吸收变差，抵抗力下降？另外，有没有记忆力减退，半夜睡觉呼吸不畅的症状？"马镇谭询问，这些都是慢性酒精中毒的症状，坊间流传的"感情深，一口闷，感情浅，舔一舔"，实在是反科学反健康，害人不浅。

"医生，您怎么什么都知道，喝多了我就半夜喘不上气，经常爱忘事，天气一凉容易感冒，胃口也确实不行，胸口堵得慌，你看我这肚子，"猛哥"啪"的一下拍在圆滚滚的肚皮上，"啤酒肚，脂肪肝，三高，一个都不少。"

"猛老板，我说句不中听的话，按照您这个喝法，再喝个一年半载，运气好的话，被送进正规医院隔离戒酒，服用那曲酮类药物，住院半年戒除酒瘾。"

"要是倒霉点的话，得上个冠心病、血管痉挛、呼吸肌麻痹、肝硬化、肝癌，我这绝不是吓唬你，你要是想让公司正常经营下去，建议现在当着白秘书的面，就选好未来的接班人，同时立好遗嘱，安排好后事。"马镇谭异常严肃地说。

让酒精依赖症患者下决心戒酒的关键，还是必须让病人深刻理解酗酒的危害性，不然一离开诊所，这位长期热衷于应酬的老板转身就能打回原形，能喝一斤的，再逞强喝一桶，变成行走的"人肉酒桶"。

"听见没，马医生都这么说了，老大，您听没听进去啊，您可不能撒手归西，扔下我一个人。"白秘书讲话略带鼻音，已经急得眼角都湿润了。幸亏今天上诊所来，不然指不定哪天猛哥就突然暴毙了，真是吓死人。

"医生，你说的都是真的？酒真能喝死人？你看我这症状，黄土埋到哪儿了？"猛哥有些害怕起来，马镇谭上前翻了翻猛哥的眼皮，检查了下舌苔，"慢性酒精中毒，依我看，黄土已经埋到脖子了，你再喝个二三十斤白酒、白兰地、伏特加，就可以拉去殡仪馆准备下葬了。"

猛哥被吓得六神无主，脸色煞白，"我戒酒！一定戒！我可不能这么早就把小命交待了。唉，其实一开始，我是滴酒不沾的。"

大漂亮见马镇谭话讲得有点重了，便安慰道："你放宽心，戒酒只要有决心，是一定能戒得掉的。那你是怎么从滴酒不沾，变成现在无酒不欢的？"

猛哥面露疲态，这些年创业的艰辛一幕幕地浮现在眼前，"我是技术员出身，以前只知道设计图纸，从来也没跑过市场，更不需要去喝酒应酬。"

"后来，前东家经营不善倒闭了，我们整个小组的同事一起开了现在的公司，大家都是技术员，有的还酒精过敏，就推选我出来领这个头。谈业务就谈业务嘛，喝什么酒！一开始我也没意识到应酬的重要性。"

"后来发现业务想做大，必须主动和人套近乎，攀交情，发展人脉圈子。而酒局饭局，就是最好的交流渠道。"

"技术组加了一个月的班好不容易赶出来的产品，客户却并不买账，问也问不出什么所以然，我攒了个局，喝了几顿酒之后，对方终于给我交了底，什么型号问题，价格比较以及他们内部的意见，我们回去赶工把产品一改，行了，签下了第一单大买卖。"

"打那次以后，我发现喝酒不仅能拉近人际关系，酒桌上还能吐真言，解决问题。酒这玩意，真是生意场上的必杀神器，一顿不行，就喝两顿，慢慢就依赖用喝酒来打天下了。"

"发展到现在，喝酒谈事，喝酒伤身，我这工作的焦点就似乎只在酒上了。酒是穿肠毒药，医生，您说得很对。"猛哥语重心长的一番话，倒让一旁的白秘书有些自责起来。

当你觉得生活很容易的时候，一定是有人替你承担了背后的不容易。白秘书总是埋怨猛哥爱喝酒，却从未过问他为什么去喝酒。

"那马医生，我老板应该怎么戒酒？这饭局应酬是躲也躲不掉的呀。"白秘书问。

"首先，不妨把酒局变成其他活动，比如，老板们不都喜欢打高尔夫、桌球什么的么，拉近人际关系，还是要发展共同爱好，把酒友变成球友，共同运动健身，这过程中不是也能谈生意吗？"马镇谭建议。

"除了高尔夫，你还可以去练跆拳道啊，我可以当陪练，黑道高手在此。"大漂亮显摆着。

"你拉倒吧，还当陪练？下手没个轻重的，上次我就差点被你打成残废了，一点都不知道'怜香惜玉'。"马镇谭回想舅舅大驾光临当董事长,要搞KPI考核那次,他脚指头差点被大漂亮踩断,"你说我容易么,上辈子欠你的,快被你打死了,还要硬挺着。"

"打是亲,骂是爱,掐你是和你谈恋爱,你懂什么,这是咱俩关系好的表现。"大漂亮反唇相讥。

"继续说回戒酒。"马镇谭把话题扯回来,"这第二点,需要白秘书多费心了。"

"医生,您说,我一定照办。"白秘书铁了心要帮老板戒酒。

"白秘书,想必猛老板私藏了不少好酒吧?"马镇谭问,"那当然,公司好几个酒柜,车里还常备好几箱。"白秘书回答。

"那麻烦你把猛老板的所有存酒、酒杯全部收起来,别让他看见酒,不能让他肚子里的酒虫子有任何喘息的机会。把喝酒改成吃水果,或者该喝酒的时候,一起出去跑步兜风、看电视、看电影,用新的饮食和生活习惯,去取代喝酒,坚持一段时间,相信就能告别酒瘾了。"

"马医生,我记住了。老大,你必须听话!"白秘书果然像个老妈子。

"行,以后我约别人老总,就约在保龄球馆、高尔夫球场什么的,也好减减我这肚子。"猛哥呵呵一笑,拍着肚子上的肉,"今天立下军令状,说到做到,要是我猛哥戒不了酒,提头来见二位。"

马镇谭和大漂亮呼吸一滞,这大哥,果然是个猛人。

送走了两人,马镇谭倚在门框旁,向大漂亮风骚地抛了个媚眼。

"什么毛病,眼睛抽筋了,别杵在那儿,挡路!"大漂亮没好气地说。

"打是亲,骂是爱,掐你是和我谈恋爱。所以,师妹,你其实是一直在追求人家喽。"马镇谭妖娆地扭了扭腰,"我就说嘛,我神医的魅力，所向披靡，方圆百里之内，无人能挡。"

大漂亮一拳抡过去，"打你是因为你欠揍，三天不打上房揭瓦，我看你也病得不轻，钟情妄想症！"

"嗷！"马镇谭捂着脸哀号，"都跟你说了多少次了，能不能不要打脸，好歹我也算是诊所的门面……"

第二十章　多动网瘾少年的游戏世界

晚上八点，到时间了，排位赛要开始了！

十三岁的男孩阿耀匆匆放下笔，合上作业本，火速开启电脑登录 CS 游戏，戴上耳机。

好家伙，游戏又更新上线不少新装备，他查了一下积分，爽快地购入最新的瞄准镜，今晚的活动是巅峰排位赛，他扫了一眼，奖品是精英勋章，属钻石段位的勋章最酷，一定要赢到，他的无敌特种兵卡尔，加油，冲啊！

外面客厅里，阿耀的母亲虹姐接到班主任的电话，"阿耀妈妈，你家阿耀是不是晚上睡得太晚了？好几个任课老师向我反映，他上课总是打瞌睡，我也让班干部观察了一下，阿耀有时候在课堂一睡就是两节课。"

虹姐很惊讶，"不可能啊，他每天晚上十点关灯睡觉，怎么还会在课堂上打瞌睡。"

"阿耀妈妈，你好好观察一下，现在他正值青春叛逆期，这个学期各科成绩也一直在退步，我找他谈了几次话，这孩子却一句话也不说，我也猜不透他在想什么，好像心思完全不在学习上。"班主任有些无奈，学校要求升学率达标，班上有些成绩差的问题少年又是油盐不进，打不得也骂不得，除了找家长，似乎也没有更好的办法。

虹姐连连抱歉，儿子让老师费心了，她一定想办法好好管教。

真是奇了怪了，阿耀这孩子每天十点准时关灯睡觉，怎么会困成这样？上课还睡觉？每天放学回家就学习，怎么成绩却越来越差？虹姐推开书房门，阿耀当即缩小游戏界面，点开英语听说训练手册，装作在听英语，摇头晃脑地背单词。

"儿子，别太累了，早点睡。"虹姐表面保持平静，心里却决定半夜起来一探究竟。

半夜两点，虹姐轻手轻脚地起来，小心翼翼地推开书房门，只见阿耀正在全神贯注地坐在电脑前打着CS游戏。

"啪"，日光灯被打开。

"好你个小兔崽子，怪不得老师说你白天上课都在课堂上睡觉，原来是半夜起来玩游戏！"虹姐气急了，拿起鸡毛掸子就往阿耀身上抽。

阿耀抱头躲避，逃回了自己房间，反锁房门，任由虹姐在外面喊破喉咙也不开门。

翅膀硬了？还敢顽强抵抗！也不知道他这种熬更守夜打游戏不学习的情况持续多久了！

虹姐气得一晚上没睡着，思前想后，要想让儿子不玩游戏，只能把家里电脑带到公司去。对了，还有无线路由器，也得拆了，游戏手柄也必须没收。

真是不省心！

大清早，上班的虹姐抱着一个大纸箱子来到办公室，同事问她这是搬什么东西，她向同事大吐苦水，抱怨自己生了这么不听话疯狂玩游戏的儿子。

"别急，别急。"同事好言安慰，"咱公司销售部的那个李小齐，对，就是那个推销狂，你有没有发现他近段时间正常了不少？"

虹姐点点头，"昨天在饭堂吃饭，我还和他坐一桌来着，他还挺逗的，你别说，他真是一个字都没提卖保险。"

"听说他去找了个心理医生，把乱推销的毛病给治好了，我看你儿子，估计也是这方面的问题，最好也去看看。"虹姐谢过同事，就去公司销售部问李小齐，心理医生能不能治他儿子这种病。

"这小孩子贪玩是天性，当然沉迷得太过分就不对了。"

"虹姐，关于这个少年儿童的健康成长，有一种投资教育险，就是用投资理财的回报来支付……"李小齐说着说着发现自己又跑题了。

"建立自恋的防御机制，情感隔离。"马镇谭的心理建议回响在耳边。

"要往回拽！"李小齐把几乎脱口而出的保险产品介绍词硬生生地咽了回去。

"什么往回拽？"虹姐没听明白。

"哦，我的意思是，要把小孩子从游戏世界里拽出来，往现实世界里拽。"

"对，太对了！不过，具体要怎么拽？我和阿耀讲话，他完全不听啊！"虹姐是一点招儿都没了，"打也打了，骂也骂了，什么用都没有，现在的小孩可有性格了。"

"虹姐,建议你带儿子去马医生的心理诊所看看,诊所不大,医生挺年轻和气的,专业水平也不错,一男一女,都长得挺俊的。对了,我给你找找名片。"

马镇谭心理诊所,虹姐接过名片,行,明天就去。

虹姐下班回家,正打算好好和儿子谈谈去看心理医生的事,一打开房门,眼前的景象几乎把她气晕过去。

阿耀把客厅的电视机、书架、茶几全拆了,满地的木板、玻璃、电视机零配件。阿耀抬头看了一眼刚进屋的虹姐,继续低下头用起子拧螺丝。

"小祖宗,你这是在干什么呀!"虹姐气血上涌,怒气堵在嗓子眼,她觉得自己快疯了。

"你不让我打游戏,我作业全做完了,又没事可干,就拆开这些东西看看,研究一下里面是什么构造呗。"阿耀一副何必大惊小怪的表情。

"你做完作业,就不能复习一下功课,看看书?非要,非要!你,你把家具电器全拆了,我们家要怎么生活?"虹姐深呼吸几口气,告诫自己要冷静,世界如此美妙,我却如此暴躁,不好,不好。

"先拆了才能再装起来啊,一会儿全给你装好就是了。"阿耀云淡风轻地冒出一句。

虹姐忍无可忍,当即致电班主任请假,明天带阿耀去看心理医生。

拆开的家具和电器,阿耀确实也都组装回去了,只不过电视机开不了了,茶几放不平了,书架也立不住了,还额外多出来一堆螺丝钉和电子元器件,不知该装在哪个家具电器上。

"看来下次拆的时候,应该先画个图记下来。"阿耀对着一地的零件喃喃自语。

"什么？还有下次？你能不能学乖一点，别再折腾我了！"虹姐气得快背过气去，明天除了去心理诊所，还得约维修师傅上门修家具、电视。

这个宇宙无敌破坏大王！我怎么会生出这么个熊孩子！

阿耀却是一脸无辜的表情，耸耸肩说道："不行就多练练嘛，一回生，二回熟，从青铜到王者的晋级，从游戏出局到排位赛得冠军，失败乃成功之母嘛，多拆几次，多多练习，就能组装成功了。"

"还要多拆几次？"虹姐掐着自己的人中防止自己晕倒。

我是不是应该把家里的所有电器全打包，带到公司藏起来，才能免遭这熊孩子的毒手？

家有熊孩子，可以分分钟被气得原地爆炸、精神失常。

大漂亮拎着个大盒子快递去上班，一到诊所就急不可耐地拆箱，马镇谭在一旁好奇地瞄了几眼，"拆什么好东西呢？"

"萌宠游戏机，我的猫咪宝贝，妈妈最爱你了。"大漂亮打开箱子取出游戏机，屏幕里猫咪萌萌的大眼睛，把她的心都融化了。

"呃，我以为你网购的是拳击手套，这，这种少女心的东西，真不像是你会买的。"

马镇谭冷眼瞧着大漂亮抱着游戏机那副陶醉的表情，感叹女人真是奇怪的动物，时而化身喷射火焰的哥斯拉，时而又变成呆萌软糯的小猫，怎么看都是得了重度精神分裂症，为了个人安全，还是保持距离为妙。

"你个木鱼脑袋，懂什么。"大漂亮白了他一眼，开始玩起猫咪养成游戏，屏幕上的猫咪伸爪撒娇，"喵喵"声不绝于耳。

"咚咚咚——"一名四十多岁的中年妇女敲开诊所大门，马镇谭上前迎接。

"我是不是走错了，这里是宠物店？"妇女问，里面是养了一屋子猫吗？

"不，这里是马镇谭心理诊所，我是心理医生马镇谭，您是来做心理咨询的？"马镇谭介绍着，将妇女迎进屋。

"不是我，是我儿子，哎，他人呢？"妇女回头，并不见儿子身影，急得大喊："阿耀，阿耀！"

"嗯？小孩，你从哪儿冒出来的？"正盯着屏幕喂猫的大漂亮，发现自己脚边不知何时蹲着一个十来岁的瘦削男孩。

"这种宠物养成游戏是十年前开发的低幼游戏，你这么大岁数了，现在还玩这个，你也太落伍了！"阿耀神情轻蔑地站了起来。

"你这小孩，怎么说话的！说谁岁数大！"大漂亮微怒。

"阿耀，没礼貌，快过来！"妇女一把拉住男孩的胳膊，"一天到晚到处乱跑，没有一刻消停，不能乱讲话，听到没有。"

"不好意思，马医生，我是李小齐的同事，是他介绍我来的，叫我虹姐就行，这是我儿子阿耀，今天主要是带他来看病。"虹姐拉着阿耀介绍，阿耀不耐烦地挣脱母亲的手，冷哼了一声，"我没病！是她要来的，你们先给她看看。"

"你这个小兔崽子，真是不识好歹！"虹姐的怒火再度被点燃。

"别急，有话好好说，先坐下。"马镇谭劝母子落座，大漂亮关上游戏机拿了笔记本加入。

这对母子，是暴躁老妈与叛逆儿子的组合，简直就是浓硫酸中加入高锰酸钾，一碰就爆炸。

"具体是遇到什么问题了，虹姐您慢慢说。"马镇谭进入正题，坐在一旁的阿耀却站了起来，在诊室里四处游走，摸摸看看，"阿耀！"虹姐喊道，"你给我好好坐着。"

"我坐不住。"阿耀抛下一句话,便推着马镇谭的办公椅转圈玩起来。

"没事,小儿多动症,先让他玩一会儿。"马镇谭摆摆手,看来这孩子的敌对心理很重,要慢慢来。

"您先说。"

"阿耀太沉迷于玩游戏了!"虹姐将接到班主任电话后,半夜发现儿子不睡觉连夜打游戏的事一股脑说了出来。

"哼,我打了那么久的排位赛,被你中途打断,积分全被扣完了。"阿耀突然插了一句,掏出螺丝起子蹲了下来,对着办公椅底座就开始拧。

"你一个初中生,首要任务就是读书学习,打游戏又不能当饭吃。我这全都是为你好!"虹姐又转而对马镇谭说,"医生,我为了防止这小子上网玩游戏,我把家里的电脑和路由器都搬到公司去了,就怕他趁我不在家偷偷玩。"

"还有我的游戏手柄也被你收走了,我的卡尔没有手柄操作,肯定要被打败了!"阿耀已经把椅子底座整个儿拆下来了,正在一个个地卸轮子。

"卡尔是谁?"大漂亮好奇。

"说了你也不懂,只会玩幼稚宠物游戏的女人,哪能懂得打CS的快乐。"阿耀头也不抬不屑地说道。

"你这小孩还真是!气死我了!"大漂亮被激怒了。

"淡定淡定!"马镇谭拦下撸起袖子的大漂亮。

"唉,医生,我这儿子,真是让人伤透脑筋,收走了他的电脑不让他打游戏吧,昨天他又把家里的家具电器全拆了个遍,就像只猴子一样,没有一刻安宁。"虹姐实在是烦透了。

"这孩子是多动症加网络成瘾综合征,好在干预得早,虹姐您也不必太忧心。"马镇谭安慰着,孩子妈还有点狂躁症?当家长的似乎普遍都有这毛病。

"啊?阿耀真的是有病?那要怎么治?"虹姐急切地问。

"我没病!"阿耀微怒地喊了一句,他已经拆完办公椅,留下一地的金属支架和轮子,连座椅靠垫都被拆了个底朝天。

下一个目标,他朝大漂亮新买的萌宠游戏机走去。

"治疗这种多动症,也叫注意缺陷多功能障碍,可以通过认知行为治疗和心理社会干预两种办法,行为治疗方面……"马镇谭说着不经意回头看了一眼,忽然"噌"的一下站了起来。

"我……我的椅子!"他呆若木鸡地指着一堆支架和轮子,"一会儿给你组装好就是了。"阿耀嘴上应付着,手上却加快了动作,猫咪游戏机的外壳已经被打开。

"喂,你在干什么!"大漂亮发现阿耀蹲在自己办公桌底下,"我的猫咪!你住手!"大漂亮不由分说冲上去,扭着阿耀的胳膊将他从地上拎了起来,游戏机已经被大卸八块。

"真是对不起,太抱歉了,这孩子真的,唉!"虹姐替儿子赔礼道歉,"小兔崽子,你给我老实坐着!"虹姐和大漂亮一左一右,总算把挣扎的阿耀摁在沙发上。

"阿耀,既然你喜欢玩游戏,那咱们玩一次游戏怎么样?"马镇谭开口了,熊孩子果然杀伤力巨大,幸亏自己未婚未育没孩子,少了许多烦恼。

听到游戏二字,阿耀倔强冷漠的脸上瞬间有了光彩,"好啊,玩什么?王者还是反恐?打排位赛吗?"

"电脑游戏有什么意思,太幼稚了!"马镇谭学着阿耀轻蔑的语气，"要玩就玩离线断网的游戏啊。"

"嗯？离线断网？你是说单机的桌面手游？"阿耀有些迷惑，这世上还有他不知道的游戏？

"嘻，你也太落伍了吧，打游戏的最高境界就是离开虚拟网络世界，做现实世界的游戏任务。"马镇谭打算用联想法换掉少年满脑子的游戏内容。

"现实世界？"阿耀更蒙了。

"我问你，你的好朋友卡尔，他的身份是什么，任务又是什么？"马镇谭问，把话题引向少年感兴趣的方向，他才能一步步放下戒心。

"卡尔是反恐特战队的上校，任务是收复亚特兰蒂斯大陆。"阿耀流利地回答。

"那你的身份是什么，任务又是什么？"马镇谭又问。

"我，我就是个初一的学生，任务，嗯，上学，学习。"阿耀挠了挠头。

"你和卡尔能在一起生活，一起吃饭睡觉吗？他优秀吗？武力值强吗？"马镇谭引导阿耀正视自己。

"卡尔他，他只在CS游戏里，他……"阿耀茫然地环顾四周，这里没有巷战和堡垒，卡尔他不用上学，也不用写作业，阿耀的声音低了下去，"他挺厉害的，排位赛十连胜。"

"那你呢，你厉害吗？作为初一的学生，你优秀吗？"马镇谭想让少年认清虚拟网络与现实生活的区别。

"我，我……成绩不太好，不及格。"阿耀低下头，尴尬地交叠着双手手指。

"没关系，只要你认真地完成每一项现实世界里的任务，很快你会和卡尔一样强的。"马镇谭安慰道。

"可是，现实世界的任务是什么？也有排位赛要打吗？"阿耀有些迷茫。

"你每一次考试，不就是排位赛么？每天完成作业就是日常训练任务啊，完成了很多任务之后，就会有学习的知识积累，这就是现实世界的积分，只要考试一开始，就是平常攒的积分可以用得上的时候。"

"什么时候，你在现实世界的考试排位赛里，也拿个十连胜，那你就和卡尔一样优秀了。"马镇谭极有耐心地解释。

"我，能和卡尔一样？"阿耀有些雀跃。

"通关、晋级、打排位赛，不过是换了一种游戏方式而已，真正的游戏高手，是能轻松通过现实世界游戏的人。"马镇谭向虹姐眨了眨眼，虹姐会意。

"好了，快回去做任务了，每门课的作业都是一个任务，完成任务你才能有积分。"虹姐学着马镇谭的语气，所以，收服熊孩子的办法，就要用熊孩子的思维去考虑问题？

好像是这么回事。

"好，妈，我们现在就回去，我也要得排位赛十连胜，和卡尔一样，得到钻石勋章。"

虹姐连连道谢，维修师傅已经在家门口等着了，两人赶着回家修家具电视。

"可以啊，看不出来，你对付熊孩子还挺有一套的，不过，你得赔我的萌宠游戏机！"大漂亮指着被拆成铁片和电子元器件的游戏机。

"别闹，你看我这椅子！"马镇谭指着自己七零八落的椅子。

两人面对着满地凌乱的支架、轮子、铁片,发出由衷的感叹:"熊孩子,太可怕了!"

第二十一章　寄给心理诊所的感谢信

师兄史进发来信息，为了庆祝他的心理诊所成立三周年了，邀请马镇谭和大漂亮一起出席活动晚宴。聚餐地点是某五星级酒店宴会厅，出席嘉宾上百人。

马镇谭回复了两个字：收到。

哼，史进又来嘚瑟，有什么了不起的，故意显摆自己的心理诊所生意好规模大呗。

大漂亮倒是兴致很高，"师兄，你说我穿什么去，可不能给咱诊所丢脸啊。"她准备网购一件漂亮的晚礼服。

"要穿得最耀眼、最闪亮，对！你给我也选一套衣服。咱俩必须盛装出席，闪瞎史进那丫的狗眼。"马镇谭慷慨陈词。

"得嘞，再加上你的礼服。"大漂亮手指飞速翻着网页，忽地停了下来，"师兄，礼服我倒是选好了，不过这价格，就有点……"她递上手机，总价显示三万八千块，"惨不忍睹。"

马镇谭郁闷地望着天文数字般的总价款。穷是铁，富是钢，做人想装都没法装。

经过他们俩一年的惨淡经营，加上舅舅严苛的KPI考核的重压，一年下来，诊所总盈利九百九十八块钱。

只够买大漂亮礼服上的一截袖子，或者他西装的一个领子。

"唉，咱们的经济情况，你也是知道的，要想想别的办法，面子反正是丢不得的，不然能被史进那小子笑话一辈子。"马镇谭语气委婉地拒绝了三万八的服饰开销。

"哦。"大漂亮撇了撇嘴，"那我看看，有没有租礼服的。"

此时，诊所有人敲门，"马医生在么？"管理处的保安员问。

"在在在，怎么了？"马镇谭起身迎客，"马医生，我代表物业处来通知你，大厦外头的信箱请您及时清理一下，现在里面塞满了信件，邮局的人说新的信件无法投递。"保安员说。

"信箱？我们还有信箱？"马镇谭有点蒙，他连心理诊所的网站都没去注册，哪来的信箱。

"有的，每个大厦的租户都有一个地址对应的信箱，就在裙楼外的拐角处，信箱钥匙当时应该是和门钥匙一起由物业给到租户的。"保安员指了指信箱所在的方向。

"哦，想起来了，当时是给了一串钥匙。"他从裤兜里掏出来吊着卡通美少女装饰物的钥匙，指着最小的那枚问，"是不是这把？"

"对，就是这把，麻烦马医生尽快清理信箱，谢谢您的配合。"保安员说完离开。

"师妹，你继续选礼服，我去看看信箱。"马镇谭步出诊室，拐了两个弯，找到了自己的信箱，"咔嚓"信箱打开，雪片般的信件飘落一地。

"这是……"马镇谭蹲下将一封封信拾起来,信封上寄件人的署名是吴小李、张小娇、袁莉莉、小可、王大葱这些熟悉的名字。

"是他们?都是开业这一年来诊所做过心理咨询的患者。"马镇谭数了数信封,一共二十五封,其中那个熊孩子阿耀一个人就写了五封信,还有一个信封鼓鼓囊囊的不知装了什么,署名是袁莉莉工作室。

"呀,那个跑龙套的女演员还开个人工作室了,是不是真的成了大明星了?"

马镇谭急匆匆地抱着信件赶回诊所,迫不及待地一封封拆开来看,大漂亮依然在货比三家选择礼服,"不能太露,要端庄,而且要和师兄的西装搭配。"她喃喃自语,选择困难地挑了一件又一件,要知道世上所有的选择困难症其实都是因为穷。

马镇谭读了几封信后,感动得泪眼汪汪,拿出抽纸开始擤鼻涕,起初还是嘤嘤的小声抽泣,看到后面,他"呜呜呜"越哭越响。

"喂!你在干吗?怎么哭了?"大漂亮无比惊讶地望着哭得两眼红肿的马镇谭,"这是咋了,刚才外面是遇到坏人,你被人打了?"

"说,谁敢打你,老娘去帮你收拾他,看不把他大卸八块,碎尸万段!"大漂亮"噌"的一下站起来,摩拳擦掌将手指关节掰得咔咔响。

"没人打我,我开了信箱,看了这些信。"马镇谭用力抹了一把眼泪,"实在是太感动了!"

大漂亮收起拳头,走了过去,"你都三十岁的人了,是不是琼瑶阿姨的电视剧看多了,一个大老爷们,要不要这么多愁善感?"她顺手拿起桌上的一封信拆开念了起来:

"如果不是那天被老公安排去了你们心理诊所,我可能还是穿

271

梭于横店无数个剧组之间当群众演员……"

"嗯？这是那个女演员袁莉莉的信？上次治好了她的厌食症，后来呢？"大漂亮继续展开信纸念了下去。

"我在横店片场漂泊十年，无名无姓的角色演过数百个，每天最开心的时刻就是排队领盒饭的时候，也是这样认识了我的老公，他是个厨子。我知道自己的运气一直很差，条件也一般，所以当红明星张丽丽讽刺我的外形条件差时，我的内心几乎被黑暗吞噬了。"

"马医生，第一次我被老公哄着去心理诊所，您和助理妹妹忍着看完我全部拙劣的表演，仍然鼓励我要坚持梦想，认真演好每一个角色，并断言我最终能如愿以偿地成为大明星。这也许是你们心理医生对每一名病人最普通的关心，可在当时，却是指引我勇敢向前冲的动力。"

"离开诊所后，我大胆地报名了几部影视剧和电影的选角面试，去挑战当主角，去演有台词能露脸的角色，这是过去十年的我想都不敢想的事。"

"也许是老天可怜我，我终于通过了一部喜剧的选角考核，成为全剧台词最多、笑点也最密集的女二号。"

"人一旦出了名，以前未被人留意的缺点就全被媒体无限放大，当张丽丽的公关团队为了竞争新戏打压我时，黑暗再次向我袭来，他们在网络上攻击我，说我不配当明星，既不娇小又不纤细。"

"当老公第二次带我来见你们，我是无助的绝望的，又是不甘的痛苦的，世俗挑剔的目光是禁锢我的无边枷锁。可是马医生说，我根本不必介意那些肤浅的审美，还说我是演技派，很看好我未来的星途，我的灵魂在充满希冀的光辉中得到了救赎，你们的话再一次点燃了我的斗志。"

"现在,我带着十二分的感激写信给你们,我老公说他没找到你们的网站和电子邮箱,于是我用最笨拙最质朴的方法表达感谢,我袁莉莉成立了个人工作室,并且在即将上映的电影《因你骄傲》中,出演了女一号,信后附上签名照片和首映电影票,你们一定要来!"

"我,终于活成了,让人骄傲的模样。"

大漂亮念完,也红了眼眶。

"师兄,原来我们做的这些微不足道的事,竟能带给别人这么大的鼓舞。"

马镇谭吸了吸鼻子,示意大漂亮接着看信。

这条路,他必须温和而执着地一直走下去,每个人肩膀上扛着的沉重人生,脊梁上背负的巨大压力,只要让他知道了,看到了,他就必须出手抚平创伤,治愈痛苦。

大漂亮展开另一沓叠在一起的信纸,五封信同一个署名:"不败的阿耀战士"。

她哑然失笑,"熊孩子阿耀?我记得他上次来,可是把我们诊所的家具都拆成碎片渣渣了,对了,还有我那台刚买的萌宠游戏机,现在还堆在我家阳台上呢,修都修不好。"

"马医生,告诉你哦,我的任务完成得很好,这次年级晋级排位赛得了第十名,虽然没有拿到钻石勋章(那个实在是太难了),可是,我妈她居然哭了,她以前总是凶我、揍我,去了你那里回来,她就再也没有朝我发过脾气。不败的阿耀战士。"

少年的每封信都很简短且直白,大漂亮想象着一年过去了,顽皮的少年应该也长高了不少吧,展开了第二封信。

"马医生,你说卡尔的世界,到底在什么地方呢,特种兵的游戏世界有具体的地址吗,我能给他写信吗?我好久没见到卡尔了,不知道他在巷战中有没有受伤。我昨天上体育课短跑冲刺时摔了一跤，但是跑出了全班第一的好成绩哦。马医生，你能联系上卡尔吗，帮我转告他，不败的阿耀战士体能已经越来越强了。"

马镇谭当日用联想疗法，让网瘾少年从游戏世界中走出来，阿耀用沉浸式体验接受现实世界的挑战，游戏尽管是虚幻的，可卡尔的角色塑造是少年一点一滴积累出来的，日久生情，武力值卓越的卡尔能成为阿耀的偶像乃至学习榜样，也是意外的惊喜。

后面的两封信，都是学习成绩进步的汇报，什么年级排位赛得了第三名，参加区里的发明比赛，他组装的机器人拿了二等奖，都是拆东西拆出来的经验等等。

展开阿耀的第五封信，大漂亮念道：

"马医生，大人真是奇怪，我今天得了全班第一名，排位赛终于得到了钻石勋章，我妈又哭了，我又没拆电视机，你说她哭什么呀？"

"我说想见见卡尔，我妈就把电脑从办公室搬了回来，打开电脑，卡尔依然在战壕里原地不动，我对着电脑讲了好久的话，也不知道他能不能听见。我把游戏卸载了。我想，我已经成为另一个卡尔。不败的阿耀战士。"

大漂亮的手指拂过那行稚嫩的签名，少年一天天长大，变得上进、勤奋、懂事，成为现实世界里的不败战士，而这一切的质变，都是从他踏足马镇谭心理诊所那一刻开始，治愈心灵与灵魂，与治愈身体同样重要。

"这熊孩子，这么聪明，将来一定会很有出息。"大漂亮欣慰地说，拭了一下眼角的泪。

大漂亮又展开另一张信纸，署名是"英明"，"哦，这就是那个讲话结巴的社交恐惧症帅哥,我记得他打扮得像忍者神龟,一来诊所就躲在沙发后面,还不让我们过去。"

马镇谭欣慰地一笑,"他现在活得可滋润了。"

大漂亮开始念信:"马医生,你的那个锦囊我一直带在身上,尽管里面字条上写的只是'领奖完要请我吃小龙虾',可是神奇的事情从此发生了,我带着你给我的'勇气',幸运之神真的眷顾我了。"

"呀哈!师兄,想不到你还真有两下子,还有这能耐,要不你也给我弄个锦囊妙计呗,让我也飞黄腾达一把!"大漂亮拍了拍马镇谭的胳膊,挑了挑眉。

"行啊,我给你的锦囊里面就写:'不要打我,打我你会变丑,打一下丑三年,踢一脚老十岁,太上老君急急如律令。'"马镇谭一脸坏笑。

"我呸,你才老十岁!这锦囊还是留给你自己吧。"

"打是亲骂是爱,也不是人人都能享受这个福分的。况且,师兄你没发现么,自从你每天和我过招之后,体能都变好了。万一将来要真的遇上歹徒袭击啥的,你就可以大展身手了!"大漂亮龇牙一笑。

"歹徒袭击我?那我身边一定有你啊,我觉得歹徒更应该担心自己的安危。"马镇谭挤对着,"除非歹徒也是跆拳道黑带,而且有施瓦辛格那种体格,不然哪里会是你的对手。"

"谢谢夸奖!"大漂亮说完,继续读英明的来信。

"马医生,我那天参加完颁奖典礼之后,有特别多的话想说,可又不知该对谁说。没有花香,没有树高,我不过是一棵无人知道的小草,我害怕大众的目光,害怕别人的关心,害怕来自这个世界善意的问候。"

"马医生，从你们诊所出来之后，这过往的每一天，我带着你的勇气锦囊，走遍了北京的大街小巷，看见人们在炊烟袅袅中闲话家常，观察孩子们在广场上奔跑嬉戏，注视这座城市热闹繁华的车水马龙，这便是人世间最温暖的烟火气息吧。"

"我开始融入这股温暖，遇见陌生人主动问好，和路人主动攀谈，我感觉自己在慢慢地成长，从小草开始生根发芽，枝枝蔓蔓地生长。因为性格的转变和公司领导的栽培，我担任了智慧轨道项目的负责人，带领十三名组员参与安装运营调试工作，而我，这个以前连正常说话都困难的人，成了团队的带头人。"

"马医生，幸运之神再次眷顾了我，我朝思暮想的女神，成为了我的女朋友！那个我以前只敢偷偷在背后看上几眼的雪莉，她是如此的活泼美丽。那天雪莉走到我面前，问我有没有女朋友，我说当然没有，她问，那我能不能做你女朋友？"

"那一刻，微风静止，时光停滞，我只觉得世间万物梦幻般的璀璨夺目。马医生，我带着你给我的勇气，拥有了这世上最难能可贵的幸福。"

"这世界竟是如此美好！谢谢您，马医生！"

"事业爱情双丰收，想不到社交恐惧症的小帅哥，后来能够逆袭成为人生赢家。"大漂亮很受鼓舞，刹那间觉得两人一年多以来，在这间小小诊所里挨的吃泡面的苦日子，全都值了。

大漂亮觉得两眼湿漉漉的，迫不及待地又展开了一张信纸，落款署名是"坤坤"。

马镇谭顿时拍了下手，"这是那个异装癖美妆博主，我对他印象可太深了！"

展开信的大漂亮读道："大漂亮姐，虽然工作太忙了没有回去看你，但不写封信表达本宫的谢意可不行。别看本宫这样，内心其实很容易受伤呢，所以一被人骂就感到自卑，开始自我怀疑，甚至无数次想要放弃自己喜欢的事业，直到被姐你一言点醒：本宫又没偷没抢没伤害谁，干吗要在乎那些无关紧要的别人的看法呢？想明白这一切后，本宫真的变得超自信呢，化妆技术越来越好，粉丝也越来越多，都已经突破一百万了呢。虽然现在也经常被人骂变态，但一想到你，本宫心里就充满力量了呢。所以姐，真的感谢你，让我做回我自己！"

马镇谭拍了拍大漂亮的肩膀，说："你也是个优秀的心理医生了呢。"

"那是。"大漂亮笑着抹了把眼泪，又展开了一封信，寄信人署名是"大葱"。大漂亮一时没反应过来这个"大葱"是谁，直到马镇谭双手一拍，说道："哎呀，这不是那位王总嘛！快看看里面写了什么！"

于是大漂亮读道："哥，俺这人，个子矮，长得不帅，家是农村的，还没上过大学，之前其实一直很自卑，所以才打肿脸充胖子，想让别人稍微看得起俺一点。之前俺一直特嫉妒你这种人——长得白白嫩嫩又高又帅，还是名牌大学研究生，家又是北京的。一见到你这种人，俺就心理不平衡，就自卑。人人都有虚荣心，所以俺才在你面前打肿脸充胖子，但没想到，你却在俺面前把自己最落魄最丢人的一面全展现了出来，让俺明白了大家过得其实都不容易，重要的还是自己的奋斗。想明白这一切以后，俺又重新脚踏实地地生活了，现在女朋友也有了，饭店也重新开起来了。虽然贷款还没还完，但俺对未来有的是信心。这些信心可都是你给俺的呢！所以，哥，有空一定要来俺的饭店啊，俺请你喝两盅！"……

看完所有病人来信的马镇谭抬起头来，带着浓重的鼻音说道："我从来都不知道，原来我们从事的职业，是如此地有意义。"

"可能是无意间的一句话，一个举动，居然就让他们走出困境，走出阴霾，让他们迎接阳光。"

"咱们的诊所也成立一周年了，我觉得必须干点什么才行。"马镇谭将所有信件整理好，挠了挠凌乱的头发。

"那咱们也搞个聚会？把这些写过信的病人再召集起来？"大漂亮提议。

"太俗了，别学史进那套，咱们的思想觉悟必须比他高才行！"马镇谭无意间打开了电脑，收到了几封城市论坛的站内信，都是在线咨询心理问题的。

"有了！我在'心病还需心药医'的城市论坛的帖子下面开始写连载怎么样？把病患的真实名字全部隐去，保护病人隐私，只说案例与治疗思路，让更多的人充分了解心理疾病，在线就能得到心理疏导。你说怎么样？"马镇谭的眼里有光，心中有爱，他觉得这二十多封来信就是他职业信念最坚实的后盾。

"嘿，我看有戏！那你要升级为作家了？要是将来出书，打算叫什么名字？马镇谭心理咨询笔记？"大漂亮来了兴致，热切地问道。

"这名字太俗，就叫《心病宝典》，怎么样？治疗心理疾病的宝典！"马镇谭迫不及待地登录论坛，准备开始写第一章。

"哈，你咋不叫《葵花宝典》呢？"大漂亮边说边做了个切菜的动作。

马镇谭抬起头，一脸坏笑地说道："我要是持刀自宫了，那你怎么办？"

……

"这段要剪掉！记者同志！"大漂亮坐在沙发上顿足。

"我发誓，我没说过这样的话，都是他瞎编的！"说完挥手就向马镇谭呼了一巴掌。

"哎哟！"马镇谭吃痛，脸上的粉底被她打掉了一块。

"卡卡卡！"我见两人又要闹起来了，连忙示意阿水中断拍摄。

"马医生，助理小姐，我看天色也不早了，咱们已经录了五个小时了，采访内容也差不多足够了。"

"这样，最后，麻烦马医生您对《心病宝典》的读者和广大关心你们的网友简短地做个总结，好不好？"

"另外，麻烦马医生你再补补妆，这脸上白一道红一道又黑一道的。"我尴尬地指了指他粉底不均匀的脸。

这哥们儿也真是不容易，天天被美女助理这么胖揍，也真是皮糙肉厚，很耐造了，我和阿水对视了一眼，对马镇谭投去了深切同情的目光。

马镇谭用粉扑笨拙地扑了扑脸，大漂亮看不下去上前帮忙补妆。

"行了，记者同志，可以开始了。"马镇谭准备就绪。

"好，预备，开始！"阿水将摄像机对准马镇谭，给了一个特写镜头：

"最后，我作为一名心理医生，感谢广大读者和网友对《心病宝典》的支持与厚爱，心理学不仅可以治愈自己，也能疗愈他人。

"这世上，有千千万万个我们，经历过人生最难熬的黑夜，走过世间最寒冷的冬季，但依旧能波澜不惊、面不改色地勇敢前进，因为我们有勇气能够战胜一切磨难，我们有信念能走出一切困境，我们有能力治愈一切心理障碍和疾病。

"颤抖吧！心病。"